Takeshi
Azuma
Tsuji

四時間半

東京図書出版

俺　　かずき　六十八歳
妻　　ひろ子　六十一歳
サトシ　　息子、脳腫瘍で十六歳で死亡
ジェニー　　ワンちゃん　女の子　老犬
あーちゃん　　ワンちゃん　女の子　老犬

第一章

1

ひろ子、

ひろ子、

どうしたんや、

慌ててひろ子の横に膝を落とし、体を揺すり、何度も呼んだが、ひろ子は、死んだように動かない。

それまで左半身が麻痺していたが、今は、右手首と指も麻痺して硬直しているのか、くの字に固まっている。

もう無理、もう駄目だ、これで五回目、これが最後だ、ひろ子はこのまま逝ってしまうのか、と思うと涙が滲んで、ポトリと一粒、ひろ子の唇の上に落ちた。死んだように青白い、透き通った顔に覆い被さるように、傍に蹲ったまま、ひろ子の顔に目を落とし、じいっと見入った。しかし、目の前の現実に茫然とするばかりで、何が起こっているのかさえしっかりと把握できていない。

そして、床の上では痛いだろうと思って、慌てて抱き起こし、ベッドの上に横たえた。しかし、呼吸はしているものの、何の反応もない。

ひろ子、

ひろ子、

と呼びながら肩を揺り動かし、だらりとした腕を持ち上げ、胸の上に置いた。しかし、ひろ子は眠ったままで、その表情は穏やかで、何の苦しみもなく、まるで深い眠りに就いたようでもある。また、ひろ子の目尻には微かに涙が浮いているが、その満ち足りた表情からは、悲しいのか、それとも幸せなのか、分からない。

家に戻って部屋のドアを開けると、ひろ子はベッドから落ち、その横で倒れていた。いや、車椅子が引っくり返っているから、ベッドに移ろうとして、踏み外したのかも知れない。

携帯電話を手にし、救急車を呼ぼうと発信ボタンに指先が届きそうになるが、それと同時にひろ子の顔が目に入り、まるで磁石が反発するように動かない。

壁に掛かった時計の針は、十時過ぎを指している。

閉じられたひろ子の瞼は、ピクリともせず、口元の唇は、少し紅を刷いたようにうっすらと赤みを帯びているが、開く気配もなく、押し黙っている。ひろ子を覆う時間は止まり、この部屋は世界から、世の中から閉ざされている。しかし、時計の針だけが過去から現在、そして未来へ、チッ　チッ　チッ　と弛まず流れ、時を刻んでいる。


ひろ子の顔に見入っていると、思い起こされるのは、ひろ子が最初の脳梗塞でふらふらになったとき、寝たきりでも構わない、車椅子でも構わない、生きてさえいてくれたらいい、意識さえあれば、喜びを感じてくれたらそれでいい、植物人間にさえならなければ、死ぬまで傍にいて面倒を見てやる、と心に誓った。しかし今回、三度目の脳梗塞、またしてもこうなるのだったら、二度目の時から、何故もっとひろ子の疾患について考えてやらなかったのだろう、何故もっと気を付けてやらなかったのか、と悔やまれる。

十四年前の朝、最初の脳梗塞、ひろ子は《眼の左側が見えない、近くの眼科に行こうと思う》と半盲の異常を訴えて電話をかけてきたが、その時、偶然にも、俺の首の手術の術後診察を予約していたこともあり《あかん、大きな病院で診てもらわなあかん。俺も予約を取ってるから一緒に行こう、今から迎えに行く》と言って電話を切った。

十一時頃に病院に着いたが、二時間近くも待たされ、眼科医に《左の視野が半分しか見えない》、と訴えても、眼科での診察は、《眼に異常はありませんから、詳しい専門医が明後日に来ますから、その時もう一度受診してください》と信じられない言葉が返ってきた。
《眼に異常がないなら、その奥の脳に問題が生じているんだろう。脳神経科で診て欲しい》
《この時間はもう診察は終わっていますから、無理です》
《それなら、救急で診て欲しい》
《いや、無理です》
その後、診察代金支払いの受付で怒鳴るように、
《もうふらふらで倒れそうになってる、なんとかしてくれ》
《もう時間外ですから無理です》
《そうなら、救急で診てくれ、頭の中で異変が起こってる、このまま倒れたらどうするんだ》
と総合受付係員に詰め寄った。
後から脳梗塞と分かったのだが、その時すでに、ひろ子が脳梗塞の発症を自覚してから四時間ぐらいが経過しており、無理矢理救急に連れて行った時には五時間近くが過ぎていた。しかし、幸いにも、救急の研修医が迅速に対応してくれたおかげで、辛うじて間に合ったと言えるが、その上級医に脳梗塞を発症していることを告げられ、義理の姉が脳梗塞で倒れたこともあり、どのような後遺症が残るのか、それとも死んでしまうのか、と体が震えた。

もし、俺が原因不明の難病、頸椎靭帯骨化症を患わずに病院に来る用が無かったら、もし、ひろ子の電話に出ることができずに知らなかったら、と思うと背筋が凍った。

偶然と言うのか、ひろ子に運があったのか、それとも亡きサトシが知らせてくれたのか、いずれにしても不思議な力が働いた。その時、脳梗塞を招いた以上、重篤な後遺症が残るのは覚悟したが、しかしそれよりも、サトシが偶然を引き寄せてくれたお陰で、ひろ子は一命を取り留めたとも言える。

不思議なことに、偶然なのか、それとも必然だったのか、全身麻酔で頸椎を五本切断し拡げ、戻らないように、頸椎の靭帯に接触しないようにワイヤーを入れて固定した手術の後のベッドで、ふと考えてみると、サトシが脳腫瘍で入院し、手術をした日と全く同じであった。六月十六日、忘れもしない、俺の誕生日の次の日。

その俺の手術日が六月十九日。サトシの場合は小脳を圧しひしゃげた脳幹に近い場所の腫瘍摘出術で、首の後ろに五センチほどの縦の手術痕が残ったが、俺も全く同じ手術痕があり、手術の時に頭を固定するボルトの傷跡が二カ所あるのも全く同じだった。入院日、手術日、首の後ろの五センチ長の手術痕。

ベッドで、固定された頭を動かすことができず、天井を見上げながら何気なく計算してみたが、確率的には天文学的な数字になり、とても偶然の一致とは思えなかった。

その頸椎切断手術の術後診察が、それも本来は月曜日の予定だったが、何の力が働いたのか、水曜日に変えたのがひろ子の発症の朝だった。もし、月曜日に診察を受けて済ましていれば、水曜日に行くこともなかったから、ひろ子は部屋で倒れ、誰にも気付かれることなく死んでいただろう。しかし、亡きサトシが見守ってくれている、ひろ子は絶対に大丈夫、少々の後遺症が残っても構わない、寝たきりでも意識がなくなることはない、と自分に言い聞かせた。

これは偶然ではない、首の術後診察の日を変えたのは紛れもなくサトシの力だ、そのお陰でひろ子も一命を取り留め、その後半盲も徐々に視野が拡がり、車も運転できるまでに回復したではないか！

ベッドの横で寝そべっていたあーちゃんが何かに吠えるのを耳にして我に返り、ふと時計を見ると、針は十時二十分を指している。そして、ひろ子の顔に目が移った。

家に戻ってから、もう二十分は過ぎただろうか。しかし今、ひろ子に対して何ができる、何をしてやれる。脳梗塞二回、脳内出血二回、次に脳内出血であろうが脳梗塞であろうが、どちらか引き起こせば助かる見込みはない、もうこれが最後であるのは重々覚悟していた。

しかし、ひろ子はいったい何時に倒れたのだろう。俺が家を出たあと、介護士が帰って直ぐなら、七時だから、既に三時間近くは過ぎている。もし、俺が帰って来る直前に倒れたのなら、まだ数十分ぐらいしか経っていない。

チッ、チッ、チッと時計の針が音を立てるが、時の流れは早いのか遅いのか、それとも止まっているのか、よく分からない。しかし、確実に、追い立てるように、急かすように止まることはない。

ひろ子はまだ六十一歳
このまま逝ってしまうには
若すぎる
早すぎる
まだまだいっぱい
やり残していることがあるだろう

窓の外から、隣家の灯りが洩れてくる
遠くに見える家々も、ひっそり佇んでいる
犬の鳴き声が、遠くに聞こえてくる
ふわっと、カーテンが微風に煽られ
静寂の空気が流れ込む
冷ややかな夜気が部屋を埋めていく

微かな流れが髪を撫で、ひろ子の顔を祓う
そっと、その乱れた髪を整えてやった
時計の針は、止まらない
しかし、時間は流れているのだろうか
時間は止まっているが、針だけが進んでいるのか
今、この部屋は過去なのか、それとも未来なのか
此処は何処なのか、分からない
煙草に火をつけた
紫煙が揺れながら、ゆっくり立ち昇る
ひろ子は、静かに、眠っている

チッ　チッ　チッ　チッ　………………

十四年前の脳梗塞、奇跡が起こってサトシに助けられ、六年前の脳梗塞は、発症時に俺が傍にいたので対処が早かった。三年前の脳内出血も、入院後に分かったことではあるが、風呂場で倒れているのに気が付いた時に《脳梗塞やと思う》とひろ子が言ったので、間髪を容れずに救急車を呼ぶことができた。そして、幸いにも、リハビリも順調に進み、さあこれからだとい

う矢先に、ちょうど二年半前、二度目の脳内出血を引き起こしてしまった。その時は、リハビリ病院に入院中だったこともあり、後遺症を最小限に食い止めることができた。

しかし、今回は……、もう、無理だろう。

もう何年前になるのか、義理の姉が脳梗塞で倒れているのを息子が発見したのは朝方の六時半頃だった。しかし倒れたのは夜中の一時から五時ぐらいの間だったから、その時は既に発症から一時間半から五時間半が経過していた。そして直ぐに救急車を呼んだものの、病院に担ぎ込まれて治療を開始したのは、早くても朝の八時ぐらいだっただろう。命に別状は見受けられなかったが、その当時はまだ血液を溶かす脳梗塞の特効薬が承認されておらず、薬の恩恵を受けることができず、手遅れになり、姉は五十四歳の若さで亡くなった。

ひろ子は今年で六十二歳。ひろ子のお父さんは五十八歳で、心不全で他界した。それに、俺の兄も、大腸癌を患って六十八歳の若さで早世してしまった。兄とは六歳離れていたから、死んでもう八年にもなる。

サトシが息を引き取ったのは十六歳。忘れもしない、七月十日だった。十歳のときに脳腫瘍が見つかり、今では信じられない五〇グレイもの放射線を頭に照射され、そのあと徐々に笑顔が無くなっていった。原発事故の放射線量の単位がマイクロシーベルトであるから、五〇グレイは原発の六千万倍に相当する。放射線治療は腫瘍細胞を破壊しにかかるのだが、それと同時に健常細胞も殲滅されるので、脳に異常を来すのは当然で、精神まで損なわれた。サトシの晩期障害は顕著で、人としての感情がなくなり、サトシがサトシでなくなっていった。その時サトシは既に、抜け殻を捨て、何処か遠くへ旅立っていたのかも知れない。いや、意味のない厳しい治療を受けて生き長らえ、誰も気にしてくれない、疎まれる悲しい人生を送るより、亡くなった方がサトシにとって幸せだったのかも知れない。

そう、その方が幸せだったに違いない。

携帯電話を握り締めながら、ひろ子の涙を指で拭ってやった、そしてその指でひろ子の唇をなぞってみた。うっすらと赤みを帯びているのは、微かに口紅を刷いたのだろうか、何か心に決するものがあったのか、静かに語りかけてくる。

頭を起こし、うなじが見えるように髪の毛を後ろに上げてやると、ほんのりと白粉の匂いが立ち上った。そして、そのうなじに唇を押し当ててみると、浴衣姿のひろ子が瞼に映り、祇園祭りのお囃子、コンチキチンが聞こえてくる。

あれは何年前のことだろう、ひろ子の幸せそうなはしゃいだ声が、ひろ子の呼吸に合わせて漏れてくる。

その静かな顔つきからは眠って夢を見ているのか、それとも意識がないのか、分からない。

そっと手の平をひろ子の顔に押し当てたが、何も応えてくれない。

　このままそっと寝かせておいてやろうか
　いや、奇跡が起こるかもしれない
　救急車を呼ぼうか
　左手だけでなく、右手まで麻痺が進行している
　何時に倒れたのだろう
　介護士が帰って直ぐなら、三時間半は過ぎている
　今から救急車を呼んだところで
　病院で処置を受けるまでに、早くて四時間半
　しかし、家に戻った十時前に倒れたのなら
　まだ、三十分しか経ってない
　しかし、これで五回目になるから、到底、無理だ
　たとえ命だけは助かっても
　寝たきりは避けられない
　姉と一緒で、助かる見込みなんかない

意識がないのに、果たしてひろ子は幸せなのか
意識がないのなら、ただの生きる屍ではないか
もうこれ以上、辛い思いをさせたくない
もう、ゆっくり休ませてやろうか
もし、意識があっても寝たきりなら
ただ、悲しい思いをするだけではないか
もし、俺がひろ子より先に死んだら
一体誰が、ひろ子の面倒を見るのだ
老人ホームで、ひろ子は、一人で死んでしまうのか
いや、ひろ子の最期は、俺が、看取ってやりたい

いつの間にか、ジェニーがベッドの横で寝ている。

何年前になるのか、ひろ子と出会ったのは。

六年もの闘病生活の末、サトシを脳腫瘍で亡くし、妻も娘も家庭内別居状態となり、家庭も崩壊し疲れ切っていた時、癒やしを求めてあーちゃんと暮らし始めたのだが、そう十五年前、ワンちゃんの話題が縁で、ひろ子の店で知り合った。

その頃、ひろ子は世捨て人のように二人のワンちゃんと暮らしており、行くゆくは養老院に

入るつもりをしていたが、マンションの隣の住人に対してワンちゃんの大きな鳴き声を気にし、マンションを出て一軒家を買おうとしていた。ひろ子も一人で寂しかったのだろう、ワンちゃんの話題がキッカケになり、一緒に暮らすようになった。

出会って二年後、俺が、原因不明の頸椎靭帯骨化症なる疾患を患い、左半身が麻痺してきたため、全身麻酔下の手術を受けることになった。ひろ子は手術に付き添ってくれたが、親族の連帯保証人を記載する欄にひろ子の名前を書く訳にもいかず、止む無く、ワンちゃんの名前「木村　あさ」と書き込んだ。その時ひろ子と顔を見合わせたが、冗談とも現実とも付かない悲しい、寂しい顔をお互いに認めた。

しかし、手術のことは誰にも告げず、ひろ子一人が見守ってくれれば良いと思って手術室に入って行ったが、手術室から戻って麻酔が覚めた時、ひろ子の顔がぼんやり見えて、そのまま、また眠ってしまった。

手術を受けるに際して医師に《もし失敗したらどうなるのですか》と質問したら医師は《寝たきりになります》、さらに《頭はどうなるんですか》と問うと医師は《意識は大丈夫、ただ首から下が麻痺して寝たきりになるでしょう》、《頭さえ問題ないなら、意識がはっきりしているのなら、たとえ寝たきりになっても構わない、お願いします》と言った時、ひろ子は《大丈夫、私が一生死ぬまで車椅子を押したげる》、と言ってくれた。

退院した後、手術後の診察が月曜日に決まっていたが、どういう理由か、運命とでも言うべきか、水曜日に変えた朝にひろ子から《目が半分しか見えない、近所の眼科に行きたいし迎えに来て》と電話があった。その時《大きな病院で診てもらわなあかん。俺も丁度診察があるから》と言って二人で病院に向かったのだが、そこでひろ子は脳梗塞の症状が徐々に悪化し、意識は朦朧となり、立っていることさえできなくなった。その時、今度は俺がひろ子の車椅子を一生押してやる、と覚悟を決めた。

今から思えば、半盲になったのが朝の十時半、眼科の診察を受けたのが午後一時半頃、救急に入って治療を受けたのが午後三時半頃、発症から既に五時間が経っていた。もし、俺がひろ子の電話を取らなかったら、恐らくひろ子は部屋で倒れ、誰にも看取られずに死んでいただろう。


微かな街のざわめきが、遠く聞こえてくる。

が、ひろ子の魂はこの部屋になく、抜け殻だけが横たわっている。部屋の壁にはサトシの遺影が掛けてある。亡くなる一カ月前の写真で、沖縄県石垣島の海岸で車椅子に乗り、細い肩にニット帽の首をやや傾けて、何かを見つめている。サトシ十五歳と半年の最後の旅行。じっと此方を見ているが、その視線は何を訴えているのか、悲し気であり、もう余命幾ばくも無いのを、身をもって感じていたのかも知れない。

サトシの遺影の下の棚にはサトシの遺骨、ひろ子の父親の分骨、そして二年前に死んだワンちゃんジェニファーの骨壺が並んでいる。サトシ、十六歳。ひろ子の父親、五十九歳。ジェニファー、人間で言うと八十四歳か。ひろ子は、今年で六十二歳、ひろ子も、その横に並ぶのだろうか。

そうだ、ひろ子と約束をしていた、《死んだら、お墓なんか作らない、みんなと一緒の処に散骨しよう》、と。その場所が海なのか山なのか、それとも宇宙の果てなのか。

墓を建てたところで、誰も参らない。人は、永遠に、存在した証しとして名を刻むのだろうが、朽ち、傾き、苔むした墓石の名は読み取れず、反って、この世界から忘れ去られた虚しさだけがそこにある。サトシがこの世に生まれて生きた証しは、過去にも未来にも、そう、今この部屋にある。心の中で、常に、永遠にサトシのことを忘れたくなかったから、お墓を作らなかった。誰も訪れない、暗い、冷たい墓石にサトシを葬り去る訳にはいかない、それは取りも直さず、永遠の別れを意味する。

母親にも妹にも、誰にも見捨てられたが、俺の心の中に、サトシは今も生きている。

時計の針は音を立てるように刻々と時をきざみ、十時半を指している。

ひろ子の硬直した右手の指を押し広げ、強く握っていることに気が付き、ふと我に返り、目の前の現実に引き戻された。反応はなかったが、ひろ子の手の温もりが、生きている証しに思え、涙が頰を伝う。今直ぐに救急車を呼んだところで、たとえ間に合ったとしても、良くて、意識のない寝たきりだろうとの思いが、先に立つ。

介護士が帰った後に倒れたのなら、三時間半。帰宅の直前なら、まだ三十分。左手には携帯電話を握っているが、押そうとしても、指が、どうしても動かない。

部屋の照明を落とし、ひろ子の横に腰掛けた。部屋は一瞬真っ暗になり何も見えなくなったが、隣の家から漏れてくる明かりだけで薄暗い。暗闇に浮いた、白装束を纏ったようなひろ子は静かに眠っており、壁に掛けた時計だけが弛まず時を刻んでいる。

微かに、ワンちゃんの寝息とひろ子の呼吸だけが部屋を満たしており、時を刻む時計の音に急き立てられ、止めようもない焦りを覚える。窓の外、家々の屋根の上に、無情にも、一つ星が煌めいて、この部屋を覗いている。

チッ　チッ　チッ　と時計の針が耳をつき、瞑想の世界から、目の前の現実を突き付けられる。そして、ひろ子の顔を撫ぜてみた。しかしひろ子は死んだように眠っており、カーテンはだらりと垂れ、この部屋だけ時が止まっている。微かに、遠くに、救急車のサイレンの音が聞こえるが、別の世界のことのようで、何事もなかったように消えていった。

あの時の事を、サイレンが思い出させる。最初の脳梗塞でひろ子が入院した八年後、二回目の脳梗塞を起こした同じ時刻。二人で部屋に戻って来た時、ひろ子は呂律が回らなくなり、軽い麻痺を指先に起こしていた。そして見るみる指先はくの字に曲がり、硬直していくのが見て取れた。直ぐに救急車を呼んだが、受け入れ先の病院が決まらず、市内を一時間ほど徘徊した。救急車内で隊員に《脳梗塞を起こしているので急いで欲しい、通院している病院があるので、そこに運んで欲しい》と執拗に訴えたが、こればかりはどうにもならなかった。

その時、ひろ子は朦朧としながら眠りに落ちていたが、ひろ子の手を握り、救急車内で長い時間を、ただ待たされるだけだった。その当時は、脳梗塞の治療は発症から三時間半までが勝負と言われていたので、その救急車の中の時間は気が遠くなるほど長く感じられた。救急隊員は申し訳なさそうにあちこちの病院に連絡を取ってくれるが、救急車は道路に止まったまま、一向に発進しようとしなかった。

しかしそれでも、受け入れ先の病院が決まり、通い慣れた病院の前を素通りしたものの、ぎりぎり間に合って、迅速に処置がなされたお陰で、幸いにも事無きを得た。搬送されて直ぐに脳梗塞の特効薬、血液を溶かす薬を処方されたため、時間的には発症してから三時間ぐらいだっただろうか、特効薬の恩恵を受けることができた。

大きな街に居ながらにして、辛うじて三時間だから、これが仮に大きな病院もない辺鄙な地域なら、ほぼ助からないと言っても過言ではない。発見が遅かったら、それだけで数時間は経っているから、姉のように命を落とすのは火を見るよりも明らかである。

チッ　チッ　チッ
時間は弛むことなく、無情にも過ぎていく。先ほどから、既に三十分も過ぎており、今この時が、どんどん過去に流されていき、限られた残りの時間が容赦なく消えていく。

時計の針は十一時を指しており、緩むどころか、前にも増して、そのスピードを徐々に上げていくようだ。家に戻る直前にひろ子が倒れたのなら、まだ一時間しか経ってない。しかし、家を出て直ぐなら、もう既に四時間が過ぎてしまった。その上、倒れた原因が脳梗塞なのか、それとも脳内出血なのか、そのどちらとも分からないが、何れにしろ、残された時間はない。
左手に持った携帯電話の番号を見て、押さなければならないと心は動くが、それと同時に、ひろ子の安らかな寝顔が目に入り、三年前の事情が瞬時に脳裏を掠め、救急車の中で待たされるのか、何処の病院に連れて行かれるのか、と思うと指先が固まってしまう。

2

三年前の六月、午後三時頃に外出から帰って来ると、ひろ子がか細い声で呼ぶので、その声の方に行ってみると、ひろ子は洗面所から風呂場側の硬いタイルの上に倒れ、頭から血を流していた。

びっくりして《どうしたんや》と訊くとひろ子は《また、脳梗塞やと思う》と未だ意識はあった。倒れてからそれほど時間が経っていないようだったが、後頭部から血を流していたので、脳梗塞を発症して倒れたものと思い、慌てて救急車を呼び《脳梗塞を起こして倒れ、頭から血を流してる、時間との戦いなので急いでください、お願いします》と家の場所と容態を電話で話している間にも、ひろ子の意識は徐々に朦朧としていった。

救急車の中で、それでもひろ子は辛うじて、救急隊員に《国立病院の神経内科の先生に診てもらってるので、その病院に行って欲しい。血液をサラサラにするワッファリンを服用しているので、先生と連絡を取って欲しい》と譫言のように繰り返していた。

以前二回の脳梗塞発症の時は、最初は病院内、二回目は俺が傍に居て発見が早く、処置も速やかだったので、思ったほどの後遺症も残らなかった。

しかし三年前、発見が早かったのかどうか、何時に倒れたのかも分からず、その梗塞の進行具合、程度も分かっていなかった。その上、受け入れ先の病院も決まらず、救急車内で三十分は待たされただろうか。その時、ひろ子が通院していた病院にも問い合わせてくれたが、担当医が居ないという理由で拒否された。

救急隊員はあちこちの病院に連絡してくれるが、そのじれったい、どうしようもない、何もしてやれない時間は刻々と過ぎていき、ひろ子の容態は悪化していくばかりで、路上に停まった救急車内で、薄れていくひろ子の意識を取り戻すようにきつく手を握ってやること以外に、何もしてやれない苛立ちが募るばかりだった。

しかし、一刻を争う緊急事態だから仕方がないのだろうが、何故通い慣れた、脳梗塞の主治医がいる病院に運んでもらえないのか、歯痒さと苛立ちが込み上げてくるばかりで、三十分を一時間ほどに感じ、脳梗塞を発症してからの時間を指を折って数えた。その頃脳梗塞は三時間半が勝負と聞いていたこともあり、不安と焦りは増長していくばかりだった。

そして、待つこと、三十分以上は経っただろうか、漸く救急車は動き出し、目の前の通い慣れた病院の前を素通りして、以前にひろ子が救急搬送されたことのある病院に滑り込んだ。その時は、子宮筋腫で、搬送されるや否や開腹手術を宣告されたので、ひろ子は恐れをなして拒否し、逃げるように通院していた病院に駆け込んだことがあったが、選りにもよって、運命のいたずらとも言える、その救急病院だった。

サトシの場合もそうだったが、病院の選択を間違えると、取り返しの付かないことになる。

サトシのときは、サトシの頭に異変を感じ、二枚の診察券を持って家を出たが、片や国立病院系列の医院、もう一枚は市立病院系列の小児科医院だった。そして苦渋の選択の末、市立病院系列の小児科に賭けたのだが、その小児科医院の紹介で市立病院小児科に緊急入院した。そして入院と同時にCT検査、その検査結果で脳腫瘍と診断され、緊急手術を要するとして小児科病棟から脳神経外科病棟へ転院させられてしまった。

しかし、サトシとひろ子のときも同様で、患者側に病院、診療科、医師を選択する権利、余地は全くなく、ただただ、一個人の医師の独断に押し切られてしまい、無知の患者側は藁にも縋る思いで、病院又は医師を信じるしかなかった。

それでも、腫瘍摘出後に脳外科から小児科病棟へ戻してくれれば良かったものを、脳外科はサトシを患児として見ず、ただのお客さん同然に扱い、小児科へ戻すことなく抱え込んでしまった。医者も一種の商売なのだろう、治療成績、名声、金銭的地位を上げるために実験的な治療を無謀にも強行してしまった。後から分かったことだが、その治療内容は想像を絶する杜撰なもので、サトシは虫けらのように幼い命を奪われてしまったのである。無念としか言いようがなく、未だに頭の整理は付かず、当時の担当医を許すことができない。


ひろ子が救急で搬送された病院は、サトシが入院した病院と同じ系列で、それだけでも不安が頭をよぎり、その上、救急隊員に《脳梗塞を起こしている、急いで欲しい》と告げたものだから、否応なく脳神経外科に運び込まれてしまった。脳梗塞は時間を争うものだから悠長なことを言っている場合でないのは重々承知しているものの、独断で何をされるか分からないと疑心暗鬼に陥り、ただ、ただ、医師の説明を待つだけだったが、その間にサトシの事が思い出され、病院を変えることができないものかと不安と焦りが交錯した。

そして、病院の廊下で待たされること一時間。《医師の説明があるのでそのまま待ってて下さい》と看護師から告げられたものの、時間がどんどん過ぎていくので気が気ではなかったが、ただ、待つより他に術がない。時計を睨みながら前回の脳梗塞のことを思い出し、色々と思いを巡らし、楽観もしてみるものの、時間の経過と共にそれも打ち消され、不安は否応なく心を占領し、悲観的な考えばかりに振り回され、このままひろ子は戻って来ないのか、と最悪の宣告に怯えるばかりであった。

前々回の脳梗塞の後遺症は半盲で視野が狭くなったものの、車を運転することもできるほど回復した。前回は、それほど時間も経っておらず、処置も速やかに行われたので、気にするほどの後遺症も残らなかった。

しかし今回は、頭から血を流していたので、その原因も程度も分からず、無理やり楽観視しようにも、できるはずもない。ただ、希望の病院を選択できない苛立たしさ、医療過誤の不安が付き纏って居ても立ってもいられず、時計の針を見るばかりで、楽観的希望と悲観的不安が入り乱れ、長いのか短いのか、経過時間が目まぐるしく変わるのを覚えた。

目の前を、松葉杖を突き、足にギプスをした若い患者が通り過ぎるが、命に別状は無さそうな表情が、反ってひろ子の病状の不安と重なり、明るい廊下と対照的に、心に暗い影を落とす。

それからさらに三十分、呼ばれて脳神経外科医の説明を受けたが、ＣＴ画像を見せられて、《脳内出血を起こしている

それによって水頭症を来している
水頭症によって脳室拡大を来し、意識が低下している
水頭症を改善するために緊急で手術をする
改善のために脳室内の髄液を抜く
頭蓋骨に穴を開け、チューブを脳室内に入れる
その部分の脳は損傷するが、機能しておらず、医学の歴史上も問題ない
気道を確保するために喉に穴を開けてチューブを入れる》
立て続けに、
《手術は全身麻酔下で施行する》
と、間髪を容れずに説明され、手術、麻酔の同意書に署名を求められた。しかし、医学的専門用語を並べられても、その場で理解できるはずもない。脳梗塞なら前回で経験していたからまだしもで、説明も納得できただろうが、脳内出血は経験もないので、脳に対するダメージがどれほどのものか、或いは後遺症が残るのか否か、命に関わるのか、その前に、その手術は妥当なものかどうか全く未知の世界であり、説明を聞きながらも疑念が渦巻いていた。
水頭症改善の為、脳室内にチューブを入れる脳室ドレナージ術はサトシの時に経験していたから、それほどに抵抗感は無かったが、ただ、生身の身体にメスを入れる、それも脳を損傷することが、ひろ子に対して不憫でならなかった。それも、その決断の同意書は理解し納得でき

るものではなかったから、余計に心苦しい選択を迫られ、逃げ場は塞がれていく。

果たして、この決断に間違いはないのだろうか、後悔はしないだろうか。しかし、この病院を蹴って他の病院に行けるというのか、緊急を要する脳内出血或いは脳梗塞に間違いはないのだから、一刻の猶予もない、この病院にひろ子を委ねる以外にない、と心が張り裂けそうになった。

ひろ子、ごめんな、何もしてやれず！

サトシの場合もそうだったが、意識の無い寝たきりでも命を取るか、それとも、予後、短くても人間らしく生きるか。

十歳でサトシは脳腫瘍が見つかり、それが生命に関わる脳幹部を圧迫していた為、緊急手術で腫瘍を摘出し、引き続き脳と脊髄に放射線治療が行われた。当時の脳神経外科的治療は、摘出手術の後に五〇グレイもの線量を脳に照射するのが標準的治療とされていたが、それは取りも直さず、腫瘍細胞は放射線で死滅するのだが、それと同時に、周囲の健常細胞まで破壊する強烈な線量だった。その当時の脳外科医は、命あっての物種、息さえしていれば良い、というのが脳外科的発想であり、患児の予後、人間らしく生きることの意味を全く軽視しており、その結果、サトシの顔からは笑顔が消えてしまった。

しかし、その当時、同じ時期に、小児科的治療で放射線量を一八グレイまで下げて晩期障害を軽減する治療法が行われていたのも事実で、あの時、もし小児科へ戻っていれば、或いは他院を受診していれば、今頃サトシは三十四歳になっており。孫の顔も見れたことだろう。

脳内出血を引き起こしたひろ子の緊急手術の同意書への署名は、他に選択する余地は無かったとは言え、身を切る思いだった。医師は目の前の脳内出血の治療説明だけを事務的に、当然のような顔をして、まるで俎板の鯉をさばくが如く同意書の署名を促すだけで、ひろ子の病歴を確認することも眼中にない。この手術が諸刃の剣の如く危険な治療かどうかも知らされず、検討される様子も窺えないので、辛うじて声を絞り出したのは《持病の脳梗塞のこともあるので、今服用しているワッファリンをどうするか、ひろ子の主治医と連絡を取って欲しい》と言うのが精一杯だった。

しかし担当脳外科医は《連絡は取りません。ワッファリンは中断します。また、何かあれば当院に戻って来てもらいます》と素っ気ない返事で、何の権利があって勝手に患者を戻すのか、病院を選ぶ権利は患者家族側にあるはずだ、と口から出かけた。しかしこれ以上、素人が医師に言えるだろうか、言える筈もない。何故なら、緊急入院した時点で病院と患者側には、意思表示をしたわけでもないのに、暗黙の診療契約が成立しており、ひろ子は既に病院、医師の手の上に乗ってしまっているからである。

そして、ひろ子が救急処置室から手術室に搬送されて行く時に、遠くからチラッと眠った顔が見えたが、声を掛けてやることもできず、ただ見送る以外に無かった。当時、新型コロナウイルスが世界中に蔓延していたため、特に病院は非常事態体制を敷いており、患者の身内とて面会することは許されていなかった。病院からは、まるで車の修理にでも出したように、《何かあれば連絡しますので、お引き取りください》と他人事のように言われる始末で、手術が上手くいかなければ、これが最後の別れになるのか、又、無事に戻って来たとしても、意識が戻るかどうかは分からないと思うと、情けなさが込み上げてきて、涙が滲んできた。無事に戻って来てくれ、と祈る以外にしてやれる事は、何もなかった。今、ひろ子は冷たい手術室で、この世界でたった一人である。

ひろ子はこのまま、意識が戻らないのだろうか。

病院の外へ出ると、西の山に太陽は落ちかけており、一日の名残を告げるように真っ赤に燃えている。初夏の蒸せた風が汗を誘うが、タクシーを拾う気にもなれず、ただ歩いて頭を整理したかった。しかし、病院から離れるにつけ、傍に居てやれず、全身麻酔、頭に穴を穿つ手術で身体をボロボロにされているひろ子を見捨てるようで、やり切れなさが込み上げ、足が止まり、振り返った。

この街は何処だろう。何処にでもある普通の風景に疎外され、違和感が心に荒び、喉がカラカラになる。輝き出した星はいつから光っているのか、何億光年前の光なのか。街を行き交う人たちは何処へ帰るのだろう、車は何処へ向かうのか。バスに乗った人々は何を思って何処へ、流されて行くのか。街の喧騒が、ひろ子の存在を掻き消していく、ひろ子は、何処へ行ってしまうのか。

そして、家に帰って程なくして病院の看護師から電話があった。その時、手術室に入ってから既に四時間ぐらいが経っていただろうか。《手術は無事に終わりました、手術は二時間ほどで終わったんですが、連絡が遅くなってすみません》と事務的に報告するだけで、ひろ子の容態については何ら触れることは無かった。《で、ひろ子の様子はどうなんですか》と恐るおそる訊いても、《答えられません、詳しいことは主治医から連絡があると思います》と患者家族の心配をよそに、素っ気ない返事であった。人の命を預かる筈が、世間から隔離された病院の日常が垣間見られ、人を物品のように扱う無神経さに慄かされる。

一体どうなってるんだ、こんな事有りか、人の身体を、人の命を勝手に何をしてるんだ、もう滅茶苦茶だ、と歯痒い思いをするだけで、手も足も出してやれない自分に苛立つばかりだった。それに、手術は無事に終わったとしても、それは緊急の外科的手術が済んだだけであり、今の、今後のひろ子の容態がどうなるのかなんの説明もなく、ただ皆目見当も付かず、無防備に晒されるだけだった。脳へのダメージによる後遺症が残るのかどうか、意識が戻らなくなるのか、意識はあっても寝たきりになるのか、それとも、車椅子生活になるのか、あと何年生きられるのだろう、と次から次へと不安が湧いてきて、いっさい手も足も出せないもどかしさと苛立ちが募るばかりで、握り締めた携帯電話を破壊したくなる衝動に駆られ、さらに力が入る。

玄関先で何も知らずにひろ子の帰りを待つジェニーの寝姿を見ていると、溜息が出て、ひろ子が不憫でならなかった。ひろ子は一体どうなるのだろう、と先が見えない不安は消しても消しても間断なく押し寄せてくる。命はあっても寝たきりになるかも知れない、という最悪の事態が頭から離れない。

しばらくして、タバコを吹かしてぼうっとしているうち、ワンちゃんたちの寝顔を眺めながら、《なあ、お前ら、ひろ子が寝たきりになって帰って来ても、みんなで一緒に暮らしていこな》と呟いた。そして心の中で《寝たきりでも構わない、施設なんかに絶対入れない、死ぬまでひろ子の面倒を見てやる》と固く心に決め、意識さえあれば、絶対に悲しい思いはさせない、と自分に言い聞かせつつも、心は立ち昇るタバコの煙に揺らぐ。


三年前、最初の脳内出血による水頭症を改善する緊急手術の後、病院に呼ばれて入院手続きや必要な介護用品を持って病院に行った時、病室のベッドに横たわるひろ子を廊下側から見ることができた。

しかし、ひろ子は死人のように意識がなく、ただ、息をしているだけで、頭には脳室ドレナージのチューブが挿入されており、鼻からは管が、喉には気道を確保するパイプ、腕には点滴用の管、胸には電線が、そして右腕は、それらの機器、管に触れないように拘束帯で固定されていた。サトシの脳腫瘍摘出術後の姿と同じで、全身チューブ、管、電線だらけで、親として夫として、見るに耐えられるものではない。これほどまでに身体に穴を開けられ、果たして助かるのだろうか、仮に命は助かったとしても、重篤な後遺症は避けられない、寝たきりの生活も覚悟せざるを得ない、ただ、この現実を受け入れる以外にないが、あまりにも理不尽で、頭は混乱して収拾が付かない。そして、左手は麻痺しているのか、手首が少し「く」の字になっているのが目に焼き付けられる。

また、ひろ子は脳梗塞の危険性も孕んでおり、素人が口出しするのも憚られたが、命に関わることなので、

《血液をサラサラにするワッファリンはどう考えておられるのですか、これまで通院していた病院の脳神経内科の先生と連絡を取ってもらえたのですか》と訊くと脳外科医は《連絡は取りましたが、奥さんの通院先の神経内科医は、ワッファリンを止めることはできない、と言われていますが、当院としては薬の種類を変えて様子を見ます。又、何かあれば当院で処置しますので、此処に戻って来てもらいます》と言ったが、実際に通い慣れた病院の主治医に連絡を取ったのかどうかも怪しく、又、救急病院の神経内科の診察も受けることができず、不安は募るばかりだったので、

《今後、通い慣れた神経内科を受診したい》と訴えると、脳外科医は、

《それはできません、何かあれば当院で診ます、此方に戻って来てもらいます》と当たり前のように、患者の意志を全く無視する、患者の権利をも侵害する発言を、平然とした。この時、なぜ、ひろ子の国立病院の主治医に診てもらえないんだ、と怒鳴りそうになったが、ひろ子の容態を横目に見て、この病院に居る限り、無理、と悟った。

サトシの場合も同様だったが、何故患者は治療を選択することができないのか、何故信頼のおける医師に診てもらうことができないのか、只々、不安と怒りのみが高じていくばかりだった。患者側には医療を選択する権利がある、と謳うものの、一体これの何処に権利があるというのか、皆無である。

そもそも、この救急病院に搬送されたのは患者側の意志ではなく、他でもない、それはただの「偶然」だった。運命の悪戯とでも言うべきか、サトシで失敗した病院の同系列の脳外科医に当たってしまうとは、不安と焦燥は拭えず、不信感は腹の底から湧いてくる。

しかし、一体何ができるのだろうか、今のひろ子を他院へ転院させることなど不可能に近い。又、そんな危険なことができるはずも無く、もしできても、受け入れ先の病院も儘ならず、路頭に迷うだけだと思うと、余計に歯痒さ、苛立ちが心の底から突き上げてくる。

その上、病院は新型コロナウイルスの脅威で全面的に面会禁止の処置を取っており、同意書、入院手続き、介護品の搬入等の用事があっても病室に近づくことも叶わず、ただ無為に待つだけだった。看護師に訊いても《何も言えません、何かあれば担当医から知らせます》と言うばかりで、その担当医からも何の連絡も無く、十日ほどが過ぎていった。

その間、ひろ子の容態は快方に向かっているのか、それとも悪化しているのか何の情報も知らされず、やり切れない不安は益々募るばかりで、隔離された病院の密室で、ひろ子に一体何をしてるんだ、と心の中で叫ぶのが関の山だった。また、脳内出血を起こし、頭を穿つ緊急手術を受けるほどの、命に関わる重篤な容態なのに、傍に居てやることもできない辛さ、申し訳なさが込み上げてくるが、ただ指を咥えて待つ以外に術はなかった。

そして、救急病院への搬送時は新型コロナウイルスの影響で面会は全く許されなかったが、二週間ほどして、制限付きではあるが少し緩和された。また、それでもなんとか一連の処置を終えると担当医から、当院での治療は終えたのでリハビリ病院に移ってもらいます、との連絡があった。

この病院に緊急入院したのも、退院するのも、又リハビリ病院へ転院することも、今後の治療計画について医師からはなんの連絡もなく、ただ、ひろ子、患者側の選択の余地も与えられず、意志に反し、振り回されるだけだった。

そして、病院の事務員とのリハビリ病院への転院の相談があり病院を訪れた時、序でに約五分間だけ面会を許された。しかし、相談員が薦める転院先のリハビリ病院はどれもが市立病院系列の関連施設で、ひろ子が通い慣れた、安心できる国立病院系の施設は全く紹介されなかった。脳梗塞を防ぐ薬の処方のこともあり国立病院系の施設を希望したが、脳外科医に《何かあれば当院に戻って来てもらうので必要ない》と言われ、全く取り縋る術もなかった。それでも、ひろ子を安心させるため、国立病院に一番近い、目と鼻の先にある施設を選択した。何かあれば国立病院に駆け込めば良い、と思ったからである。

久しぶりに、二週間ぐらいだろうか、いやもっと長いような気もする。手術直後は全身に管やらチューブを付けられて、意識も朦朧として面会に来たことも分かっていなかったが、気道確保のために喉に管が入ってしっかり話すことはできないものの、ひろ子は、

《なんでもっと早く来てくれなかったの》

と目に涙を溜めて訴えた。また、右手の拘束帯を外してやると、曲がりなりにもペンを持って、

《風邪をひかないように気を付けてね》

と書くこともできた。

《もうすぐ此処も退院やし、国立病院の向かいのリハビリ病院に決めたしな。また運転できるように頑張ろな、車も売らんと置いとくしな》

と話しかけてやるとひろ子は、

《うん、頑張る》

と書いた。そして、麻痺して硬直している左の腕と足を擦ってやったが、反応のない、血の通わない物体を触っているようで悲しい気持ちになった。しかし、最悪の容態が今なら、これ

以上悪くはならない、と思うと僅かに希望の光も垣間見え、擦る指にも力が入る。

全身麻酔の大手術をしたにもかかわらず、ひろ子の傍に居てやれない理不尽、悔しさ。次の面会はいつなのか、このまま死ぬまでひろ子に会えないのかと思うと、病院側の無慈悲な規則に激しい怒りを覚え、乳幼児などは母親の愛情、看病が唯一無二の薬であるのに、それさえも病院は平然と無視し、かけがえのない親子の情まで断ち切るのか。「あなた達には子供も家族もいないのか」と問い質したくなるが、世間から隔離された病院側の日常の無神経さに呆れ返るばかりだった。

それでも病院側は理由のない面会は拒絶しており、病院側に用事がある時に限って入館を許可していた。また、許された面会時間は僅かに五分間だけだったが、それ以外は介護用品を搬入するのにかこつけて、無断でひろ子の顔を見に行った。

当初はひろ子の姿も見るに堪えなかったが、それでも、顔を見に行く度にひろ子は日に日に、目に見えて回復していき、携帯電話も使えるようになり、そして喉の管も外れると、会話もできるようになり、一時は落ち込んでいたが、リハビリ、回復力に自信が付いたのか、

《退院したら一緒に温泉に行こうね》

と嬉しそうに言った。また、ここまで回復するとは夢にも思っていなかったので、どうなるかと不安に押し潰されていた半面、反って、涙が零れそうになり、暗黒の世界に一条の光が射し、霧が晴れるような、そんな気持ちが湧き上がる。

しかし、程なくして、新型コロナウイルスが再びぶり返し、猛威を振るい出すと、病院は再び面会禁止令を敷いた。しかし歯ブラシ、歯磨き粉、タオル、梅干し等の差し入れとして面会理由を勝手に作り、病室の外からだが、ひろ子の顔を見ることができ、また、微かではあるが、院内のリハビリで麻痺した左の足も動くようになっていた。「もういーくつ寝ると……」ではないが、リハビリ病院への転院が待ち遠しいのがひろ子の表情からも窺える。

《頑張ってリハビリするし。車も売らんといてな》

ところが、リハビリ病院への転院を十日後に控えた頃、ひろ子は急に発熱を来し、熱が中々下がらない日が続いた。故に、当然の如くリハビリ病院への転院は立ち消えになってしまった。病院からは《脳室ドレナージのチューブから脳室にばい菌が入ったようで髄膜炎を起こし、今抗生物質を打っている》と簡単な連絡が入ったが、まるで風邪でも引いたぐらいの、他人事のような軽い口振りだった。髄膜炎がどのようなものか、その原因は、症状は、後遺症は、命に関わるものなのかどうか、怖くて調べる勇気もなく、面会時には、唯ベッドサイドでひろ子の額に手を当ててるのが関の山で、言葉を掛けることもできなかった。

感染症を起こしたのは病院側の管理責任であるのは間違いないが、しかしあからさまに看護師に文句を言う訳にもいかず、《気を付けてください》と言うのが精一杯だった。ひろ子も、熱が下がらないことに不安とショックを受けたのか《熱が下がらない、どうなってるんやろ、頭が壊れそうや、パーになりそうや》と挫けた焦りの色を隠せなかった。

また、わずか五分の制限時間になると看護師が来て退室を促すが、ひろ子は一体どうなるのだろう、明日はどうなるのだろう、と後ろ髪を引かれる思いで、病室のベッドに横たわるひろ子を振り返りながら、廊下に出て、色彩のない無機質な階段を下りていくが、それは正に奈落の底に落ちていくも同然だった。

そして数日後、担当医から電話が入り《髄膜炎を起こして熱が下がらない。腰椎穿刺で脊髄の髄液の検査をしたが異常は見受けられない。考えられるのは、脳室内に菌が残っている可能性が高い》という簡単な説明で、髄膜炎を起こした管理責任には全く触れず、謝罪の一言も無く《同意書に署名が必要なので来院して欲しい、詳しいことはその時に説明します》とのことだった。その事務的な口調は、患者側の気持ちを全く酌まない、合併症の髄膜炎を発症したのは病院側の落ち度ではなく、最初に説明していた通り、当然の結果とでも言いたげだった。確かに、説明書にはありとあらゆる合併症、医療事故などが記されており、それに当てはまらないのは至難の業としか言いようがない。

しかし、裏を返せば、最初に同意書で説明し署名を取っている、当院に説明義務違反はない、と豪語しているのであり、本来の医療行為を履き違える、無責任な、本末転倒も甚だしい限りの発言である。

心の底から怒りが込み上げてくるが、患者側には成す術もない。菌が入って髄膜炎を起こしたのは病院のずさんな管理のせい、医療ミスだろう、と怒鳴りたいところだが、言ってしまえば病院を変えることになり、そんな危険な、路頭に迷うようなことができる筈もない。一旦入院すれば俎板の鯉も同然で、患者側は不信感を抱きつつ、脅かされながら、只々、我慢するしかない。

ＣＴ画像を見せながらの若い脳外科医の説明は、
「脳室ドレナージから菌が入って髄膜炎を起こした
抗生物質が効いて脊髄の髄液に菌は見受けられない
しかし、熱は中々下がらない
考えられるのは、まだ脳室内にばい菌が残っている
そこで、ばい菌を脳室から出す
再度脳室ドレナージを施行する
前回頭蓋骨に開けた穴を利用する
また、水頭症も来しているので改善の目的もある
説明は前回しているので、この同意書に署名して下さい」
と本を読み上げるように淡々と説明し、有無を言わせず、一方的に署名を迫るが、ずさんな

管理により髄膜炎を発症したことには一言も触れず、謝罪もない。言い変えれば、同意書に署名さえ取っておけば何をしてもよい、ということなのか、と思っても口にすることはできない。そもそも、髄液は脳室から脊髄に流れ下るもので、下流の脊髄から採取した髄液に菌が存在しないのなら、逆流でもしない限り、脳室に菌が在る訳が無いだろう、何を馬鹿なことを言ってるんだ、と思ったところで、反論など言える筈もない。

同意書は何の為、誰の為にあるのだろう。どう考えても患者側ではない。それは医師、病院側の責任逃れ、身を守るため、即ち訴えられた時の裁判対策用に担保しているのである。手術による合併症、リスク、ミスまでを全て説明しておけば、何が起こっても責任を免れられることになる。

しかし、髄膜炎を起こして発熱しているひろ子を見て、署名を拒否し、どうして他院へ連れて行けるだろう、できる筈もない。ただ、同意もしていない、その治療が正しいのかどうかも分からないまま、ペンの先を見つめて躊躇ったが、署名する以外に方途はない。そして、また頭にチューブを入れられ、脳を傷つけられるのかと思うと、まるで自分がひろ子の頭に穴を開けるように思え、やり切れない思いが込み上げ、ひろ子を守ってやれない情けなさで、目頭を押さえた。

《子供の脳腫瘍の時は脳外科が小児科と連携せず治療をしたのですが、今回の発熱の原因と治療は他科と連絡を取った上での判断ですか》

と、サトシの時の失敗を繰り返したくなく訊いたところ担当医は《脳神経内科と相談して決めたことです》と答えたが、それでも不信感は拭えなかった。脳室ドレナージ挿入によって、その管理ミスで髄膜炎を引き起こした責任を全く省みない口調に呆れ返り、益々不安は募るのだが《今度は、ばい菌が入らないように気を付けてください》と、医師を責めてるのか、それともお願いしてるのか、どちらとも付かない言葉が精一杯だった。そして、否応なく、

《よろしくお願いします》

と心にも無かったが、そう言わざるを得なかった。そして、ひろ子を不憫に思いながら、泣く泣く、署名した。

帰る時に病室を覗いたが、ひろ子は氷枕を頭と脇に当てがって寝ていた。前回の手術で剃られた髪の毛がやっと伸びてきてるのに、それを又剃られるのかと思うと、戻りかけたひろ子の意識、気力が折れ、遠のいていくのかと思うと、もう立ち直れないほどの挫折感がひしひしと押し寄せる。

病院を出ると、蒸せるような夏の熱気、変わらぬ街、いつもの喧騒、同じ一番星が煌めいていた。そして病院から離れれば離れるほど、ひろ子を一人取り残していくようで、やり切れない悲しさ、何もしてやれないもどかしさ、付き添ってやることもできない虚しさに圧し潰され、

息が詰まりそうになり、心の底に燻ぶったわだかまりを大きく吐いた。

3

ブー　ブー　ブー　ブー

左手に握り締めていた携帯電話の画面が光り、着信音がこの部屋を現実の世界に引き戻すように響く。ハッとして画面を見ると、それは先程まで一緒に食事をしていた彼女からの電話であり、咄嗟に、後ろめたさが走り、ひろ子の顔に目を移した。ひろ子は静かに眠っているが、この着信音が聞こえただろうか、それとも、寝ている振りをしているだけなのか、無言の閉じた唇が誹りのようにも、許しのようにも思える。

ここ数カ月、介護士が夕方の六時頃に来てひろ子の身体の清拭を済ませ、食事を終えて七時頃にはひろ子を車椅子からベッドに移して帰る日々が続いており、今日は、介護士と入れ替わりに家を出たが、まさか倒れるとは夢にも思っていなかった。

二年前に二度目の脳内出血で倒れ、ほぼ寝たきり状態になったが、それでもリハビリ施設と自宅介護で、少しずつだったが、順調に回復していった。ところが、残念極まりないことに、予期せぬ痙攣発作を起こして食事の嚥下ができなくなり、胃ろうを設置せざるを得なくなってしまった。しかし、ひろ子の容態は一進一退だったが、元々丈夫な身体だったので、辛うじて意思表示はできており、最近では、右手だけだが、パソコンで文字が打てるまでに回復していた。

また、ひろ子の日課は、朝の七時頃に胃ろうを済ませ、体を拭いてやり、昼にも胃ろうで栄養食を注入し、午後からはリハビリのヘルパー、家政婦、そして夜の介護士と、来る日も来る日も単純な日々が続いていた。当初は、脳梗塞、脳内出血、痙攣発作の爆弾を抱えており、油断ができない日々の連続で、緊張感で介護疲れも感じなかったが、徐々に生活リズムが整ってくると、感覚も麻痺していき、心身ともに休まることのない異常な介護生活が、いつしか、普通の日常生活に変化していく。そして、先の見えない介護生活にも慣れてくると、介護のことも、ひろ子のことも疎かにするつもりはないが、四六時中ひろ子のことを片時も忘れてないと口では言えても、現実にはできないのが人間であり、反って、刺激を求めて、息抜きに外へ出て食事をするようになっていった。自分勝手な言い訳ではあるが、俺が倒れたら誰がひろ子の面倒を見るのだ、先ず、俺がひろ子より先に死ぬ訳にはいかない、ひろ子より長生きしなければならない、と自分に言い聞かせていた。

先の見えない、逃げ場のない老人介護、日々の辛苦に耐えられず、経済的にも追い込まれたら、終わりにしたいと苦渋の選択を余儀なくされるのも致し方ないことだろう。反って、誰がその責任を問えるというのか。それよりも、それは、介護される人に対する究極の愛情の表れかも知れない。介護疲れで殺人事件が起きるのも、介護する者も、される人も生き地獄に喘いでいるのであり、心の底から、同情できる。

彼女からの着信時刻は十一時半を示している。

七時過ぎに倒れたのなら、四時間半が経過しており、既に手遅れだろう。しかし、十時前なら、まだ一時間半しか経っておらず、今から救急車を呼べば、たとえ搬送先に手間取ったとしても充分間に合うかも知れない。しかし、間に合ったところで、命は助かるかも知れないが、意識のない寝たきりは避けられないだろう。それならば、このまま静かに眠らせてやるべきか、と心は揺れ動き、決断が付かない。さらに、搬送先が市立系病院になるかも知れないと思うと、躊躇って、震える指が動かない。心の中では「押せ」と「いや待て」が葛藤し、揺れ動く迷いがずるずると時間だけを食い潰していく。

ひろ子の寝顔が訴えてくる。ひろ子は何も語らないが、油断をして、束の間でもひろ子の事を忘れていたことを、浮いた気持ちを、寂し気な表情が非難する。出掛けなければ良かった、もう少し早く帰って来れば良かったと思ってみても、ただの言い訳にしかならないのか、ひろ子の無言の唇は許してくれそうもない。

着信音はとうに消えている、無言の静寂が部屋を包み、時計の針は十一時半を過ぎ、絶え間なく時を刻み、刻一刻と残された時間は失われていく。ひろ子が倒れたのが十時前だとしても、既に一時間半は過ぎており、限界の時間は三時間を切っている。そして焦りは徐々に増大していくばかりで、搬送先の病院のことに考えは惑わされ、行動に移すことができない。もし、杜撰な救急病院に運び込まれたら、一巻の終わりになるのは目に見えている。

あの時、脳室へ菌が入って髄膜炎を起こしたとする診断と手術により、リハビリ病院の転院は一カ月ほど先送りになってしまった。その間、病院からは何の連絡もなく、不安になって恐るおそるひろ子の様子を訊いても看護師は《答えられません、何かあれば担当医から電話があると思います》と素っ気なく言うだけだった。

それでも、勝手に用事を作って面会に行くが、病院の地下道を通って四階の病室までの階段は、人の気配のない、まるで地獄への茨の道だった。期待もするものの、それを掻き消すように悪い予感が襲ってきて、立ち止まってしまうことも何度かあった。

しかし現実は、どう足掻いても変わるものでもないから、ただ受け入れるしかなく、逃げる訳にもいかないと覚悟を決めて向かうしかなかった。寝たきりになっても構わない、意識さえあってくれたら、喜び悲しみを感じてくれたら、人間らしささえあれば、それだけで十分だ、絶対悲しい思いはさせない、誰よりも幸せにしてやる、と心に決めて病室を覗いた。

当初は、頭には脳室ドレナージのチューブ、鼻からは栄養補給の管、喉には気道確保のパイプが取り付けられており、熱が下がらないのか氷枕を頭と脇腹に抱えて眠り込んでおり、声を掛けても反応がなく、ただ顔を撫でてやるだけで、管理ミスの感染症の責任を遠回しに看護師に非難してみるが、反って空しいだけだった。病院側は、同意書に説明している通り、と反省すらしようとしない。

何故こんなことになってしまったんだ、手術による合併症の可能性を説明しておけば何をやっても許されるのか、と抑えきれない怒りの感情を誰にぶつけたらよいのか、と思いつつ、重い足を引きずり暗い階段を下りていった。ひろ子はどうなるのだろう、このまま昏睡状態になってしまうのだろうか、もう意識は戻らないのだろうか、とどんどん地の底に落ち込んでいく思いだった。

何かに縋りたい、何かを信じたいと振り向いても、そこにいるのは、他でもない、自分自身だった。目の前の現実、見るに堪えないひろ子の姿を、在るがままに受け止めなければならない、自分がいた。

面会謝絶は続き、ひろ子の容態がどうなっているのか皆目見当が付かない日が流れていき、病院側は何かあれば連絡します、と素っ気ない返事をするばかりで、しかもその連絡は全くなかった。

しかし気になり、居た堪れず、その間にひろ子の意識が遠のいたらどうしよう、今行かなければもう二度とひろ子に会うことができなくなるかも知れない、今生の別れになってしまうかも知れない、と週に一、二度は介護の荷物を持って無理矢理面会に訪れたが、しかし、病院側は無情にもそれを許さない。病室の入り口には面会謝絶の張り紙があり、カーテンが引かれて廊下からはひろ子の様子は殆ど窺えないが、それでも辛うじてカーテンの隙間から覗いてみると、想像、期待に反してひろ子は死んだように眠っていた。

このまま意識が戻らないかも知れないのに、どうして傍に居てやれないのだ、何故声も掛けてやれないのだと悲しさ、悔しさが込み上げてくるばかりだった。そして何もしてやれない情けなさを、無言のひろ子は責めているようにも思える。何かあれば連絡します、と病院側は繰り返すが、その連絡は死亡報告なのか、と思うとひろ子を見続けるのが心苦しく、耐えられなかった。

そして茫然と廊下に立ち尽くしていると看護師が来て、《もう時間ですから引き取ってください》、と非情にも退出を促すが、何もしてやれない、何処にもぶつけられない悔しさが滲み出てくる。そして、これが最後か、と悪夢がちらつくが、それでも看護師に《来たことを必ずひろ子に伝えてください、寂しがるので》と心残りとも、別れの言葉とも付かない気持ちを残し、病院を後にした。

医療とは何だろう、身体の疾患さえ治せばそれで良いのか、いや、人間には精神というものがあるではないか、心が壊れては、意識が無ければ、生きていることに何の意味があるというのか、とひろ子の顔を想い浮かべながら、当てもなく歩いた。

ひろ子はどうなるのだろう、戻って来るのだろうか、それともこの街から消えてしまうのだろうか、しかも、一人っきりで。

その後、病院からはなんの連絡も無く、不吉な知らせを待つような悶々とする日が続いたが、十日ほどして、不意に病院から電話があった。何かあれば連絡します、と聞いていたから、一体何事が起こったのか、と疑心暗鬼に携帯電話の向こうの声を待った。「便りが無いのは元気な証拠」と言うが、何の連絡も無いのは針の筵も同然だった。熱は下がったのか、また菌が脳室に入っているのではないか、意識はどうなってるのか、この間、悲観的な妄想ばかりが頭を過り、何も手に付かなかった。次は一体なんなんだ、と思いつつ恐るおそる耳を傾け、そして、じっと耳を凝らすと、携帯電話の向こうからは、リハビリ病院への転院の打ち合わせに来てください、との内容で、何故それを先に言ってくれないのかと思うのが先か後か、正に地獄から天国への架け橋を昇っていくような気がした。

しかし、担当医、地域のケアマネージャーが勧めるリハビリ病院は市立病院の系列先ばかりで、患者側の希望、選択の余地は全く与えられない。そして、続けて担当医は《転院先のリハビリの部屋が空き次第移ってもらいます》と一方的で、全く此方の意向を聞こうともしない。また、ひろ子の持病である脳梗塞の危険性について《前に診てもらってる病院の診察を受けたい》と申し出ても担当医は《その必要はありません、何かあれば当院へ戻って来てもらいます》と患者の権利を踏みにじる傲慢な説明、というより指図だった。

少なくとも、ひろ子の身体のことを一番理解している通い慣れた国立病院の医師の診察を、何故、どうして受けられないのか、ただ腹立たしさが込み上げてくるが、果たして患者の医療を選択する権利を盾に担当医の指示を拒絶できるだろうか、できるはずもない。仮に拒否して退院したところで、次に行く病院のあてもない。まして、この病院には二度と戻って来れないだろう。

救急車でこの病院に運び込まれたが、これを偶然、運命として片付ける、諦めることができるだろうか、いや、ただ、頭で整理が付かない無念さだけが残り、渦巻く。もし、救急車で国立病院に運び込まれていたら、脳梗塞も考慮した治療を受けられただろうと思うと、残念で仕方がなく、やりきれない。

サトシの時もそうだったが、小児科に緊急入院したものの、脳腫瘍摘出術のため一旦脳神経外科に転科した。ところが、手術を終えた後、サトシを小児科に戻せばよいものを、何故か、脳外科は専門分野でもない化学療法を強引に施行してしまった。しかし、脳外科は化学療法について無知であるが故に薬剤量の計算間違いに気付かず大量に投与してしまい、激しい出血性膀胱炎を来し、五クールの治療計画のところ半クールで中断し、治療計画は破綻した。そして、その化学療法の間違いを小児科は再三に亘り脳外科に指摘し、治療計画の見直しを助言したにもかかわらず、脳外科はカルテ改竄をしてまで小児科の意見を無視した。また、小児科はサトシの転院、或いは併診を脳外科に申し出たが、脳外科は医療過誤を隠蔽しようとし、又はそのプライドからか、頑なに拒絶した。またある時、此方が小児科への転院を希望したときも、担当医師は《気持ちは分かるんですが、こういうシステムになっているので、小児科への転院はできません》と無下に断られたことがあった。しかし、一体どんなシステムがあるというのか、子供の命より大切なものがあるというのか。

また脳外科は、子供の予後、未来を断ち切る、廃人になるほどの放射線量を脳、脊髄に五〇グレイも照射しており、ただ腫瘍細胞を死滅させることだけを優先し、健常細胞をも破壊して晩期障害を招くことには一向に眼中になかった。

これなどは、治療とはなんたるかを全く理解しておらず、その前に、人として医師として失格しており、医療に携わってはいけない。一人の首謀者を抹殺するのに原爆を投下したらどうなるか、罪もない人まで犠牲になるのは自明の理なのだが、それを脳外科は全く意に介していない。

そして、ようやく希望が叶って別の病院の小児科へ転院した時は、既に手遅れで、サトシは死亡した。一体この五年の治療はなんだったのだろう、ただ苦しんだだけではないか、患者の権利、希望を踏みにじられて、傲慢な脳外科の犠牲になって、理不尽にも殺されたも同然だった。

また、ひろ子の脳内出血の原因について、滑って倒れて頭部を強打したのか、それとも脳内出血を起こして倒れたのか、その説明を担当医に求めても、担当医は《分かりません》と答えるのみで、端から原因を究明しようともしなかった。仮に脳内出血を起こして倒れたのなら、その原因は血液をサラサラにするワッファリンが一番に考えられるが、脳外科医はその原因を全く検討しようともしなかった。要するに目先の治療はするが、先のこと、予防の為の対策を何ら講じなかった。

人の命を物品のように扱われるのに不満と不安を抱きつつ、しかし他に選択の余地も無く、担当医師の説明の後、ひろ子の顔を見に行った。不信感は拭えなかったが、早くリハビリ病院に転院し、その病院から通い慣れた信頼できる病院の診察を受ければよい、もう少しの我慢だと自分に言い聞かせながら、病室の前に来た。

その時は面会謝絶も少し緩和されており、ベッドサイドへも許されたので、ひろ子に、《もう直ぐリハビリ病院に転院できるし、国立病院の目の前の施設にしたし、そこで頑張って、リハビリして早く家に帰ろうな》

と言ってやるとひろ子も頷いて、

《頑張る》

と言って手を握り返してきた。

しかし面会時間に制限があって帰ろうとするとひろ子は《もう帰るの、なんか寂しい、もうちょっと居て》

と拘束帯で固定されている右手を差し出し握りながら、涙を溜めて言った。その子供のように泣きじゃくる顔を見たのはこの時が初めてだったが、思わずひろ子の頭を撫ぜてやると、目頭が熱くなってもらい泣きをしそうになった。

そう、意識はあるんだ、まだ希望はあるんだ、と思うと自然と目頭が潤んできた。そして、意識さえあれば、それで十分、贅沢は言えないと思いながら、ひろ子の手を強く握り返した。

病は気から、というが、ひろ子がそれを如実に証明していった。リハビリ病院への転院が決まってからは、ひろ子は日に日に回復していき、喉の管も抜去され流動栄養食用のチューブも外されると、水を得た魚の如く話せるようになり、食事も口から摂れるようになった。

その回復力の源は精神力か、真に、人間らしくなっていった。さらに、携帯電話を渡すと頻繁に電話もかけてくるようになり、ある時などはあまりにかけてくるので、うるさい、明日にしろ、と嬉しい文句を言ったぐらいだった。

そしてひろ子は、入院中に溜めていた仕事、用事も自ら電話でこなすようにもなっていった。その時はまだ左の手足には麻痺が残っていたものの、頭は明晰で、銀行口座の暗証番号を覚えていて教えてくれたのには驚かされ、人間の回復力に驚異さえ感じた。

4

そして、首を長くして待ちに待った、退院の朝になった。

まだ左手足に麻痺が残っているので車椅子での転院となったが、ひろ子にとって入院後初めて、約四カ月振りの外出となり、優しい陽光がひろ子の髪を撫でる。街、世界から見放され、頭のドレナージ、喉の管、鼻のチューブ、右手の拘束帯などでこの病院に閉じ込められ、肉体的、精神的にも自由を奪われてきたが、まるで鳩が籠から解き放たれるような解放感、天井のない、束縛のない自由な空気に包まれる。

睫毛をくすぐる眩い光、樹木の香り、爽やかな風のなか、全身で大きく吸い込み、希望に胸を膨らませ、この世界、この街に溶け込むように大きく息を吐き、ひろ子に顔を見られないように車椅子を押したが、ハンドルを握る手にも力が入る。

心ならずも救急でこの病院に搬送され、この四カ月は不安と後悔、最悪の状態から垣間見た希望の光に一喜一憂し振り回された。しかしこうして転院となると、反ってそれまでの心労が吹き飛び、これからが勝負、人生のやり直し、と思った。そしてひろ子に、

《頑張ってリハビリしょうな、歩けるようになったらワンちゃんと一緒に温泉に行こな》

と言ってやるとひろ子は、

《うん、頑張る》

と目を輝かせて頷いた。

リハビリ病院はこの救急病院の系列で殆ど選択の余地がない強制的なものだったが、それでも通い慣れた国立病院の目の前だったので、時期を見て受診したら良いと思うと、ようやく安

堵の念が心を満たした。また、ひろ子の回復力を目の当たりにしてきて、意識さえ清明なら、歩ける事なんか贅沢、車椅子生活なら御の字、と今後を信じることができ、振り向いて、二度と戻って来ないと呟き、リハビリ病院に向かった。ようやく、真っ暗闇のトンネルに、希望の光が差し込んできたようで、その輝きは、心の奥まで照らし、眩しい。

リハビリ病院に着くと、ひろ子はそのまま病室に上がり簡単な検査を受けた。病院は新しく建てられたのだろう、清潔で明るく、如何にも病院らしい暗い雰囲気は無かった。そしてひろ子の入院に際しての簡単な検査後に主治医、リハビリ技師、介護士、事務員から通り一辺倒の説明があり、入院手続き、同意書、誓約書など次から次と署名をさせられていった。当然の如く、一方的で、質問などする余地はなく、「後からゆっくり読んどいて下さい」、と事務的であった。

その書類の中に、

患者の権利

一　個人尊重の権利

患者様は誰もが良質で適切な医療を受ける権利を有します。

二　最善な医療を受ける権利
患者様は適切で最善の医療を受ける権利がございます。
三　平等な医療を受ける権利
患者様は担当の医師、医療機関等を自由に選択し、また他の医師、医療機関等の意見を求める権利を有します。
四　自己決定の権利
患者様は医師より十分な説明を受け、治療を受ける権利と治療を拒否する権利を有します。
五　情報に対する権利
患者様は診療録（カルテ）に記載されている自己の情報（記録）について説明を受ける権利、また知りうる権利を有します。

救急車で救急病院に運び込まれてからこのリハビリ病院に転院するまで、一体この何処に「患者の権利」が遵守されたというのか、いや、皆無である。
救急車の中で救急隊員に、脳梗塞なので、主治医がいる通い慣れた国立病院に搬送して欲しい、と希望を言ったが叶わず、心ならずも市立病院系列の病院に運び込まれてしまった。まあ、一刻を争う、命に関わる疾患であるから救急、救命病院に緊急入院したのは致し方がないところだったが、しかし、その直後に担当医からは手術の説明の前に有無を言わせず同意書に署名させられたのであり、患者の権利など主張する隙も無かった。また、倒れて頭を打ち脳内出血を起こしたのか、それとも脳内出血を起こして倒れたのか、その説明も得られず、水頭症で脳室が拡大しているので脳室ドレナージを入れて改善する、と一方的に述べるだけで、此方の意向などに全く聞く耳を貸そうとしなかった。さらに、「今のところ脳梗塞防止の為に血液をサラサラにするワッファリンを服用しているので、国立病院の主治医と連絡を取り合って欲しい」、と同意書への署名の前に言っても担当医は取り合わず、「その必要はない、当院で対処する、もし何かあれば当院に戻って来てもらいます」、と「患者の権利」を完璧に剥奪、無視された。

そもそも、「患者の権利」など絵に描いた餅で、同意書さえ取れば何をやっても許される、説明した通り、と言わんばかりで、同意書を担保に取って医師、病院の身の安全を確保しているに等しい。仮に医療過誤で裁判になったとしても、この同意書、説明書を盾に医療側は責任を免れるのだろう。

しかし患者側は「俎板の鯉」、一体どうして拒否などできるだろうか。

また、目を通す前に署名をさせられた「入院誓約書」には、

一　患者及び連帯保証人は、病院から治療方針について事前に説明を受けてこれを理解し、

その治療方針に従った治療が行われることに同意します。また、患者の容態が急変した場合等の緊急時には、患者の救命のため、必要に応じ、上記事前説明にない治療がなされる場合があることを理解し、これに同意します。

一　入院中に当院担当医の許可なく他院を受診することを致しません。

なんと解釈すれば良いのか。

たとえ間違った治療方針だとしても同意しろ、緊急時には事前説明が無くても同意しろ、医療側がミスを犯しても諦めろ、最善の治療が他院で可能だとしても診てもらってはならない、と患者の権利、自由を身動きが取れない拘束帯のように締め付けている。患者側にとっては、手足を縛られて拷問を受けているのも同然だ。

しかし、患者側の権利、自由を奪う、なんの権利が医療側にあるというのか。

また、二十数年前のことであるが、脳腫瘍で入院したサトシが入院後四年目にして、漸く脳外科から解放されて他院の小児科に転院することができたが、その転院先の小児科医があるシンポジウムで「患者の権利」と「医師の義務」について講演したことがあった。

簡単に要約すると、

「医師は個々の患者さんに対して最良の医療を提供するのが当然の義務であり、そのためには担当医がさまざまな情報を収集し、その中で最適の治療法を探す必要があります。そして、その治療法がその施設でできないのであれば、しかるべき施設への転院を勧めるのが担当医のとるべき道だということです。標準治療を選択するか、新しい臨床試験プロトコールに参加することを選ぶかは、患者が決めることです。

患者はその判断のために必要な情報を充分に得る権利を有しているのです」

ひろ子が救急で緊急入院した市立病院系列の病院、そして同系列のリハビリ病院は「患者の権利」「医師の義務」を全うしただろうか、否である。

ひろ子が脳梗塞の爆弾を抱えていることを事あるごとに担当医に訴えていたにもかかわらず、救急病院もリハビリ病院の主治医も、ひろ子の脳梗塞の情報を国立病院に相談することもなく、また然るべき施設への転院も勧めることなく同系列の病院に抱え込んでしまい、外部の医療機関に出そうとしなかった。また、リハビリ病院の主治医は、脳梗塞についてどのように考えているのか質問した時に、当院の医療レベルは低い、治療は救急病院の指示に従っている、何かあれば救急病院に戻ってもらいます、と信じられない言葉が返ってきた。要するに両院は、目の前の治療はするが患者の予後、後遺症、他の疾患との関連性については全く無知で眼中に無く、それがまた、当然のように言い放った。それが証拠に、脳内出血の原因について説明を求めても、分からないの一点張りで、全く調べようともしなかった。

それ故、こんな所に居ては見殺しにされる、何が起こっても対処できない、早くリハビリ病院に見切りを付けて退院し、その後、向かいの通い慣れた国立病院で診てもらおう、もう少しの我慢だ、ひろ子頑張ろう、と心に決めた。

5

発信ボタンなど押せる筈もない。

ふと、壁に掛けてある時計を見上げると、先ほどより進んで十二時を指そうとしている。残された時間は多くて二時間半。しかし、七時前に倒れたのなら、五時間が過ぎており、殆ど絶望的と言ってもよい。そして、握り締めていた携帯電話を横手にやり、その手でひろ子の髪の毛を整えてやった。蒼白だが顔には艶があり、塗ることもない唇は薄い紅を刷いたようで血色がよい。眠った振りをしているのだろうか、今にも「おはよう」と目を覚ましそうだが、もうこれ以上苦しい、悲しい思いをさせたくない、そっとしておいてやろうか、と時計の針を追った。

微かに、呼び覚ますように、部屋の外の世界から救急車のサイレンが近づいてくる。何処の病院へ向かうのだろうと耳を澄ませば、近くの道路で止まったようで、サイレンは鳴り止んだ。

ひろ子の時と同じように、病院を探しているのだろう。その病人は男か女か、何歳ぐらいだろうと思いを馳せるが、運命の分かれ道に立たされているのだろうと気遣った。そして、麻痺して硬直しているひろ子の手を摩りながら、いつサイレンが鳴るのかと耳を澄ますと、ひろ子に重なる。

いつまで経っても鳴らないサイレン、その時間は果てしなく長く、一命を取り留めるかどうかの瀬戸際の、取り返しのつかない運命の時間でもある。また、病院が見つからないだけの理由で死亡するとなると、運命のいたずらとは言え、人の命の儚さを痛感する。握っているひろ子の硬直した手の冷たさが、心を揺さぶり、固まってしまう。

そして、暫くして、サイレンが鳴った。ワンちゃんがビクッと耳をそば立て、一瞬、部屋に緊張が走ったが、それと同時に安堵の念が浮かび、搬送先の病院が見つかったのだと思った。

しかし、救急車は何処の病院に向かうのか、サイレンが遠のいていくにつれ、まるで奈落の底に落ちていくように、すーっと消えていく。

握り締めたひろ子の手から伝わる鼓動が時計の秒針と重なり、この部屋に静寂が戻る。窓の外からは微かな喧噪が流れ込んでくるが、反って、この部屋が疎外された別世界のように沈み、研ぎ澄まされた神経が昂り、遠のいていくひろ子を引き戻すように、手をさらに固く握り締めた。

もう一回頑張るか、ひろ子
しかし、何処に連れて行かれるのだろう
脳梗塞なのか脳内出血なのか
倒れて何時間になるのだろう
何れにしても間に合わない
いや、今ならまだ間に合うかも知れない
奇跡が起こるかも知れない
今度は、何をされるのだろう
しかし、次は、良くて寝たきりだろう
意識も戻るかどうか分からない
今が、最期なのかも知れない
ひろ子はもう此処にいないのか
ひろ子、と呼び戻してみた
ひろ子の硬直した右腕に手を添えた
「く」の字になった指を戻してやった
これが脳内出血だとしたら
また、頭に穴を開けられるのか

また、脳を傷付けられるのか
病院に担ぎ込まれたとしても
果たして
生きて帰って来れるのだろうか
仮に間に合ったとしても
寝たきりは間違いないだろう
意識がないのに
生きている意味があるのだろうか
しかし、もし、これが脳梗塞だとしたら
血液を溶かす薬はもう使えない
使えば、脳内出血を起こし、全てが終わる
救急車に電話したところで
通い慣れた病院に当たるとも限らない
前回のような病院なら、もうお終いだ
倒れているのを見てから二時間が過ぎている
しかし、ひろ子は何時に倒れたのだろう
もう四時間半は過ぎてしまってるのか

今直ぐに電話をしたとしても
病院に運び込まれるのに、一時間はかかる
早くても、うまくいっても
四時間半は過ぎてしまうだろう

チッ　チッ　チッ　チッ
時計の針は流れ、過ぎ去っていく
この部屋だけが取り残され
忘れ去られていく
ひろ子の髪の毛から顔へ
顔から肩へ、肩から胸へ
手の平を滑らした
ひろ子は眠ったままである
ひろ子は今
何を夢見てるのだろうか
この世界に居るのはたった二人きり
それと、ジェニーとあーちゃん

この部屋は
微かな街の喧騒に掻き消され
世界から忘れ去られている
冷ややかな夜気がすうっと流れ込む
介護士は何時に帰ったのか
夕食を済ませた後なら、七時頃
もしそうなら、既に
五時間が過ぎている
しかし
俺が帰る前なら
今すぐなら
まだ間に合うかも知れない

何処からか、過去からか未来からか
ひろ子の声が聞こえてくる
何を言ってるのか、分からない
しかし確かに、呼んでいる

今、この世界には二人しかいない
この部屋だけが街から、この世界から
遠く離れて浮いている
街の微かな喧騒も流れ込んでくるが
この部屋とは異質の響きがする
ひろ子の白い胸に手を当ててみた
鼓動は止まることなく
静かに打っている
そして
ふくよかな胸に唇を押し当てた
立ち昇る甘酸っぱい香りが
愛おしい
ひろ子の魂は
まだこの体にあるのだろうか
それとも
遠い処へ行ってしまったのか
部屋の隅に向かって呼んでみた

ひろ子……

残り時間が刻々と消えていく
今ならまだ間に合うかも知れない
奇跡的にひろ子は
何度も復活したではないか
泣いてるのか、喜んでるのか
涙を流してるのか
悲し気だが、微笑んでる
どうなんだろう
脳内出血か、それとも脳梗塞か
時計の針は十二時十五分を指している
ひろ子は何時に倒れたのだろうか
脳内出血なら
また頭にチューブを入れられるのか
脳梗塞なら
血液を溶かす薬を投与されるのか

今なら、まだ間に合うのか
しかし、時計の針は止まらない

リハビリ病院での面会禁止はさらに厳しくなり、病室はおろか建物内部にも入ることが許されず、洗濯物も病院の玄関先での受け渡しとなった。しかし幸いにもひろ子は順調に回復しており、携帯電話でのやり取りも頻繁にできるようになり、《ワンちゃん元気、ワンちゃんの顔が見たい》と子供のように駄々をこねることもあった。

たまたま病院の隣のマンションの四階踊り場から病室が真正面だったので、そこでなんとかワンちゃんの顔をひろ子に見せてやろうとワンちゃんを連れて行ったこともある。その時ひろ子はまだ車椅子だったが、携帯電話で話しながら手を振り窓際に来るように言うと、辛うじて手だけは見えたようだった。そして次回は、車椅子から立ち上がって見られるように、リハビリを頑張るように言うと、ひろ子も頑張ると嬉しそうな言葉が返ってきた。

また、リハビリ病院からは退院後の準備として帰る家の間取りや介護保険についての説明があり、愈々退院も間近い、慣れ親しんだ、信頼できる国立病院にひろ子を連れて行こう、脳梗塞さえ防げたら、たとえ車椅子生活になったとしても、ひろ子は充分復活できる、ワンちゃんと一緒に旅行も行ける、と心の準備をしていた。しかし、その矢先、それは束の間のぬか喜びだった。

リハビリ病院に転院して十日目の午前、元の救急病院から、もう一人の連絡先の甥に緊急連絡が入り、「風呂に入った後のひろ子の様子がおかしいのでCTを撮ったところ、脳内出血を起こしており、緊急で元の救急病院に搬送した。救急病院でもCTを撮ったところ間違いなく脳内出血を来しており、水頭症を併発している、直ぐに病院に来て欲しい」、とのことだった。

甥からその連絡を受けたのは昼過ぎで、慌てて救急病院に電話をかけたところ担当医は、左右の脳室に出血が認められ脳室が拡大している、至急に脳室ドレナージを施行する必要があるので同意書に署名が欲しい、と一方的に言われた。

しかし、ひろ子はなぜ元の救急病院に運ばれたのだ、ひろ子にそんな判断ができる筈がない、一体誰の同意を得たというのだ、病院側にそんな権利があるのか、此方は市立病院系の影響のない病院に転院しようとしていたのだ、患者の医療を選択する権利はどうなってるのだ、なぜ救急病院は勝手なことをするのだ、人の命をなんと考えてるのだ、と腸が煮えくり返り怒りが込み上げてきた。

最初に救急で入院した時に担当医が、「何かあれば当院に戻って来てもらいます」、と言ったのが正に現実となってしまった。そもそも、救急車で救急病院に運ばれたのが運命の分かれ道だったのだろう、何もこの救急病院を希望したのでも何でもない、他に選択肢が無かっただけのことである。それでも、救急病院に戻る約束などしていない、勿論同意書に署名もしていない。ただ担当医が口頭で勝手に言っただけのことで、そんな診療契約の説明は一切受けていない。それにも増して、何故、医師の医療レベルが低い病院に囚われなければならないのか。

救急病院に向かう車の中で、納得のできない色々な思いが繰り返し湧き出てきたが、それでも現実を見つめなければならないのが、この怒りを何処にもぶつけようがないのが、何よりも辛かった。それよりも、救急病院への搬送を防げなかったのか、午前中にリハビリ病院からの連絡を受けていたとしたら、元の救急病院に戻るのを拒否できたのではないか、向かいの国立病院の救急に滑り込むこともできたのではないか、と思うと、ひろ子を守ってやれなかったことに悔いが残り、それも自分の責任ではないかと省みると、やり切れなかった。

いくら悔やんでも悔やみきれないサトシの時の失敗、それは病院の選択ミス。そしてその市立病院の脳外科医の独断で小児科に診てもらえず手遅れになったことを、それを絶対繰り返してはならないと肝に銘じていたのに、何か得体の知れない理不尽な力に飲み込まれ、いくら足搔いても手の届かない底に押し流されていくようで、まるで品物でも扱うが如くにされ、人の命はこんなにも儚いものか、と涙が零れた。

しかし、何故こんなことになってしまったのだろう、午前中にリハビリ病院からの電話を受け取っていれば、ひろ子を元の救急病院に連れ戻されるのを拒否できたのではないか。その時こそ、目と鼻の先にある国立病院の救急に搬送するよう「患者の権利」を主張することができたのではないか。

それよりも、救急病院には何の権利があって患者を勝手に転院させることができるのか。

もっと早く起きていれば、と悔やまれたが、現実は否応なく、目の前にある。

しかし、後手に回ったのは誰の責任なのか、他でもない、リハビリ病院からの連絡を取れなかった自分のせいかも知れない、と思うと自責の念に駆られる。

最初の脳内出血から今回の脳内出血までの四カ月、ひろ子の病状に一喜一憂し、地獄と天国の間を何度も行き来し振り回されたものの、ようやく先が、光が、退院後に通い慣れた国立病院で受診するという希望の明かりが見えて、苦悩から解放された気の緩みも確かにあった。前夜に、いつもにも増して酒を飲んで酔いたい気分になり、居酒屋でこの四カ月を振り返って、一人でしみじみと飲んでいた。

そして、酒が進むにつれ、ひろ子のことをすっかり忘れ、居合わせた隣の女性客と言葉を交わしている内に、自分のことさえも酔いに押し流されてしまい、ついついもう一軒ハシゴすることになった。そして気が付けば、時計の針は夜中の三時を指していた。ひろ子の脳内出血がこの時を狙ったかのように起こったのは偶然か、それとも天罰なのか、結果的にひろ子を守ってやることができなかった事実に、打ちひしがれる思いだった。

しかしその反面、言い訳の言葉も聞こえてくる。

最初の脳内出血で救急病院に運び込まれたのは運命の悪戯か、誰の責任でもなく避けようがなかった。また、有無を言わせぬ、一方的な脳外科医の、頭に穴を開け脳細胞を損傷する脳室ドレナージ施術の説明、同意書に、どうして拒否などできただろうか、できる筈もない、その場で病院を変えることなど自殺行為だ。さらに、感染症で髄膜炎を患い熱が下がらなかったときにも、担当医の訳の分からない説明で再度脳室ドレナージ施行の同意書を求められたときも、一体他にどんな方法が取れるというのか。

此方側、患者側に医療選択の権利など皆無だった。そしてリハビリ病院への転院も、市立病院系列の関連施設を強制的に選択させられたもので、他病院の関連施設を選択する余地は全く無かった。

患者側は、まるで病院側に患者を人質に取られているようなもので、手も足も出せなかった。脳外科担当医が「何かあれば当院に戻って来てもらいます」と当たり前のように豪語したが、それは正に、人の命との引き換えの脅迫であり、患者側の弱みに付け込んだ卑怯な手段で、凡そ医師の倫理にも悖る、有るべからず傲慢だった。脳外科医に、脳神経内科的な治療ができるとでもいうのか。

そして、患者側の意思を無視してリハビリ病院から救急病院に戻されたのも「何かあれば当院に戻って来てもらいます」という担当医の金言を行使されたが、一体救急病院に治療能力があるとでもいうのか、いや、他病院に治療内容を知られるのを恐れたのだろう。サトシの時もそうだったが、脳外科医の隠蔽体質が患者側にその犠牲を強いる。

こんな体質の病院に囚われて、尚且つ面会も儘ならない状況下で、患者家族に一体何ができるというのだ、どうしてひろ子を守ることが、傍に居てやることができるというのか。もう少しでリハビリ病院を退院して自由になれるところだったが、しかし、ひろ子への思い遣りが足りなかったのか、希望の光は木っ端微塵に吹き飛ばされてしまい、最初に救急で入った時の状況、振り出しに戻ってしまった責任は、自分にあるのか。

最初の脳梗塞では偶然が重なり、間一髪、国立病院の救急に緊急入院することができ、幸いにも一命を取り留めることができた。二回目の脳梗塞では国立病院の救急を希望したが叶わず別の病院に搬送されたものの、ひろ子と一緒に居たから時間的に素早く対応ができ、またその後の処置も迅速に行われた結果、大事には至らなかった。

しかし、初回の脳内出血の時は、ひろ子を残して旅行に出て帰って来たときに倒れていたもので、もう少し早く帰っておれば発見も早く対処ができ、その後の展開も大きく変わっていたことだろう。そして二回目の脳内出血も、市立病院系列のリハビリ病院への転院を、意を決して「患者の権利」を主張し、拒否していたら防げていたかも知れない。

しかし、二回の脳内出血の対応が後手後手に回ったのは、矢張り、自分の所為でひろ子への思い遣りが足りなかったのか、と思うと申し訳なく、ひろ子が不憫でならなかった。

いつ発症するとも分からない疾患をどうして予見することなどできるだろう。安易に考えていても、二回の脳梗塞は意図していなかった偶然が重なり、辛うじて間に合い、救われた。しかし逆に、気を張り詰め、誰にも増してひろ子のことを心配していたにもかかわらず、二回目の脳内出血は防げなかった。

矢張り、ひろ子の傍に居てやれなかったのは事実であり、気の緩みからひろ子のことをひと時でも忘れていたことが後ろめたく、心に重くのしかかる。

しかし、夫婦といえども四六時中一緒に居られる訳でもない。長い年月にはお互い身も心も離ればなれになることもあり、片時も忘れず、手を繋いで生活できるはずもない。時には旅行、時には酒、時には煙草、別に敢えて忘れるのではないが、他の事に気を取られている時間の方が長いのは致し方ない。目が覚めて、次の瞬間に何をするか、或いは何を思うか、そんなことは人間の能力では予見できないのであり、ただ、心に浮かんだことを思い、それを実行に移し、そしてそれを認識するまでである。この二十年、亡くなったサトシや自分の両親のことにどれほどの思いを馳せたことだろう。寝ても覚めても、サトシの遺骨の前に跪いている訳でもなく、事実は、殆ど夢にも出てこないし、思い出そうとしても心に浮かんでくるものでもない。ただ、遺骨が目に入った時に一瞬気が付くが、目を離せば忘れて、他の事を思っているのが現実である。

しかしそれを思い遣りが足りない、薄情とでもいうのだろうか。いや、誰が人を責めることができるだろうか、できる筈もない、それが人間である。自分の子供、両親、妻に対してでさえそうであるから、他の人の事など思い出す、或いは気になることは皆無と言っても過言ではない。

悲しいかな、言い換えれば、人は誰の心にもあらず、また誰からも愛しまれていないのであり、生まれてから死ぬまで、一人ぼっちであり、天涯孤独な存在である。今この世界で、誰か自分のことに心を配ってくれる人がいるだろうか。というより、自分は誰かのことを想っているだろうか、誰もいない、お互い様だ。

自分の我儘で、誰も自分のことを気にも掛けてくれない、と嘆くのはその人の身勝手そのものので、自分の事は棚に上げ、狡い要求をしているようなものだ。

しかし、この世界でひろ子のことを思っている人が誰もいないのは宿命で、それは特別なことでも、悲しむべきことでも何でもない。それよりも、この殺伐とした世界で一人だけでも、ひろ子のことを心配してくれる人がいれば、それだけで十分ではないか。反って、誰よりも幸せなのではないか。

ひろ子の入院を知った人からお見舞いのメッセージが届くが、殆どがひろ子の容態を訊くでもなく「連絡がなかったので心配してました」「ずっと気になってたんですけど」と一本調子、お愛想程度で、また一時的な退院の際も「私たちは安堵し、良かったと思ってます」と一体誰の心配をしているのか、と首を傾げることもあった。しかも、そのお見舞いのメッセージはこの四カ月ほどで僅か二回だけで、ひろ子のことを心配していると言われても、素直に受け取ることはできなかった。ひろ子は脳梗塞を二回、脳内出血を二回も起こしており、その度に脳細胞は破壊され、手当てが遅れたら命を落とす危険に晒されているのであり、そんな危険な状況を知りもせず「心配してました」と言われても、口先だけのお見舞いは要らない、とまともに返信する気にもならなかった。

しかし、これが普通の人、自分も含めての現実であるから、人を非難するつもりは毛頭無いが、ただ、ひろ子のことを心配していないのだから、軽々しく「心配してました」と心にも無いことを言って欲しくなかった。

人が人を思う、或いは心配する程度は人夫々であるから、それを如何にも常に、或いは誰よりも心配しているように言うのは、押し付けがましく、誰に気を使ってのメッセージなのか窺い知れない。凡そ、病人本人に宛てたものでないのは明らかだ。また、「何かできることがあれば何でも言って下さい」と決まり文句を並べる人がいるが、住む場所も時間も、その人の生活を犠牲にしてまで、一体何ができるというのか、凡そ無理な話だ。それよりも「何もできませんが、ひろ子さんが元気になられることを祈ってます」と言われた方が素直に受け入れられる。確かに、「何もできませんが……」と対応するのが率直で現実的であり、そこに嘘はない。

朽ちた墓石に刻まれた何某のなんとかさん、一体誰が其処を訪れたというのか、一体誰が何某さんを思い出したというのか、誰もない。墓石に名を刻んだ時、何某さんは永遠にこの世界から葬り去られたのであり、というより、人は何某さんを永遠に忘れるため、心の片隅に追いやるために墓標を建てる。また、その墓標を建てた人ですら、既にこの世にいない。

よって、生きている間だけでも、誰か一人が思ってくれれば、心配してくれる人がいれば、もうそれだけで十分ではないか。それ以上、何を望むというのか。

救急病院に近づくにつれ、不安は募っていった。ひろ子は付き添いもなく唯一人で元の救急病院に運び込まれてしまい、そして、冷たいベッドに一人横たわっているのかと思うと、申し訳ない気持ちが込み上げてくる。またそれと同時に、前夜に夜更かしせず午前のリハビリ病院からの電話を受け取っていれば、通い慣れた国立病院の救急に搬送させることもできたのではないかと思うと、悔恨の念に圧し潰されそうになり、車の中から見える街が異国のように感じる。

何故、目と鼻の先にある国立病院を通り過ぎ、戻りたくもない救急病院に運び込まれてしまったのか、なぜ、患者の権利、意思を無視することが罷り通るのか、なぜ、人の命をまるで物か何かのように扱うのか、と抑えようのない怒りが煮えたぎってくるが、その過ちの原因が自分の責任だと思うと、その怒りの矛先が自分に向かい、厳しく胸に突き刺さってくる。

救急病院に着くと、急いで救急室に向かうも、病院は新型コロナウイルス遷延のため面会禁止となっており、ひろ子に近づくことも叶わず、脳外科医の説明を聞くことになった。しかし説明を受けるといっても、強引に同意書に署名をさせられたようなもので、そこに「患者の権利」を主張するような余地は全く無かった。

担当医は「脳内出血を起こし水頭症を来している。緊急に脳室ドレナージを施行し髄液を抜く必要がある。前回は脳室の右側だったが、今回は左側にも出血しているので二カ所施術する」と淡々と事務的に説明し、同意書を差し出した。そしてさらに担当医は「脳梗塞予防の血液をサラサラにするワッファリンに変わるリクシアナの服用は中止する」といかにも脳内出血の原因がリクシアナ服用にあると決めつけた。しかし、リクシアナ服用を中断すれば脳梗塞を起こす危険性が高まるではないか、と思って担当医に訊いても、担当医は、

《これ以上脳内出血を起こす訳にはいかない》

《では、いつまで中断するのですか》

《長いスパンで一年から二年》

《しかし、今回の脳内出血の原因はなんなんですか》

《はっきりとは分からない》

《前回、初回の出血は、倒れて頭を打って出血したのか、それとも出血して倒れたのかどちらなんですか》

《いや、なんとも言えない》

《国立病院の脳神経内科に問い合わせて欲しい》

《その必要はない、当院で対処します》

こんな説明で患者側が納得できるだろうか。仮に初回脳内出血の原因がワッファリン服用に

あるなら、何故ワッファリンに代わるリクシアナ服用を中断せず続行したのか。或いは、頭を強打して出血したのなら、脳内出血ではなくくも膜下出血を起こすはずである。しかし、脳外科医には内科的な脳内出血の原因については無知なのか、それとも無頓着なのか、ただ目の前の症状を外科的に処置することしか頭になかった。というより、治療というより、ただ外科的手術を楽しんでいるようにしか思えなかった。

ひろ子の頭に四個目の穴を穿ち、脳を損傷することになんの抵抗も感じない、その脳神経外科医の神経が信じられなかった。サトシの時もそうだったが、子供の脳脊髄に大量の放射線を照射すれば予後不良、晩期障害を招くことは明らかなのに、命さえ取り留めたらそれで良い、たとえ植物人間になっても仕方がない、と軽く考えて人の命を粗末に扱う姿勢が許せなかった。心臓は鼓動して、呼吸をしていればそれでよいのか、喜びも悲しみも感じない生きる屍に何の意味があるというのだ、と怒鳴りたい衝動が込み上げてくるが、無頓着な脳外科医には全く通じない。

不信感は益々募る。しかし、他に一体何ができるだろう。この状況下でひろ子を連れて他の病院に行ける訳でもない、自殺行為そのものだ。完全に選択肢、「患者の権利」を奪われ泣く泣く、屈辱の選択を強いられ、まるで自分がひろ子の頭にメスを入れて脳を損傷するも同然の思いだった。そして心の中で、ひろ子ごめんな、許してくれと言って重いペンを走らせた。

説明が終わり同意書に署名すると担当医は《手術は五時前に入れてますのでまだ時間があり

ますが、面会は禁止となっていますので、お引き取りください》とまるで荷物でも預かったように素っ気なく言い放った。そしてさらに担当医は《手術が終われば、また何かあれば連絡を入れますので》と此方の心情を全く意に介することなく、さっさと退室を促した。
これが最善の医療なのか、これが最善の選択なのか、何故この病院に戻ってしまったのか、と疑心暗鬼に陥ったが、他に成す術もなく、心ならずも、
《よろしくお願いします》
と言うより他に無かった。

ひろ子の顔を見ることもできず病院を出たが、朝早く起きていれば食い止められたのではないか、と自責の念が渦巻き、何度も足が止まり、ひろ子が一人横たわる冷たい手術室を想って、その方を振り返った。

悔し涙が滲んでくる。もう少しでリハビリ病院を退院できるところで、退院後の生活を準備しかけた矢先だった。トイレも食事も普通にでき、車の運転さえも、右足と右手が動けば十分可能性はあると期待していたところ見事に、木っ端微塵に吹き飛ばされてしまった。

希望に手が届きかけて地獄に突き落とされ、そして奈落の底から見上げた風景、日常の街が目の前にある。

街を行き交う人、車。それぞれが向かう方向は違うが、一体何処へ行くのだろう、みんな誰

かの元へ帰るのだろうか、待っている人がいるのだろうか、いや、誰もいないかも知れない、今この時、みんなのことを待っている人、或いは思ってくれている人はいるのだろうか。陽はまだこの街を覆っているが、その日差しが反って対照的に人々を暗くしている。俯き加減の眼差しは遠くを見るでもなく、目の前、一寸先の闇を覗いているようでもある。

街の雑音に掻き消され、目の前を通り過ぎて行く人々、当然その人たちの名前も思いも知る由はない。しかしそれは取りも直さず、自分とひろ子にも言えることであって、ただの見知らぬ人だ。この世界で、一体誰が想いを掛けてくれてるのだろう。親子愛か、兄弟姉妹愛か、夫婦愛か、人は誰でもそれを信じて疑わないのだろうが、果たして……。通行人にとって、自分もただの見知らぬ人だ。

今、ひろ子は冷たい手術室のベッドで一人横たわっているのだろう、これから脳に管を通されるというのに傍にいてやれない歯痒さ、情けなさが胸を衝く。今から全身麻酔で脳室ドレナージの手術を受けるというのに見守ってやれないやり切れなさ、もうこのまま意識が戻らないかも知れないと思うと、病院から遠ざかることが、ひろ子を見捨てるようで、後ろめたさが込み上げてくる。

青天の霹靂のようなこの現実、俄かには受け入れられず、ただ茫然とするのみだが、平穏な街の日常、世界が反ってひろ子と自分を疎外し、出口のない暗闇に閉じ込められる。

何かが間違ってる、狂ってる、歯車が噛み合わない、得体の知れない力に蹴散らされている。

歩きながら今日、今の現実を振り返ってみた。前の夜、気の緩みからか遅くまで酒を飲んでいてリハビリ病院からの緊急電話を取ることができず、着信履歴に気が付いたのは昼を過ぎていた。その時既に、ひろ子は午前中に元の救急病院に緊急搬送されており、救急病院に電話をかけると脳外科医は「リハビリ病院で、朝に風呂に入った後意識が低下するのでCT画像を撮ったところ、脳内出血を起こしているようなので緊急搬送した。当病院でもCT画像を撮って再検査したが間違いない。また、脳内出血によって水頭症を来しており、緊急に脳室ドレナージの手術を施行する必要があるので、同意書に署名をしてもらいたい」と前回救急搬送された時と同じように、此方に有無を言わせない独断的な説明だった。しかし、そもそも、なぜ救急病院に搬送されなければならないのか、患者側の意思、権利を無視して勝手に搬送することなど許されるのか。救急病院の主治医は「何かあれば当院に戻って来てもらいます」と最初に言ったが、そんなつもりは毛頭無かったにもかかわらず、ひろ子は強引に拉致されたも同然で、携帯電話の手が怒りで震えるのを抑えながらも、同意する以外になかった。電話の向こうの医師が医者としての知識と善意で判断したのなら納得もできるが、それが全く感じられず、ひろ子を人ではなく、只の商品のように扱うのが信じられなかった。何故こんな病院に来てしまったのか、と思ってもどうにもならない現実に、打ちひしがれる。

脳外科医は「これ以上脳内出血を起こす訳にはいかない。服用していたリクシアナは中止する」と言い切ったが、果たしてそれが原因で脳内出血を引き起こしたのかと疑念が渦巻く。確かに、脳梗塞を防ぐために血液をサラサラにするリクシアナ服用で出血が止まり難いのはその通りだろうが、しかし、何故出血したのか、その原因があるはずだ。

朝の入浴後に意識が低下して喋らなくなったとの事だが、それがその通りなら、他に原因があるのではないか。老人が入浴時に脳溢血を起こして倒れるのは、血圧が高くなるからではないか、何故そこに気が付かないんだ、と医師としてのレベルの低さに唖然とするばかりだった。最初にひろ子が倒れたのも、倒れて頭部を強打し脳内出血を来したのか、それとも脳内出血を起こして倒れたのか不明だった。そして、その原因を医師に確かめても脳外科医は「何とも言えない、分からない」と言うばかりで、一向に原因を究明しようともせず、此方が「通い慣れた国立病院の神経内科の先生に診てもらいたい」と訴えても医師は「その必要はない、何かあれば当院に戻って来てもらいます」と言下に否定した。そして実際、悪夢なのか、この救急病院に戻されてしまった。

当てもなく重い足を引きずるが、街は何事もなかったように平穏そのもの。傾きかけた太陽は遠い過去から、そして今からも変わらずこの世界、この地上、この街に輝き続けるのだろう。この世界の果てからすればひろ子と自分の不運などに何の意味があるというのか、取るに足りない、何処にでもある事だ。街を行き交う人、此方に向かって来る人の表情からは何も窺えないが、すれ違いざまに振り返って見ると、その背中に暗い影を背負っているように思えた。それは、自分の背中をその人に重ねているので、その人が暗い世界に消えていくようで、涙が溢れてきた。

何もできない、何もしてやれない、ひろ子一人も守ってやれない情けない自分の影に躓きそうになりながらも、病院を後にしなければならない心苦しさに、ただ頭を垂れるだけだった。街は無情そのもの、ひろ子を顧みる人もなく、忘れ去られていくばかりだ。

また後手に回ってしまったのか。なぜ無理矢理にでもひろ子を国立病院に連れて行かなかったのか。脳内出血の原因がリクシアナ服用と入浴時の高血圧に起因するなら、通い慣れたひろ子の主治医がいる国立病院の脳神経内科で診てもらっていれば、詳しい検査を受け、二回目の脳内出血は避けられたのではないか、と思うと言葉に表せない悔しさが胸を締め付ける。

日常の平穏な喧騒、見慣れた街を引き裂くように救急車のけたたましいサイレンの音が近づき、そして通り過ぎ、消えていった。街は一瞬緊張したものの、直ぐに元の穏やかさを取り戻し、まるで何事もなかったかのように、ただ太陽の光が変わらず街に降り注いでいる。振り返ると、救急車はこの救急病院に吸い込まれるように入っていった。

涙が溢れてくる。このままひろ子は意識を無くし二度と戻って来ないのだろうか、今が永遠の別れになるのかも知れない、と思うと悲しい不安が止めどなく押し寄せてくる。

これは夢の中の出来事なのか、それとも現実なんだろうか、何か得体の知れない暴挙に押し流されていく。まるで津波にさらわれるように、自然の猛威の前では成す術もないが、一人の人間が持ち合わせている生来の無情さと何ら変わるところがない。人ひとりの命の儚さ、無力さ、まるで枯葉のように風に吹き飛ばされていくだけで、誰も顧みない。

この街は世界の淵なのか、この現実は夢の中なのか、遠い過去なのか、いや、遥か未来のことなのかどうか、分からない。ひろ子も自分も存在しているのだろうか。大海原をさ迷う小舟のように、絶え間のない波に揺られながら、歩き続けた。

しかし、押し寄せる波は後悔ばかりで、心の中で打ち砕け、攪乱する。行き交う人も車も、午後の陽光も空気も、風になびく街路樹も全てが、この街が、この世界が、この切ない現実とかけ離れており、まるで夢の中を彷徨っているような錯覚を覚えた。時間は過去に戻らない、ただ刻一刻と、一歩ずつゆっくり歩むように過ぎていく。しかしその歩みを止めることも叶わず、ただ目の前の現実を受け入れていく以外にない。ひろ子と自分の、唯一無二の二人だけの世界、この街から疎外された、見捨てられた寂しさが込み上げてくる。此処は何処だろう、時を忘れ、光を受けて泰然ときらめく街路樹が二人を遠い過去か未来へ押しやり、置き去りにする。茫洋とした大海原にその存在さえ分からない小さな、小さな波が激しく渦巻く。

サトシに続いてひろ子までも、同じ過ちを犯した自責の念が怒濤の如く押し寄せる。避けられなかったのか、と振り返ってみても、患者に一体何ができるというのだ、病院に全てを託す以外何もできないではないか、医師を信じる以外にないではないか。逆に疑えば、余計に辛い思いをするだけではないか、と堂々巡りに陥り、頭は混乱するばかりだった。そして、心の底から渦巻く怒りが込み上げ、体の中に持ち堪えられず、
《うーー　おおーーー》
《ちくしょう!》
と唸った。そして《ちくしょう》と吐いた言葉を耳にして、ふと、我に返った。
しかし、何に向かって怒りを爆発させているのか、自分に対してか、病院に対してか、それともこの不条理な世界か街か、それすらも分からず頭の中は掻き乱される。ただ、漫然とこの世界に輝く太陽が反って自分とひろ子の運命を嘲笑っているようで、取り返しのつかない、元に戻れない現実に、余計に悔しさが込み上げてくる。
太陽は何事もなかったかのように明日も輝いているのだろう。ひろ子からはどんどん遠ざかり、まるで別の世界にいるような錯覚を覚える。サトシはもうこの世界にいない、ひろ子もそのサトシのいる処へ行ってしまうのか。そして、否応なくサトシの事が、自分の間違った判断で病院を選択した事が思い出される、というより、責め立ててくる。

時計の針は十二時四十五分に差し掛かっている
残された時間は、二時間を切ってしまった

ひろ子の唇が少し緩み
うっすらと赤みが差したような気がした
ジェニーは、何事もなかったように、寝そべっている
あーちゃんは、仰向けに、舌を出して熟睡している
微かに、ひろ子の寝息だけが
この部屋を充たしている
この狭い空間だけが
世界から取り残されているのか
それとも、時計の針だけが時を刻んでいるのか
それとも、ひろ子の寝息がゆっくり流れてるのか
ぼうっとして、分からない
夢の中のことのような気がする
心は、ひろ子が生まれた家に馳せ
育った町を浮遊する
嬉々として、笑ってる
涙を流して、泣いている
目を吊り上げて、怒ってる

そして、
幸せに満ちた目には、うっすらと涙が滲んでる
ひろ子が過ごしてきた日々が
走馬灯のように流れていく

この穏やかな寝顔
この滲んだ涙は、何を語っているのだろう
今、ひろ子は幸せを噛みしめているのか
それとも、悲しんでるのだろうか
時間は果てしなく長いのか
それとも、一瞬の出来事なのか
既にひろ子は、遠い世界に逝ってしまったのか

第二章

1

当てもなくさ迷うように歩いていたが、気が付けば、サトシが入院していた市立病院が川の向こう側に見えた。もう二十数年前になるが、病院は以前とは打って変わって増築、改修を重ねて新しくなっており、当時の面影はない。

しかし、サトシが過ごしていた病室の病棟は何ら変わりがなく、その横に建てられた新棟の威容さが反って古い病棟の歴史を物語っているように感じられる。最新の医療設備を備えた清楚な新築病棟に比べ、古い病棟は墓標のように押し黙ったままで、まるで過去を葬り去るかのように、巨大な新築病棟の陰で息を殺して佇んでいるようで、傾いた太陽の影に入ったその古い病棟は、殊更にその翳りを深くしている。この数十年来、いったい何人の子供たちがこの古い病棟に入院していたのだろう。サトシと自分、そして自分の家族が、初めて耳にした未知の病に圧し潰された当時の様子が、否応なく蘇ってくる。

その取り戻すことができない記憶は二十数年前に遡るが、病院の裏手を流れる川はその当時と全く変わらず、抗がん剤治療の合間を縫ってサトシと散策した川べりは当時と同じ風がそよぎ、木々は微風にきらきらと揺れている。そして、二十数年前と変わらぬ川面が過去から未来へ滔々と流れている。また、遊歩道を行き交う人や芝生も、植え込みや樹木も以前と全く変わらぬ風景で、まるで時間が止まっているように思えた。鳥の鳴き声も街の喧騒も、まるで何事もなかったかのように時は流れており、サトシが生きていたことさえ遠い過去の記憶であり、それさえも現実と幻が交錯し、今はもういないことに目が霞む。生まれて十歳で発症し、六年もの闘病の末、わずか十六歳で亡くなってしまった現実が、どうしても受け入れられず、もう一度、二十数年前に戻ることを願うが、叶うはずもない。

今、この目の前の風景は、あまりにも無情で、今こうして自分が生きていることさえ、サトシに対して申し訳なく、ただ、せめて自分だけでも、サトシを心の奥に仕舞っておいてやりたいと思った。しかし、二十数年後のこの風景は、昔と変わらず川は過去から未来へ弛みなく流れ、風にそよぐ樹木はそこに瑞々しい息吹を放ち輝き、行き交う人もまた、何ら変わりが無く流れていくだろう。しかし自分も、心の中のサトシも、そしてひろ子も、その時にはこの街、この世界には居ないだろうと思うと、虚しさ、寂しさがひしひしと込み上げてくる。ただ、この街の上に輝く太陽、燦々と光を放つ太陽だけが永遠の命を与えられており、それが反ってこの街の、この世界の虚構、儚さが、まるで深い霧に覆われているかの如く、混沌としている。川は変わらず流れ続けるのだろうが、この世界に人は息を吐いて生まれ、喜怒哀楽に弄ばれ戯れ、そして、吐いた息を引き取って死んでいく。しかし生まれた以上、死ぬのもまた道理だろう。

時を忘れて呆然と眺めていると、川向こうの古い病棟から車椅子に乗った少年がゆっくりと押されて出て来た。頭に黒いバンダナを巻いているところを見ると、サトシと同じ病気の脳腫瘍と思われる。恐らく、抗がん剤治療による脱毛なのだろうが、二十数年前のサトシと自分に重なる。

この黒いバンダナの少年は何科に入院しているのだろう、どのような治療を受けているのだろう、放射線は何グレイ当てられたのだろう、どのような化学療法を受けているのか、入院は脳神経外科なのか、それとも小児科か。その当時にサトシが受けた治療の事が思い出され、心はさらに締め付けられる。

その時も、抗がん剤治療の合間を縫って、サトシの白血球数が戻るのを待って外出許可を貰い、同じように外の空気を吸わせてやりたくて川べりを散策したが、釣り竿を持って元気に走り回る子供たちを見て、複雑な思いをして眺めていた自分と、サトシの目に映った光景が否応なく浮かんでくる。不治の病と聞かされ、いつ果てるとも知れない命と向かい合いながら、それでも希望を持って車椅子を押し進めたものの、忽ち諦めに打ちひしがれて立ち止まったのが、昨日のことのように思い出される。子供の嬌声、鳥のさえずり、川面を流れる水の音、街の穏やかなざわめき、そして木々をくすぐる微風。二十数年前のサトシが、そこにいる。

そして、このバンダナの少年もサトシと同じ運命を辿るのかと思うと、やり切れない気持ちが胸を衝く。

そもそも、この川向こうの病院を選んだことが間違いで、できることなら、この黒いバンダナの少年にはサトシと同じ過ちを犯して欲しくない、と思った。

その当時、今から二十数年前の脳腫瘍の標準治療がどのようなものだったかは知る由もない。それより、そもそも脳腫瘍なる疾患も生まれて初めて耳にしたもので、サトシの命の全てを、連れて行った病院、その病院の医師に任せる以外になかった。今でこそ病院の選択が間違っていたことを後悔しているが、その時は、尋常でないサトシの様子を見て、只ならぬ異変を感じ、ただただ、大きな病院に連れて行かなければならない、と藁にも縋る思いでこの病院を選んだ。

その当時では、いや、今でもそうかも知れないが、この街では有数の病院であり、最先端、最善の治療を受けられるものと信じて疑わなかった。またそうでなければ、我が子を託すことなどできる筈がないではないか、他にどのような選択肢があったというのだ、と後悔と言い訳が入り乱れ、自分をなだめるように言い聞かすのだが、それでも、サトシに申し訳ない思いが心の中を過り、取り戻すことのできない時間の流れに苛立ちを覚えた。川向こうのバンダナの少年が川を隔てて、自分に向かって何かを訴えているような錯覚を覚える。何事もない穏やかな風景、街の喧騒と川べりの滔々した時間の流れの中、何かを訴えるような黒いバンダナの少年が、サトシに重なる。
そして、思わず、今ならまだ間に合う、
《サトシー》
と絞り出すような声で呼んでいる自分に、我に返った。

2

忘れもしない。
二十数年前、サトシ十歳の六月十六日の朝、サトシは窓の方を向いて、
《今日は雨やし、嬉しい》
と独り言のように呟いた。
《なんでや》
と訊き直すとサトシは、
《雨やったら、今日は野球の練習ないし》
とほっとしたような口ぶりで、窓の外の梅雨空をじっと眺めていた。
風邪でも引いたのか、と思ってサトシの顔色を見ると、苦痛に耐えるような、何かを必死に我慢している横顔に尋常ではない異変を感じ、

《なんで好きな野球やのに、なんで練習ないのが嬉しいのや、しんどいのか》

これはただ事ではない、風邪なんかではない、なんかとんでもない事がサトシの頭の中で起こってる、と得体の知れない不安に駆られ、これは一刻を争う、と思って二枚の診察券を持って家を飛び出した。

小雨が降りしきる中、サトシを車に乗せて病院に向かったが、手には市立病院系の小児科医院、もう一枚は国立病院系の総合病院。二枚の診察券を握り締め、次の交差点でどちらに曲がるか、右か左かと迷いに迷い、どちらがサトシにとって最良の治療を受けさせることができるか、先端医療か、それとも最善医療か、実験的治療か安全な標準的治療か、と目まぐるしく二枚の診察券がせめぎあい、一向に決断を下すことができなかった。

サトシはその幼い年にもかかわらず既に事の重大さを感じ取っていたのだろう、泣きながら助けを求めるように、

《おかあさん》

と言って恐怖に怯えていた。サトシの手を握って、

《心配せんでもええ》

となだめるも、しゃくり上げるように体の震えは止まらない。その横顔をみると、益々判断を急かされ、サトシの運命を握っている重圧感に圧し潰されそうになった。そして交差点の手前で、

《最先端医療か、しかし、それは実験的治療》
それとも、
《最新ではないが、しかし、これまでの最善治療》
と「実験的治療」と「最善な治療」が頭の中で渦巻き、収拾がつかない。この街を貫く大きな川を挟んで対峙し、威容を誇る病棟が判断を迷わせる。右か左か、どちらの病院にサトシの命を託すべきか。この街では多くの人が同じような選択を迫られ、ギリギリになるまで悩んだことだろう。しかし、直接命に関わらない疾患なら余裕を持って、よく調べて対処できるが、サトシの異常な様子に直面している今この時に、そんな悠長なことをしている時間はない。一秒たりとも遅れたら、取り返しのつかない事態になると焦りばかりが先走り、どちらの病院にしてもその欠点ばかりが心を占め、左に右に押し戻され、身動きが取れない。
小雨は降り続いている。
どんよりした雨雲が重くのしかかる。狭い車の中の空間だけがこの世界から見放され、音もなく、静まり返った空気が漂い、サトシの不安気な顔色が無言で訴えてくる。そして、サトシの頭を撫ぜながら、交差点を左に取った。
《先生、これは風邪なんかではない、もっと大変なことが起こってる。すぐに大きな病院に紹介状を書いて欲しい》

小雨は止んでいた。少し明るくなった雲間が開け、清明な青空も覗いており、そこからの光が病棟を射している。紹介状を胸に車を走らせたが、遠くに、街の建物の間からもう一つの病棟が見えた。その時、迷いが生じ一瞬止まりかけたが、サトシの命、将来を思うとその病棟を頭から振り払い、そして迷わず、サトシの肩に手を当てて病院を目指しながら《この病院がサトシにとって最善の選択、此方の病院なら必ず子供の命を大切に思ってくれるはず》と自分に言い聞かせて信じ、サトシの顔をもう一度確かめ、《これで間違いない、この街で川を挟んで対峙する有数の病院だからこそ、病院の名声に関わるような無茶な治療はしないだろう、ミスもしないだろう》と、藁にもすがる思いで肚を決めた。

四年と六カ月、サトシが病魔と闘った、いや、ただ苦痛を強いられただけの古い病棟が川向こうに霞んで見える。十歳で入院したが、脳腫瘍の発症はそれより数年前であるから、僅か十六年の命の半分は病との闘い、無為に苦痛に虐げられただけの、小さな体でただ耐えるだけの日々だった。サトシは、一体なんのために生まれてきたのか、と思わざるを得ない、生まれてきた理由が、今となっても理解できない。ただ苦痛を味わう為だけに生まれてきたのなら、生まれてこなければ良かったはずだ。

サトシが、生まれて幸せと感じる時が一日でもあっただろうか。恐らく、この川向こうの黒いバンダナの少年もサトシが感じた同じ風景を眺めているのだろう。少年の前を喜々として走り回る子供たち、風にそよぐ木々、ゆったり流れる川面、燦々と降り注ぐ光に輝く樹木、みずみずしい草花の息吹、生きているこの街、この世界が、どのように少年の眼に映っているのだろうか。

そして陽が更に傾くと、胸いっぱいに外の空気を吸った黒いバンダナの少年は車椅子に押されて、引き戻されるように、棺のような古い病棟に帰って行った。少年はこれから何年この病棟にいるのだろう、サトシと同じ道を歩むのか、と思うと居た堪れない気持ちが込み上げてくる。少年が戻る病棟は小児科か、それとも脳神経外科なのか、明日も又この川べりに姿を現すのか、と切ない気持ちで見送った。そして病棟に消えていく少年の後ろ姿がサトシに代わり、サトシの四年半の記憶が、闘病の日々が鮮明に川面に映る。

サトシが十六歳でその短い生涯を閉じてから十五年になるが、もしこの病院でなく、川を挟んで対峙する病院に入院していたら、今でもサトシは生きていたかも知れない、と思うとやり切れない切なさが胸を打つ。そしてこの病院を選んだ自分の判断が、サトシを見殺しにしてしまったも同然と、申し訳なく、自責の念に駆られる。

振り返れば、親の無知がサトシを救ってやれず、取り返しのつかない結果を招いてしまった後悔ばかりが、心に重く圧し掛かる。十歳で入院してからの六年間、ただ心と体をむやみやたらに痛めつけられるだけの治療で、何ら改善はされなかった。治療という名のもとに施術をされたが、実態は無知、無能、無謀としか言いようがなく、治療死を招いても不思議ではないほどの杜撰な内容だった。医療、治療とは一体なんなのか、と考えさせられるほどの杜撰なもので、医療事故というより、殺人行為に等しかった。凡そ十歳、未来のある子どもに施すような治療内容ではなく、子供の命を軽んじ、ただ脳神経外科医の己の野望、出世、成績の犠牲にされたも同然で、決して許される筈もない。

3

僅か十六歳で息を引き取ってから十五年というもの、どうしてもこの病院のずさんな治療による犬死にとしか思えなかったので、手元に残しておいたサトシの診療録を一枚目から繰ってみた。

医学は日に日に進歩しているから現在の先端医療を当時の治療法に当てはめる訳にはいかないものの、その当時の最善の治療を施してくれていれば、諦めもつくと思ったからである。また、たとえ医師といっても生身の人間であり、完璧な神様でもあろう筈がないから、人間の能力を超えた失敗も犯すだろう。しかし、当時の最先端医療でなくても、最善の治療がサトシに対して為されたのなら納得もするし、ここまで長々と後悔の念に苦しめられることも無かった筈だ。

市立病院脳神経外科から他院小児科に転院するまでの、約四年半の診療録は信じられないほどの膨大な量で、見る限りでは詳しく記録されており、如何にも間違った治療など微塵もないような印象を受ける。それはまた、医師が施行した治療の正当性を証明するものなのだろう。しかし重大な問題は、その診療録を患者側が目にするのは退院後の事であって、入院中または治療の時には、診療録にこと細かに記載されている内容を知ることができないことである。よって、その治療方法が妥当なのかそうでないのか、患者側は知る由もなく、ただサトシのように亡くなって初めて、診療録の開示を求めることができる。裏返せば、その治療が間違っていようがいまいが、患者が大事に至らなければ、その診療録は日の目を見ることはなく、真実は葬り去られ、患者家族は泣き寝入りも同然、あとの祭りとなる。

また、医師はただ治療の結果だけを記録し残しているので、それが独断的或いは独善的なものであっても、それを問い質す者もいない。まして治療中の患者にあっては、何をか言わんや、であり、患者にとって、全く見えない閉鎖的な医療現場がそこにある。そして、患者に寄り添う看護師にしても、ただ医師の指示に従うだけで、治療内容の是非について口を挟むこともできない。

言い換えれば、診療録には治療結果だけが記載されているのであり、その治療が正しいかどうかは、藪の中である。

サトシは、なんのために生まれてきたのだろう

人はいずれ死ぬものだが、悲しみの隣には喜びがあり、夫々の人生にはそれなりの理由、夢があり、決して儚いものでもなく、何れの人も明日に希望を抱いて生きている。また、せっかくこの世に生まれた以上、幸せにならなければ意味がなく、なにも不幸になるために生まれてきたのではない。

ところが、サトシは僅か十六年の生涯のうち六年もの間辛苦を強いられ、生きる望みさえ理不尽な理由で断ち切られてしまった。それが偶然、避けられない事故死のようなものならまだ受け入れられるかも知れない。しかしこの十数年来、サトシの遺骨を前にする度に自問自答を繰り返し、サトシが生まれてきた理由を探し求め続けたが、どうしても納得がいかず、燻り続けていた疑惑を晴らすためにサトシの入院当初からの診療録をなぞった。

一か八か、というよりサトシの命をこの病院に託したが、まるで救急病院に入院するかのように慌ただしく小児科の診察を受けた。そして小児科医院の紹介状に目を通した小児科医は、問診の後脳腫瘍を疑い、すぐに脳神経外科に問い合わせ、転科の手続きと同時にサトシは脳神経外科病棟へ運ばれて行った。その時は、サトシの頭に異変が起こっていることは疑いようがなく、医師の慌てようからも、一刻を争う疾患であることは間違いないと認めざるを得なかった。そして、未知の病に侵された如く、ただただ、不安が募るばかりだった。そのときサトシ

は怯えきっており、涙ながらに《おかあさん》と泣いていた。

そして緊急に近くの病院のMRI検査を受けたことからも、医師は既に脳腫瘍を疑っていたのだろうが、何も知らないものの、その異様さからも命に関わる疾患に間違いないと思い知らされた。そして妻には《入院するのでサトシの着替えを持って来て》と驚かさないように電話をした。

近くの病院でサトシがMRI検査をしている間に妻は簡単な着替えを持って飛んで来た。そして、無言で椅子に座って待っていた。それが風邪ぐらいの症状なら清楚な病院と映るのだろうが、MRI検査室の前の廊下は、墓場のように冷たく、暗かった。薬の匂いが鼻に付くが、頭に去来するのはただ不安ばかりで、全く先が見えない暗黒の世界を目の当たりにして、厳しい宣告を覚悟しなければならないのは、妻のうな垂れて一点を見つめる無言の表情からも窺える。また、一瞬楽観的な考え、希望も浮かぶが、刻々と過ぎる時間がそれを容赦なく打ち消していく。初めて受けるMRI検査、それが否応なく事の重大さを物語っており、それは正に、死の宣告を待つようなものだった。そしてこれは夢の中の出来事か、と首を擡げて見回してみるが、紛れもない、ここは病院の廊下である、と現実に、事の重大さに沈んでいくばかりだった。

それからどれくらいの時間が経ったのだろう、三十分か一時間か。そして重苦しい沈黙を破るように、MRI室から出て来た担当医が口にしたのは、

《脳腫瘍です》

初めて耳にする言葉、今までに一度も聞いたことのない病名。しかしその「脳腫瘍」という言葉に、不治の病、即ち「がん」と同じ響きを持って打ちのめされ、まさかサトシが、何故なんだ、何かの間違いだ、サトシが何を悪いことをしたというのだ、と奈落の底に突き落とされ、何もかもが一瞬にして、木っ端微塵に崩壊した。そして頭の中は真っ白になり、言葉に表せない絶望とはこのような事なのだと、生まれて初めて経験することになった。

そしてその言葉が耳に突き刺さった瞬間、妻は理解できず、受け入れられず気を失い、崩れ落ちそうになった。

サトシの未来が風前の灯のように消えようとしている。不治の病、サトシはもう帰らぬ人となるのか、いや、あと何年生きられるのか、それとも、これは夢まぼろしなのか、いや、何かの間違いであってほしい。

《小児脳腫瘍で、小脳部に五センチ大の腫瘍が造影されました。ゴルフボールぐらいの大きさです。しかし、ご心配されなくても、良性腫瘍と思われます》

今となっては良性腫瘍の意味も分かるが、その時はなんのことか分かる訳もなく、子供の頭の中に五センチ大もの「がん」が巣くっているのだから尋常でいられる筈もなく、ただ茫然と聞いていただけで、何をどうしてよいのか立ち竦むだけだった。しかし、これは夢の中の出来事ではなく、じわじわと夢からうつつに変わっていき、目を覚ますように、医師の口から出た言葉を反芻した。此処は病院だ、目の前にある検査室の扉の上にある赤色灯は紛れもない事実だ。そして、ストレッチャーに横たわったサトシがＭＲＩ検査室から出て来たのを見て、我に返った。

未知の病、ただ狼狽えるだけで頭の整理はつかない。サトシのＭＲＩ写真を持って市立病院に戻り、その後、何をどうしたのか覚えていないが、その日の夜に脳神経外科医の説明があった。

診療録には、

【小脳腫瘍（脳腫瘍）、脳幹に近い

水頭症

腫瘍摘出術を行う　明々後日に手術をする

腫瘍　良性

悪性　①周りにくっついて浸潤している

②増大する

③播種（広がる）　確定診断

①手術で摘出

②放射線治療

③化学療法（抗がん剤）】

ＭＲＩ画像の所見から今後の治療方針についてこのような説明を受けた。しかし初めて目、耳にする文字ばかりで、上の空で聞いていたが、ただ、「抗がん剤」という文字、言葉が死の宣告に等しい響きを持って脳裏に焼き付く。そして、サトシの生涯、生まれてからこの時までの幸せな、喜々とした思い出の日々が、一瞬にして頭を過った。医師の説明は事務的に病名、治療法を淡々と述べるだけで、それが反って人ひとりの運命の儚さ、虚しさが伝わってきて、サトシは一人の血の通った子供ではなく、小児脳腫瘍患児としての病名、文字として、物品として登録されたように感じた。

また、医師の説明と同時に脳血管造影検査、脳室腹腔短絡術、ブロビアックカテーテル挿入術、全身麻酔など何種類もの説明・同意書に署名を求められた。しかしそれが何の治療に対するものかも分からず、ただ盲目的に、それ以外の選択肢も説明されず半ば強制的に、患者の権利と自由を剝奪された如く、この病院に幽閉された囚人も同然だった。患者側は病院、医師を信じて子供の命を預けるのであり、それと同時に医師は、最先端とまでは言わないまでも、最善の治療を提供する義務があるはずだ。

振り返ってみれば、この医師の説明はその当時の最善の治療法だったのだろうか、「否」、である。


この説明の治療法は、先ず目視できる脳腫瘍の摘出術、次に目に見えない腫瘍細胞を死滅させる放射線治療、そして血液に混じって播種した腫瘍細胞を叩く化学療法。これは当時の小児脳腫瘍に対する標準的治療となっていたが、それはあくまでも時代遅れの、他科と連携を取らない脳神経外科的な、独断的な治療法であって、この病院の脳外科医もその治療法を踏襲し、説明しただけのことだった。

その当時、「神の手」と言われた脳外科医が患者家族の間で評判になり、こぞってその脳外科医に子供の命を託す家族が殺到した。その「神の手」にかかれば、悪性脳腫瘍も完治するという噂が広まったからでもある。不幸にも不治の病「がん」を患った患児の家族にとっては、神の出現と思ったのも無理はない。放射線も化学療法も無い時代は、治療と言えば腫瘍摘出術のみだから、殆どの患児が再発、増殖、播種を招いて手が付けられなくなり、発症から五年以内にほぼ亡くなった。正に罹ったら最後、諦めざるを得ない不治の病、「がん」、だった。しかし、医学は進歩し放射線治療、化学療法を併用した治療が開発され、治癒率は二〇パーセント台から六〇パーセント台に飛躍的に上がったが、悪しき慣習で、脳外科は独断で患者を抱え込み、放射線科、小児科との連携も欠いていたのが、その当時の現実だった。

考えてみれば、腫瘍摘出術、放射線治療、化学療法の流れがその当時の標準的治療とされていたが、腫瘍摘出術のメスの先で腫瘍細胞を除去できる筈もなく、またメスで血液に播種した腫瘍細胞を死滅させることもできる訳がない。明らかに、治癒率の向上は放射線と化学療法併用の賜物であって、言い換えれば、手術だけでは「がん」は治らないのであり、命に別状がない限り、わざわざ手術の危険を冒してまで腫瘍を取りにかかる必要はなく、身体にメスを入れることもなく、「がん」と共存していけば良いのであって、そもそも、放射線と化学療法は摘出術、メスの先で取り切れるはずもない腫瘍細胞を叩きにいく治療なのだ。

ところが何故か、当時は脳神経外科が脳腫瘍治療の主導権を握っており、「神の手」と持て囃された脳外科医も、実のところ、その当時の脳外科的標準治療で、手術だけではなく放射線と化学療法の併用治療で良い成績を上げていただけのことだった。後から分かったが、「神の手」は標準的治療でも治癒する良性腫瘍の患児だけを受け入れ、脳外科医の知見では手に負えない悪性腫瘍の患児は、小児科に振っていた。

そして、引き続いて手術に伴う色々な合併症の説明を受けたが、それらは殆どが最悪の事態であり、凡そ説明というより、医師の医療過誤に対する保険のようなものだった。治療ミスを犯したときの為に、「ちゃんと説明しているでしょ」と言わんばかりで、また、仮に失敗したとしても、何ら責任を問われることのない免罪符そのものだった。

後頭部の骨を削っての腫瘍摘出術、水頭症改善のために脳室内にチューブを挿入する脳室ドレナージ、全身麻酔、健常な脳細胞まで破壊する放射線、そして頭髪が全て抜け落ちる抗がん剤、わずか十歳の子供の身体を切り刻み、痛めつける厳しい治療にサトシは耐えられるのか、何か一つでも治療ミスがあれば重篤な結果を招くのか、と自分がサトシの身体にメスを入れるような苦渋の選択に目頭が熱くなる。しかし、手術を受ける以外に助かる道はないと思い、泣くなく、説明、同意書に署名せざるを得なかった。

手術と治療に於ける有りとあらゆる危険性を説明され、有無を言わせず患者に同意を強要する脳外科医は、ひろ子の場合も全く同じだった。病院を、医療を選択する患者の権利など皆無に等しく、まるで外堀を埋められて身動きが取れない、患者の弱みに付け込む強引な説明、同意書だった。しかし果たして、患者側に署名を拒否する勇気、方途があるだろうか、脳外科医の一方的な説明を受け入れ、身を切る思いで、署名する以外にない。

しかし、サトシの時と同じ過ちを犯していることを、どうして避けられなかったのか、とひろ子のことを思うと、心が痛んだ。川の向こうの色彩のない二十数年前の風景が、古い病棟が時を遡って蘇ってくる。そして、サトシの魂の叫びが波のように押し寄せてくる、それはまた、ひろ子の叫びでもあるかのように、救急病院に一人取り残されたひろ子のことが思い遣られた。

4

診療録には、その当時の標準的治療、脳神経外科主導の、独断の、子供の命も予後をも省みない我が物顔の治療方針が記載されている。その次の日に説明されたのが正にその標準治療だった。全身麻酔で脳にメスを入れる腫瘍摘出術、健常な脳細胞まで破壊する五〇グレイもの放射線、そして抗がん剤。

命を取るか、それとも治療後の予後を優先するか。この脳外科的な標準治療は一体どういうことだったのか。子供の脳に五〇グレイもの放射線を当てると、腫瘍細胞は死滅するものの健常細胞まで破壊され、晩期障害を来し、そして人間としての精神、魂に甚大な影響を与える。たとえ片手片足、片目を無くしたとしても花の香り、彩り、瑞々しさは心で感じ取ることができる。しかし脳を破壊されると、喜びも悲しみも感じなくなり、唯一人間の尊厳である人らしい笑顔が消える。サトシもそうだったが、人体に当てられる限界に近い五〇グレイもの放射線治療で数年後、顔から人間らしい表情が消え、それ以降、笑顔を見ることもなくなった。仮に命は長らえたとしても、果たして、植物人間のようになってまで生きている意味があるのだろうか。その時、サトシは生まれる前か死後を彷徨っていたのであり、もうこの世界にはいなかったのかも知れない。

そして医師の説明の三日後、午後一時、サトシは集中治療室に消えて行った。初夏の蒸し暑い空気に満たされた廊下の奥、全く陽も射さない、まるで火葬場のような冷たいシルバーの扉が音も立てずに開くと、サトシは手術室に入る直前まで、

《おかあさん》

と縋るような言葉で震えており、目には涙を浮かべて何度も振り向いたが、サトシの手を握り締め《悪い物を取ってもらうだけやし、何も心配せんでもええ、頑張るんやで》という以外に掛ける言葉はなかった。しかしそれは正に、今生のお別れの言葉以外にない。全身麻酔、開頭、頭蓋骨切除、脳室ドレナージによる脳損傷、予断を許さない医師の説明からは、何ごとも無く五体満足で戻ってくるとは到底思えなかった。ただ麻酔から覚めてくれ、生きて帰って来てくれ、それだけで十分だ、と祈る以外に為す術はなく、茫然と見送った。

帰らぬ人となるかも知れないのに傍に居てやれず、冷たい扉の向こうに置き去りにしてしまった悔恨の念が渦巻き、自分の力ではどうすることもできない焦燥感が鬱積する。確実に脳に損傷を与えることは間違いなく、人間の精神を司る神聖な領域を破壊してまで手術を断行する必要性、意味があるのだろうか。命あっての物種というが、意識障害、言わば植物人間のようになってまで生きる理由があるのだろうか。身体は刺激に対して反応するだろうが、その刺激を感じて認識する能力に障害を来せば、人は人でなくなる。喜怒哀楽、喜ぶことも悲しむこともできない、魂が遊離した抜け殻となる。

手術は四時間ぐらい要すると聞かされていたが、その時間は既に過ぎ去り、日付が変わっても執刀医からの連絡はなく、カーテンで仕切られた真夜中の寝静まった病室で、サトシはこのベッドに戻ってくるのだろうかと扉の方に耳を澄ますが、ただ検査機の音だけが時を刻んで響く。隣のベッドの患者は静まり返っているが、この電子音が生きている証しなのだろう、鼓動のように伝わってくる。時々、不規則に、今にも止まりそうになるが、間延びした後、息を吹き返したように、思い出したようにこの世界に戻ってくる。そしてその音に聞き入っていると、病室はこの世界の涯のようであり、カーテンの向こうは正に死の世界そのもののように思えた。手術室の扉の向こうのサトシも、正にその瀬戸際を彷徨っているのかと思うと、引き戻してやれない無力さに、虚空を見つめた。

波のように繰り返し繰り返し、引いては寄せる不安、待たされている間は時間が流れているのかどうかも分からないほど、過去から未来へ、未来から過去への狭間を浮き沈みしながら、ただ身を任せざるを得ず、さ迷うように漂った。

どれぐらいの時間が過ぎたのか、ベッドに腰掛けたまま眠っていたのかどうかも分からなかったが、執刀医が病室に来て《今、手術は終わりました。無事成功しました》と告げられた時は、目の前の暗闇に光が射し込み、過去からか、それとも未来からか引き戻され、現実に戻った。

十五時間もの長時間、生死をさ迷ったサトシは、闇の世界から帰って来たのである。

サトシの麻酔が覚めてしばらくして、次の日だっただろうか、危機を脱したという事で面会が許された。恐る恐る集中治療室に入って行ったが、それはまるで病院とはかけ離れた、旅客機の操縦室のようにあらゆる機器が設置されており、サトシはその機器類に接続されたチューブやコードでぐるぐる巻きに繋がれて、身動きが取れないほど固められていた。手、足、胸、指、口、鼻、耳とありとあらゆる箇所をチューブやコードで繋がれており、それぞれの機器類が音や光を点滅させていた。そして頭の頭頂部からは一本のチューブが垂れており、その先には黄色い液体が溜まった袋がぶら下がっていた。初めて見る液体だったが、これが脳室内の髄液なのだと思うと、涙が滲み、サトシを愛おしく思った。しかしそれはまた、死をも覚悟した手術から、遠い闇の世界から戻って来てくれた喜びの涙でもあった。ただ、一命を取り留めたことが何よりも嬉しく、これ以上望むのは贅沢とも思った。そして、

《サトシ》

と声を掛けると、サトシはうっすらと目を開け何かを言おうとしたが、その表情からは、サトシもそれなりに死を覚悟していたのかも知れない。しかし、目が覚めたら自分と妻の顔がそこにあり、安心したのか、また深い眠りに吸い込まれていったが、その表情は穏やかだった。僅か十歳、こんな小さな身体で難病と必死に闘わなければならない姿は、この世界の理不尽としか言いようがなく、ただ、運命を受け入れ振り回される以外、悲しみと喜びが交錯する涙が頰を伝うのを、ただただ、味わうしかない。

手術から三日後、集中治療室を出たサトシは脳外科病棟に入院となった。その当時は何も知らず、病院というものがどのような組織なのか、また各診療科の関係がどのような位置づけになっているのかさえ全く分かっていなかった。ただ、大きな総合病院なら間違いはないと信じて選択し受診したが、何も診療科、医師まで選んだ訳でもない。しかしそれはある程度は仕方のないことで、病院側に任すのも致し方ないところだが、診療科、医師を選択するのに患者側の意向、権利は全くない。そして、受診と同時に医療側は最善の治療を提供する義務があり、一方患者側も最良の治療を受ける権利、所謂診療契約なるものが成立する。しかし、医療側の最善、最新の治療の提供義務といっても、なんの根拠も保証もない。ただ医師というだけで、その医師の能力も人格も、医療に一番求められるその人間性も皆目分からない。正に、当たるも八卦、当たらぬも八卦そのもので、患者は俎板の鯉であり、未熟な医師に診てもらって失敗、間違いが起こっても、患者は泣き寝入りをするだけで、あとの祭りとなる。仮に明らかな医療過誤と判っても、そこはあらゆる最悪の事態を想定した「説明」、そして「同意書」で予防線が張られている。サトシが医療過誤で死亡したときも医師は《お気の毒さまでした。最善の治療を尽くしましたが……》と言うものの、説明していた通り、と言わんばかりだった。

この脳外科への入院、診療録に記されていたが、これがサトシが持って生まれた運命だったのか、死出の門出でもあった。

今更悔やんでもサトシが戻ってくる訳でもないが、この病院の小児科を受診した時、小児科医は問診で脳腫瘍を疑い、即座に脳外科へ問い合わせた。その時サトシは既に意識障害、歩行困難を来しており、小児科医は一刻を争う緊急手術を要すると判断したのだろう。それは受診の三日後に手術が施行されたことからも明らかで、又、小児科では手術ができないから脳外科へサトシを照会したのも納得ができる。

しかし、しかしである。子供の命を簡単に運命と片付けてしまうことができるだろうか、仕方がなかったと諦めなければならないのか、否である。

当時の小児脳腫瘍治療は三大治療、集学的治療として「腫瘍摘出術は脳外科」「放射線治療は放射線科」「化学療法は小児科」とするのが全国的な標準治療となっていた。しかし、当然の事ながら、患者側は疾患について知識も経験もあろう筈がないから、夫々の専門医が国内はもとより世界中から最新の情報を集め、研究し、患者に適した最善の治療法を施すのが医師の務め、責任だった。又、医療は日に日に進歩するものだから、この小児脳腫瘍治療は他科との連携が如何に重要かは自ずと知れたことだ。脳腫瘍治療は手術だけでも、放射線だけでも、もちろん化学療法だけでも治癒する疾患ではない。あらゆる専門的な知識、経験を収集し、子供の未来までも考慮した治療方針を選択しなければならない。大人の脳腫瘍治療と違って、余命、予後を如何に人間らしく生きるかが重要な要素となる。余命を植物人間、或いは廃人として生かされるのか、それとも喜びも悲しみも、感情を顔に表して生きるか。美味しいものを嬉しそうに食べてくれたら、親としてこれほど有難いことはない。

ところが、あってはならないことに、脳外科はサトシを小児科ではなく、脳外科病棟に入院させてしまった。この病院のシステム、脳外科と小児科の力関係、確執、縦割り的な医局、それとも医師同士の個人的な怨恨でもあるのか、子供の命を蔑ろにする、許されない暴挙に出た。またこの時、何故小児科はサトシを小児科に連れ戻さなかったのか。そもそもサトシは、小児科を受診したのであり、脳外科病棟への入院を希望した訳でもなく、殆ど拉致されたも同然だった。診療契約に於いて、医療側が遵守すべき義務は最善の治療を提供することで、治療の選択の権利は患者側にあり、それは最善の治療を説明され、受けることである。

殆ど日の目を見ない診療録、当然患者側の眼に触れることもない。そしてそこに記されているのは説明、同意書、治療内容、薬剤の種類と投与量、患者の容態の記録等で、治療内容に至っては殆ど医師の独断でしかない。他院との情報交換のない、同じ病院内の他科との連携もない、まるで鎖国状態の独裁国家の君主も同然で、患者の権利を踏みにじっている。それ故、一体全体なんのために診療録を作成し保管しているのか、全く理解に苦しむ。言い換えれば、それは医師が医療過誤を起こした場合の責任回避のためで、診療録は、裏に事実と違うことが記されている可能性もある。

診療録には、サトシは当初の小児科外来から「脳神経外科へ入院」と記載されていたが、当然その理由も説明も全く聞かされておらず、脳外科の為すがままだった。しかしよくよく思い出せば、他科の意見に全く耳を傾けない、傲慢な脳外科主導の、間違った標準治療がまかり通っていた。それは、その頃「神の手」と全国に名を馳せた脳外科医の、独断の標準治療が多分に影響していたものと思われる。

右も左も、医療の実態も分からないまま、一時は死をも覚悟しなければならないほどの説明を受けた後でもあり、また、頭に脳室ドレナージのチューブを挿入された見るに忍びない姿だったが、それでも手術を終え無事に戻ってきてくれたことが何より嬉しく、手術の執刀医は神様のように思え、心から感謝もした。それは、サトシを死の淵から助けてくれた救世主そのものだった。

しかし、脳外科に入院した当初、病棟に《何故子供がいないのですか》と尋ねたことがあったが、若い担当医は《最近お客さんが少なくて》と呆れかえる言葉が返ってきたのも事実だった。また後から聞いた話だが、その頃この病院の小児科は患児の手術を他の病院で執刀し、放射線、化学療法はこの病院の小児科が主導して治療をしていた。しかし、このような話は聞きたくもなかったが、これがサトシの運命だったのか、それとも病院を選んだ自分の間違いか、悔やんでも悔やみ切れないが、この怒りを誰にぶつけたらよいのか、他でもない、自分にしかない。

後日、サトシが最後に診てもらった他院の小児科医に《もし国立病院に入院していれば、サトシ君は治ってました》と言われたとき、胸が張り裂けそうになり、サトシに申し訳なく、怒りと悔悟、自責の念が渦巻き、頭の整理が付かなかった。事実、その小児科医の治療を受けた、サトシと同い年の女の子は治癒したのである。サトシと同じ脳腫瘍、同じ年齢、サトシより重度、脳腫瘍が脊髄まで播種していたが、治療の甲斐があって幸いにも生還した。しかも、脳脊髄には一八グレイしか照射されておらず、予後、晩期障害も軽減され、人間らしい生活を送ることができた。しかし、間違った選択がサトシを見殺しにしてしまったことは紛れもない事実で、いくら悔やんでも、取り戻すことはできない。

手術から十日後、大部屋から個室に移ったとき、担当医師から説明があった。サトシは頭にチューブを挿入されたままだったが、それでも子供の回復力は凄まじいもので、また、腫瘍摘出で頭の中の異物がなくなり、すっきりしたのか元気だった。半分諦めかけていた命、少なくとも五体満足では戻って来ないと覚悟を決めていたこともあり、サトシの笑顔が心の奥に射し込み、そして限りない不安は霧が晴れるように払拭された。

それ故、その担当医師の説明は、サトシの命の恩人と思って疑いもしなかったので、これからの治療も間違いないだろうと確信し、引き続きお願いした。担当医の説明は、診療録にも残されているが、

【一、髄芽腫　小脳虫部（第四脳室内）悪性
放射線（脳　脊髄）五〇グレイ

化学療法　合計五日間

これらの治療を完遂しても五年生存率二五～三五％（六〇％）

脳幹への浸潤、程度は軽い

二、水頭症

現在の脳室ドレナージを抜去して脳室腹腔シャント術を全身麻酔にて行う】

というものだったが、脳腫瘍について何の知識もない当時の私たちに一体何が理解できるだろうか。髄芽腫といっても肺がん胃がんのことか、何を基準に悪性か良性となるのか、放射線五〇グレイは原発事故のマイクロシーベルトとどれほど違うのか、化学療法、抗がん剤は髪の毛が抜け落ちることなのか、五年生存率とは五年しか生きられないということなのか、といった具合に、説明されても意味が分からず、ただ肯くだけだった。しかし、ただ医師の説明に同意するだけだったが、不治の病でも運が良ければ六〇パーセントの確立で五年間生きられると思うと、その治療に賭ける、しがみ付く以外に方法は無かった。ただ一縷の望みだが、反って勇気を奮い立たせ、絶望の淵に一条の光を見出したように思えた。その六〇パーセントの中に入れば良いのだ、この治療を完遂すれば治癒の可能性もあるのだ、サトシは必ず治る、と希望が心の底から湧いてきた。

しかし、この診療録にある説明は当時の閉鎖的な、他科と連携を取らない脳外科主導の、唯我独尊の標準治療であり、間違いだらけ、虚偽の説明だった。そもそも、悪性腫瘍かどうかの判定は結果論であって、治療後に判るものではないか。腫瘍の増殖、転移、再発が五年以内に認められれば、結果的に悪性腫瘍となるが、無事に治療を完遂することができて治癒すれば良性腫瘍となり、その確率が六〇パーセントとなる。また、「脳幹への浸潤　程度は軽い」と記載されているように、メスの先で取り切れる筈もない残存腫瘍の程度、具合で判定するが、サトシの場合は脳幹への浸潤ではなく、切除できない、命に関わる脳幹に絶対傷を付けられない部分に薄く取り残したもので、そもそも良性腫瘍の範疇に入っていた可能性が高かった。そして「五年生存率二五〜三五％（六〇％）」とあるが、この二五パーセントの確率は不治の病と言われた初期の段階で、放射線治療も化学療法もない時代の手術のみでの治療成績で、二五パーセントが良性腫瘍だったことを物語っている。そして医学は進歩し放射線治療、化学療法が併用された集学的治療が施行されるようになると、その確率は六五パーセントまで跳ね上がった。言い換えれば、腫瘍摘出だけでは二五パーセントだが、放射線治療と化学療法が追加されたことにより、治療成績は飛躍的に向上したことになる。

又、サトシの入院時の脳外科作成の診療録に冊子が貼り付けられていたが、それによると、

【現在では髄芽腫の治療は放射線治療と化学療法を併用することが一般的であり、その結果、

標準リスクでは80％台の5年無進行生存率が得られ、高リスクでも70％台の成績が得られたとの報告がみられる。

　化学療法を放射線治療に併用する治療法は１９９０年に米国と欧州からそれぞれ報告されたが、その時点では用いられた抗がん剤の効果が弱く、化学療法追加による上乗せ効果は部分的であった。しかし、その時点でも放射線治療のみで本例のような手術で全部摘出できなかったような例でも50％程度の5年無病（または無進行）生存率が得られている。

　さらに１９９４年に現在では標準治療となった化学療法の併用療法の成績が発表された。それでは80％台の無進行生存率が得られており、術後の腫瘍残存の有無は生存率に影響がなかったとされている】

とある。また別の報告では、

【髄芽腫の治療は、かつて術後に放射線治療のみを行うのが一般的であり、標準リスク例では全脳全脊髄24Gy、局所55Gyで60％程度の治癒が期待できる。その後、化学療法の有効性が１９９０年頃から報告されるようになり、１９９４年にPackerらの驚くべき化学療法併用療法の効果が発表されて以来、化学療法が盛んに試みられるようになった。その頃日本でも１９９４年頃から放射線治療に化学療法を併用する治療を実施するようになった。

化学療法を併用する目的は放射線治療単独では効果不十分である場合にそれを補う。あるいは放射線の障害を軽減するために照射線量を減じるかわりに化学療法で強化するというものである。化学療法は最低3〜5コースは実施する必要がある。

脊髄への20Gyの線量は十分な化学療法を併用しなければ明らかに不十分な治療線量であり、脊髄から再発する可能性が高い。現在、米国の小児白血病グループおよび日本のグループが化学療法を併用することで照射線量を18Gyに減量できるかどうかの臨床試験が行われている。放射線治療に化学療法を併用するのであれば、両者を無理なく完遂できる治療計画（十分な線量の放射線治療と5コース以上の化学療法を含む）を立てる必要がある】

とあるように、サトシが入院した四年前には既にこのような報告がなされており、脳外科医も冊子に目を通していたはず、というより、情報を得ていなければならなかった。

ところが、この病院の脳外科は一九九〇年頃の不十分な化学療法、というより脳外科でも取り扱える弱い化学療法を採用していた。私たちが無知なのを良いことにして、「悪性、放射線五〇グレイ、化学療法五日間、これらを完遂しても五年生存率二五〜三五パーセント（六〇パーセント）」と世界、日本からの報告をひた隠しにし、旧態然とした脳外科主導の、他科の意見をも無視する標準治療を説明し、最悪の結果を私たちに認識させた。そして無知な私たちは、これが最先端の治療なのか、指をくわえて死を待つより、三五から六〇パーセントの可能性があるのなら、それに賭けよう、いや、そうせざるを得ないと覚悟を決め、厳しい治療に臨んだ。親としては、我が子が生きてさえいてくれればよい、たとえ重篤な後遺症が残ったとしても一生面倒を見てやる、誰よりも幸せにしてやる、と心に誓うものだ。

その当時、「神の手」と全国に名を轟かせた脳外科医も、この病院と同じような脳外科主導の治療法を説明していた。患者家族には「悪性、全ての治療を完遂しても五年生存率三五パーセント」と奇跡でも起こらない限り治癒しないと不安がらせ、強引に脳外科主導の治療法に同意させていた。ところが、この「神の手」に掛かった子供は殆どが治癒するので、両親からすれば神様仏様、我が子の命を救って下さった「神の手」と感謝し、崇めるのだった。

しかし、この名医の診療案内には「小児科の管理が必要なお子さんは診ることができません」と記載されており、強力な、脳外科には手に負えない化学療法を必要とする患児は頭から敬遠していた。言い換えれば、脳外科主導の弱い化学療法でも治癒する腫瘍、即ち「良性腫瘍」の子供しか受け入れていなかった。超悪性と説明され、助かる見込みはないと言われた後ゆえに、奇跡的に治癒したと錯覚させられたようなもので、患者家族からは神と崇められても無理な話ではない。また、仮に治癒しなかったときは、「残念でしたが悪性、五年生存率三五パーセント、説明した通りの結果になりました」と言わんばかりに逃げを打つ。一方両親からすれば、やはり無理だったのか、悪性だったのだから仕方がない、と諦めてしまうことになる。

治癒すれば名医、しなければ超悪性だから。最初から良性腫瘍と分かっていても「悪性腫瘍」と説明しておけば、殆どの場合患者側から訴えられることはない。また、数字だけを見ると、脳外科主導の軽い化学療法でも六五パーセントくらいの五年生存率が得られたが、小児科管理が必要な、強力な化学療法を必要とする残りの三五パーセントの子供たちは、この名医から見捨てられていたのが現実だった。

しかしその当時、脳外科が見放した二五〜三五パーセントの悪性脳腫瘍の患児たちを受け入れ、日夜研究に研究を重ね、海外からの報告も検討し、患児の予後のために放射線量を一八グレイまで減量し、その減量を補うために強力な化学療法を工夫し、正にその治療成績が発表されるところだった。サトシが最後に診てもらった他病院の医師が《国立病院に来ていたら、サトシ君は治ってました》と言われたのは、正しくそのことだったのだ。

脳外科医からサトシの治療方法の説明を聞いているその時、この病院からそれほど離れていない国立病院では既に、放射線量一八グレイ、脳外科では扱う術を知らない強力な化学療法が施行され、八〇パーセントを超える五年生存率の治療成績が確認されていた。また、この市立病院の小児科には、この八〇パーセントを超える治療法の研究グループに属する小児科医もいたのだった。

しかしその時、サトシの脳外科担当医が私たちに説明したのは、治療を完遂したら六〇パーセント、途中で治療ができなくなると二五〜三五パーセント、頑張って治療をやりましょう、という意味だったが、しかし何故、同じ病院内の小児科に診せないのか、相談しないのか、なぜ子供の命、予後を第一に考えないのか。

　この診療録にある、脳外科作成の説明書に目を落とし、当時を振り返ると、腸が煮え返ると同時にサトシを守ってやれなかった自責の念、この病院を選択したのは、他でもない、自分であることを、思い知らされる。

　診療録を追う。

　愈々、治療が始まる三日前、同じ脳外科執刀医から治療の具体的な説明があった。当然のことながら初めて耳にする医学用語で、それが何を意味するのかさえ分かるはずもない。ただ、サトシの命を助けてもらいたい一心で、目の前の担当医に縋る以外に取るべき道はないゆえ、言われるがままに説明を受け、同意した。

　診療録の説明書にあるその治療内容は、

【治療
①放射線治療
　局所　30（グレイ）15回　3週間
　全脳　30（グレイ）　3週間
全脊髄　30（グレイ）　3週間

2G×45↓9W

②化学療法
B↓(A↓B)×5クール
白血球数　通常は5000〜7000
化学療法の影響で　↓　600〜800
③初回Bの後　造血幹細胞採取
Aの後　造血幹細胞移植　を繰り返す
放射線と化学療法は同時に行う】

とするものだった。前回説明の脳外科的な標準治療から変わったところは、化学療法Bが追加、強化され、その化学療法Bの後に造血幹細胞採取、Aの後に移植が施行されること、そして、無謀な化学療法と放射線治療が同時に行われることだった。そしてこの治療法は、後に「幹細胞移植を併用する大量化学療法」として看護録にも綴じられていた。

また、この日の説明はカルテにも記載されており、

【治療について両親に説明
①放射線治療

局所　30（グレイ）
全脳　30（グレイ）
全脊髄　30（グレイ）
②化学療法　B、A、B（斜線で消されている）2G×45↓9W

とあり、末尾には、

【母＊＊＊　主治医が加わる
完治の可能性はない、漢方について】

と付け加えられていた。
一方看護録には、

【両親に説明
①放射線治療
局所　30（グレイ）
全脳　30（グレイ）

全脊髄　30（グレイ）
2G×45↓9w
②化学療法　B、A、B】
となっており、矛盾している。看護師は事実を忠実に記載するもので、付け加えたり削除する理由も必要もない。私たちが主治医の大堀医師の顔を見たのは執刀医の説明の前で、この時大堀医師はおらず、加わりもしていなかった。

「斜線で消された化学療法B」

「主治医が加わる」

「完治の可能性はない」

が改竄されており、治療の失敗を隠蔽するために主治医が後から診療録に手を加え、或いは削除して改竄したのは明白で、看護録には手を加えられなかったのだろう。

そもそも、可能性を信じてこれから厳しい治療に臨もうとするときに「完治の可能性はない」などと説明するだろうか、する筈はない。治療を完遂すれば六五％の五年生存率が得られ治癒すると説明しておきながら、同時に、「完治の可能性はない」などと矛盾しており、失敗した治療結果を先に説明するという本末転倒に陥っている。治療ミスを強引に改竄したものの、未来を過去に戻せる筈もない。

主治医の改竄、削除は、三年後に再発した原因、それは脳腫瘍治療のいろはも知らない、脳外科主導の杜撰な治療を揉み消すためのものだった。看護録には手を付けられないので、後からの診療録への改竄は医局ぐるみの仕業なのだろう。思い出せば、この主治医と執刀医は初回化学療法のあと直ぐに顔を見せなくなり、ただ何も知らない若い担当医が右往左往するばかりで、放射線科や小児科へ頓珍漢な照会をかけていた。要するに、脳外科が作成したこの「幹細胞移植を併用する大量化学療法」の治療法は無知による無謀な計画だった。言い換えれば、一か八か、上手くいけば棚ぼたもの、失敗しても「悪性だから治癒の可能性は無かった」との説明で言い逃れられる。子供の命、将来には全くお構いなく、ただ、己の手柄に走り、サトシを実験台に利用した。

しかしそのとき、

《先生のお子さんでもこんな厳しい治療を受けますか》

と訊くと治療法を説明した担当医は、

《受けます。頑張って治療しましょう》

と自信満々に答えたのが思い出される。それもその筈で、そもそもサトシの場合は良性腫瘍の可能性が高く、当時の脳外科主導の治療法でも殆どの患児が治癒しており、まして日本の小児科医が開発中でその結果が発表されようとしていた「大量化学療法のプロトコール」を真似し、脳外科主導で手柄を上げようと目論んだからに他ならない。悪性腫瘍、不治の病と追い詰められた子供の命が奇跡的に治癒すれば、それはもう、医師を神様と崇めるだろう。しかし担当医は、

《しかしこの治療を完遂できなかったら、その時は諦めて下さい》

と付け加えたのも事実だった。担当医は万が一のことを想定し、医療過誤を起こした場合に備えて逃げを打っておいたのだろう。

有り得ない、万が一だろうが、親にとって、それでもその奇跡を信じる以外になく、諦めることなどできる筈もない。サトシの身体を痛めつけるのに忍びなく、代われるものなら代わってやりたいが、追い込まれて、苦渋の選択の言葉を絞り出す以外になかった、《よろしくお願いします》、と。

奈落の底から見えるものは一点の光でしかない。今が最悪の状況なら、もうこれ以上の暗闇はない。治療を完遂すれば六五パーセントの可能性があるのだから、その六五パーセントの中に入ればよい、そうすれば治癒するのだ、と自分に言い聞かせるように治療に臨んだ。しかし、大きな、六五パーセントもの的に向かって突き進むのだが、それでも外せば、それは死を意味することも重々承知していた。それでもただ何もせず死を迎えるよりは、可能性に向かって進むべき、ここで諦めたら必ず後悔する、と心に決めた。

《よろしくお願いします》

心から吐いた訳でもない、脅されて、追い込まれて、他に選択肢のない苦渋の言葉である。監獄のような川向こうの病棟、何事もなかったように其処にあるが、二十数年前のサトシの魂の叫びが聞こえてくる。そして同じように、背後から、ひろ子の声も重なる。

しかし、川は滔々と流れ、微風が頬を撫ぜ、眩ゆい夕陽に自分の影が延びる。

診療録を繰る。

そして手術から二週間後、小脳部位の局所から放射線治療が始まった。診療録には、脳外科の若い担当医が放射線科に【化学療法を併用したいので局所から始めていただきたい】と照会し、それに対して放射線科は【化学療法も併用されるようですので局所から開始し、その後全脳へと拡大したいと考えます。局所は合計一九グレイ、全脳は計四〇グレイの予定で、脊髄の部分はC1下縁まで含めています。尚、経過に応じて適宜治療計画を変更します】と回答している。

また、診療録には「放射線治療各論」と題する冊子が綴じられており、そこには、【全脳照射は左右対角二門で、下縁はC2のレベルである。全脊髄照射は後方一門で下縁はS3のレベルとする。

全脳照射野および脊髄照射野間とのつなぎに注意する。

化学療法の併用は有効である。五年生存率は五〇〜六〇パーセントである。局所制御例では五年生存率は八〇パーセントに達する】

と記載されている。

恐らく、若い担当医はこの放射線治療の論文を参考に放射線科に照会をかけたのだろうが、また、当時の脳外科主導の治療法でも放射線治療と化学療法は併用されていたが、化学療法は脳外科でも扱える軽い化学療法だった。

しかし、たとえ併用といっても時間をずらして放射線治療の後に化学療法を併用するか、それとも同時に施行するかは大きな問題がある。ところが若い担当医はそのことを疑いも認識もせず、放射線科に照会をかけたが、放射線科は疑問を持ちつつも【経過に応じて適宜治療計画を変更します】と無謀な同時併用治療を認識していたと思われる。

当時は脳外科による腫瘍摘出、放射線科による放射線療法、小児科による化学療法の集学的治療は標準的な治療として確立していたが、この診療録に記載されている事実からは、この病院の脳外科医が他科とカンファレンス、連携を取っていた様子は全く窺えない。要するに当初の「大量化学療法のプロトコール」は脳外科単独の無謀な、杜撰な計画で、凡そ治療を完遂できるような内容ではなかった。脳外科医は腫瘍摘出術のプロかも知れないが、放射線、化学療法については全くの素人と言っても過言ではない。

私たちはただ治療を完遂できなければ《諦めてください》との言葉が耳に焼き付いており、この治療法が正しいのかどうかさえ知る由もなかった。この部分の診療録を見る限り、脳外科は他科と連携も取らず単独で手柄を独占しようと計画し、それをサトシの身体で実験しようとした。それも、サトシの予後、後遺症を全く考慮せず、ただ腫瘍を壊滅させるだけの治療法で、仮に治療が完遂できたとしても、脳脊髄への放射線量は確実に子供に致命傷を与える数量で、意識障害、発達障害等様々な晩期障害をもたらすのを微塵も意に介していなかった。一体全体、治療とはなんなのか、植物人間のようになっても息さえしていればそれで良いとでもいうのか、とやり場のない怒りが込み上げ、今は亡きサトシの寂し気な顔が浮かぶ。

5

診療録を追う。

【大量化学療法のメニューについて

体重30 kg、体表面積1.1 m²として概算

シスプラチン　30 mg/m²×1.1 m²　→35 mg　3日
ラステッド　120 mg/m²×1.1 m²　→140 mg　5日
イホマイド　10 mg/kg×体重　→3.0 g　5日】

このメニューは脳外科が作成した「大量化学療法」の薬剤と薬量だが、イホマイドはその頃の脳外科主導の標準治療にも用いられていた薬剤で、投与量によっては劇薬にもなる。そのため、その製薬会社から出されている説明書には、

【本剤を含むがん化学療法は緊急時に十分対応できる医療施設において、がん化学療法に十分な知識、経験を持つ医師のもとで、本療法が適切と判断される症例のみ実施すること。適応患者の選択にあたっては、各併用薬剤の添付文書を参照して十分注意すること。また、治療開始に先立ち患者又はその家族に有効性及び危険性を十分説明し、同意を得てから投与すること。

本剤を小児悪性固形腫瘍に使用する場合は、小児のがん化学療法に十分な知識、経験を持つ医師のもとで使用すること。】

となっている。この街の大きな有名総合病院であるから優秀な医師が揃っていなければなら

ず、またこのような説明書には必ず目を通しているはずである、いや、確認して知っていなければならない。

　ところが、診療録に記載されたこのメニューを目にし、何気なく計算をしてみたところ、

「イホマイド　10mg/kg×体重　→3.0g」

　サトシの体重が30kgだから「10mg×30kg＝300mg」となる。ところが、このメニューでは「3.0g」、即ち十倍の3,000mgと計算間違いを犯している。こんな単純な計算は小学生でもできるからまさか医師が間違えるはずはない、何かの間違いだろうと何度も何度も繰り返し、計算を確認したが、矢張り間違いだった。それよりも、説明書に【本剤を小児悪性固形腫瘍に使用する場合は、小児のがん化学療法に十分な知識、経験を持つ医師のもとで使用すること】、とあるように、化学療法に十分な知識と経験があれば、たとえ計算間違いをしても異常な数量に気付くはずだ。ところが、脳外科医は化学療法について無知、経験に乏しいが故に、小児にとっては劇薬に等しい数量に気付かず、投与してしまった。また、放射線治療についても無知、経験の無さから強力な線量を同時に施行していることを考えると、これはもう治療と言えるものではなく、サトシの身体への破壊行為、殺人である。そして腫瘍が消滅した暁には、人としてのサトシの命も終わっていることだろう。正に、生きる屍そのものになる。

　こんなことが許されるのか。僅か十歳の小さな体に毒薬を盛られたようなもので、これから成長していき、生まれてきた喜びを謳歌し、いずれ家族にも恵まれ、そして我が子を抱きしめ

る慈しみの愛、夢と希望を奪われてしまった。
もし、イホマイド使用の説明書にあるように、家族がこの薬剤の危険性を知らされていたら、サトシに投与している最中でも気が付いたかもしれない。五〇グレイの放射線量が脳脊髄に与える影響も知らされず、そもそも脳外科医が扱ってはならない危険なイホマイド投与、しかも同時併用。私たちは何も知らず藁にも縋る思いで、信じ切ってサトシの命を預けたのだ。しかし、この病院を選んだことが間違いだったのか、それとも無知な自分が悪いのか、いや、これがサトシの運命だと片付けてしまえるのか。

《国立病院に行っていたら、サトシ君は治ってました》

後日、小児科医が言ったこの言葉、この意味が鋭く胸に突き刺さる。そして、サトシの運命を自分が握っていたのだと思うと、誰に当たる訳ではないが、自分の顔を、これでもかと力を込め、殴っていた。

診療録に記載されている計算間違いの、十倍の「3.0g」、運命の数字、この化学療法死も招きかねない強烈な量を見落とした、気付かなかった脳外科医が全てだった。もし、脳外科が、化学療法に知識、経験のある小児科に薬剤と薬量を照会していれば、簡単に防げたことだった。

サトシは、放射線科、小児科と連携を取らない傲慢な脳外科に未来を奪われてしまった。

しかし何故なんだ、子供の命より何が重要というのか、信じられない、頭の中で怒りと悔恨、そしてサトシの悲し気な顔が渦巻く。


診療録の中の看護録も照らし合わせて進めていった。そこには、医師が記載したカルテとは違う真実が、サトシの様子が事細かに記されている。

最初の難関の腫瘍摘出術が無事終わり、サトシの容態も落ち着きはじめ、そして放射線治療も始まった。サトシの頭には脳室ドレナージが挿入されており、胸には化学療法の薬を点滴するためのカテーテルがぶら下がっている。化学療法A、化学療法Bの五クールで計十回。また夫々の化学療法の薬が四種類あるから治療を完遂するまでに四十回も薬を注入しなければならないので、全身麻酔によるカテーテル挿入術を、《注射いやや、また嘘や》と嫌がるサトシをなだめて、騙してお願いした。その時、サトシはまだ十歳の子供だった。

親として、何故このような見るに堪えない姿になってしまったのか、サトシが何か天罰を受けるような悪いことでもしたのか、と忍び難い思いで辛かったが、それでも子供の回復力は並外れたもので、また、サトシの何も知らない健気な表情が反って愛おしかった。大部屋から個室に移り、見舞いの人も訪ねて来るようになり、また、慣れてきたのか若い担当医にはまるで友達のように接し、女性看護師には減らず口をたたき、生意気なガキそのものだった。

しかし、現実は生と死の隣り合わせ、窓の外と中。サトシは何も知らず無邪気にゲームに興じているが、その笑顔が反って何かを訴えかけているようで悲しい。サトシは、この冷たい白々とした病室を出ることができるのだろうか、そして、眩い窓の外の空気を胸いっぱいに吸うことができるのだろうか。

それでも、そういう思いで私たちが窓の外からの陽光に照らされたサトシの寝顔をそっと覗き、光と影に浮いた顔をつくづくと眺め、そして不安と期待に揺さぶられながら、ただ医師の言葉を信じる以外になかったその時、計算間違いの薬量を投与してしまった脳外科は、化学療法について無知であるが故に慌てふためき、対処の方法にも手を打つことができず、遂に、やっとのことで化学療法に詳しい小児科に泣きついていた。そしてこの診療録からは、化学療法死も有りうる大量のイホマイド投与を境にして、この化学療法を説明した執刀医、脳外科医ではあるが化学療法に詳しいと聞かされていたサトシの主治医の名前は消えてしまって、それ以降病室に現れることもなかった。

また、私たちの知らない、見えないところで信じ難いが、医療現場、医局が蠢いていた。医師といっても人間であるから、ミスを犯しても不思議でも何でもない。しかしそのミスを挽回するのか、それとも隠蔽するのかで子供の命は左右され、或いは運命を弄ばれるのかと思うと、子供の親として堪ったものではない。人の命をなんと心得てるのか、許し難い、医師の風上にも置けない、人の道に外れた蛮行である。

診療録に涙がこぼれ落ち、滲む。

次の化学療法開始は予定より大きく遅れた。若い担当医は頻繁に病室に来て血液検査を繰り返し行うが、一向に上がらないサトシの白血球数に神経質になり、再開の時期を見失い、ずるずると延びていった。《全ての治療を完遂できなかったら諦めて下さい》との執刀医の言葉が重くのしかかり、今かいまかと焦る気持ちばかりが先走り、上がらないサトシの白血球数を聞かされる度に《やっぱり駄目なのか》とサトシの顔も見ることができなかった。子供が元気な内は日々成長を見守っているものの、特に気にもせず、あまり構ってやれないのも世の常だが、しかし、今こうして不治の病を患ったサトシを前にして、取り返しの付かない後悔の念が責め立てる。そして、失った日々を振り返り、これからは思いっきりサトシを幸せにしてやろうと自分に言い聞かせても、それも叶うかどうか、この目の前の現実に、木っ端微塵に吹き飛ばされる。初回コースの化学療法も受けることができないのか、元々サトシの身体は弱かったのか、「諦めて下さい」の言葉が目の前に立ちはだかる。

診療録の中の看護録には、乱高下するサトシの白血球数が事細かに記録されており、若い担当医はその数字だけを見て化学療法再開の機会を窺っているが、その安定しない白血球数の理由を全く理解しておらず、ただ狼狽えて放射線科や血液内科に照会をかけるばかりだった。しかし診療録を見る限り、サトシの白血球数が乱高下して落ち着かないのは、明らかに脳、脊髄への放射線量が影響している。また、放射線科の回答にもその辺を懸念している記載が残っている。

結局のところ、併用と同時の言葉の意味さえも取り違えた脳外科は、放射線治療と化学療法について無知、経験の無さから無謀にも同時に、それも十倍ものイホマイドを投与してしまった。しかし、若い担当医はその事の重大さも知らず、只サトシの容態を記録しているだけで、サトシに重篤な結果を強いている原因も全く究明しようとしなかった。診療録には淡々とした結果、数値が並べられているが、しかし一つひとつの文字、数値には重大な意味が潜んでいるのが読み取れる。

計算間違いによる十倍ものイホマイド投与の翌日からの診療録には、まるで素人のような記載が連綿と綴られ、こんな医師に子供の命を託していたのかと思うと、怒りを通り越して、絶対に許せないという思いが込み上げてくる。

脳外科の泌尿器科への照会、回答には、

【昨夜の八時から一回の尿量少、頻繁に。
排尿時痛増大。泌尿器科に相談か？】
【昨夜より排尿痛を訴えております。貴科的ご高診の程よろしくお願いします】
【やはり、一元的に考えてイホマイドの影響と思います。

もし症状が著しく悪化すればご相談下さい】

十倍ものイホマイドを投与された夜から激しい痛みと真っ赤な血尿が出現し、サトシは《痛いよう、痛いよう》と苦しみに喘いでその夜は眠れなかった。そして次の日の朝、見るに見かねて若い担当医に訴えると、担当医は泌尿器科を受診するように手配をしたが、私たちは激しい血尿の原因も分からず、痛みを堪え苦しんでいるサトシを見守るだけで、ただ現実を受け入れるしかなかった。そして、頻発する血の混じった尿を取り換えるために尿瓶を携え、サトシを車椅子に乗せて泌尿器科へ向かった。

その泌尿器科へ行った後の診療録には、

【メスナの作用
イホマイドによる膀胱障害はその尿中代謝物が膀胱粘膜と接触して発現する局所障害であり、メスナは尿中代謝物の接触を抑制すると言われている。
出血性膀胱炎!!
朝、少しむかつきはあるが、あまりひどくない↓量（化学療法の投薬）について再チェックするようにとの指示あり。（あまりにもむかつき等の症状が少ないので）】

思い出せば、その時、化学療法を説明した医師が病室に来て《サトシ君は本当に薬に強い子です》と感心するように言ったが、私たちは、計算間違いの十倍ものイホマイドを投与されたとはつゆ知らず、ただ初回の化学療法を乗り越えたと喜んでいた。しかし後に、小児科医から聞いて分かったが、イホマイドを投与するときは必ずメスナを同時に投与することは化学療法を扱う者にとっては常識だった。激しい出血性膀胱炎を防ぐため、それは取りも直さず、その次の化学療法を遂行するため、ひいては治療を完遂するためだった。激しい、化学療法死も招きかねない出血性膀胱炎を避けるために、メスナを投与するのは小児科医に於いては常識なのだが、脳外科医は全くの無知で、メスナ投与の必要性を泌尿器科に問い合わせて初めて知り、遅れて診療録に記した。

しかし、その所為で、避けられた出血性膀胱炎を患い、サトシは激しい苦痛に見舞われ、一つ間違えば命をも落とすところだった。もしサトシが普通の子供だったら、確実に化学療法死を招いていただろうが、「あまりにもむかつき等の症状が少ないので」とは、十倍もの薬を投与されても、サトシの強靭な体力が持ち堪えた証しでもあった。

そして正にそのとき、イホマイドの薬量の間違いに気付いた化学療法を説明した医師は、慌てて若い医師に薬量を調べるように指示を出したが、小児科的治療、化学療法に無知な脳外科医では対処する術も分からず、まして若い医師では手の施しようがなく、右往左往するばかりだった。そして、サトシの病室に来た執刀医、説明をした脳外科医は、それを最後に顔を見ることも無かった。

ここが運命の分かれ道、生きるか死ぬかの。しかし、サトシの運命を握っていたのは私たち親ではなく、虚栄心の塊の脳外科医だった。他科に相談することもなく、独断で、サトシを利用する実験的な治療方法を策定し、危険な放射線照射と化学療法の同時併用、しかも計算間違いまで犯して十倍ものイホマイドを投与してしまった。ところが、その無謀な治療に気付いた時点で、小児科に相談、或いは打診すれば良いものを、なんと人の、サトシの命を踏みにじり、己の名誉、地位を優先し、医療過誤を隠蔽する方向に走ってしまった。一体何がそうさせるのか、医師の倫理にも悖る殺人行為である。

こんなことが許されるだろうか、サトシは命を奪われ、未来を踏み躙られ、物品のように捨てられてしまった。

しばらく診療録から目を離すことができず、茫然としていたが、堪えきれず、サトシ！と叫んでいた。

そして、さらに診療録を繰ると、その一枚のカルテに目が釘付けになった。初回化学療法Bの一週間後、脳外科は初めて小児科に照会をかけている。

【いつもお世話になっております。
六月にご紹介いただきました上記患者の経過報告させていただきます。
六月十九日に腫瘍摘出術をし、放射線療法を始めました。全脳照射四〇グレイ、局所二〇グレイ、脊髄照射を予定しております。
化学療法はシスプラチン35mg×3日、
ラステッド140mg×5日、
イホマイド3g×5日
行いましたが、現在白血球数一二〇〇です。
ご高診の程よろしくお願いします。(カルテ診のみで結構です)】

この脳外科の小児科への照会は何を意味するのか。「経過報告」とあるから小児科へ化学療法について意見を求めているのではない。しかも、計算間違いの十倍ものイホマイド投与を、この時点では気付いていたにもかかわらず、記している。要するに、計算間違いのイホマイド投与を誤魔化し、正当な、計画通りの治療として態々小児科に証拠を残すために報告している。また、看護録には当初の「幹細胞移植を援用する大量化学療法のプロトコール」と題する冊子が残されていたが、それが脳外科の診療録には改竄されたメニューが綴じられており、そして小児科の外来診療録にもこの照会のメニューと同じ薬剤、薬量に書き換えられた冊子が添付されている。たとえ医師といえども看護録、他科の診療録に手を加えて改竄することはできないので、小児科に経過報告として残した。そして、「カルテ診のみで結構です」とは、小児科医に計算間違いのイホマイド投与によるサトシの症状を診させようとしなかったということである。

何ということだろう、若い担当医も含めて脳外科全体で医療過誤の隠蔽を謀り、他科と連携を取り緊急に対処、改善を講じることなく、己の地位、名誉、私利、我を優先し、サトシを見捨てた。若い担当医や看護師が病室に来てはサトシを励まし、時には遊び相手にもなってくれて、私たちは医師を信じ希望を持って次の化学療法に臨もうとしていたその裏で、信じ難い、許せる筈もない自己保身に突っ走った。卑怯にも、医師を信じて命を預けている患児家族の信頼を裏切ったのである。

そして、小児科医の回答は、

【回答

脳外科　大堀先生

カルテ診させていただきました。シスプラチン五日間と口頭で聞いていましたが、三日間とのことで諸症状についてはお話ししましたよりは軽度とは思いますが、そこそこありますので全身管理を充分にする必要があると存じます。

出血性膀胱炎は軽快中のようですが、イホマイド、シスプラチン併用では白血球数も落ちますので尿中、血中濃度の管理も必要です。とにかく種々の点で小児科管理法と異なる点も多く、どこまでサポートさせていただければ良いのか、どこまで貴科で可能なのか不明ですので、詳細については今後の協議で具体的に決めざるを得ません。今後、大堀先生とも相談させていただき、方針、この症例の治療も含め決めていきたいと存じます。尚、今後ともよろしくお願い申し上げます。尚、病室へは主治医同伴がよいと考え遠慮しました】

診療録を押さえる手が震える、サトシの笑顔が目に浮かぶ、頭が混乱し何も考えられない。今、あまりの衝撃に自分が何を思っているのかさえ分からない。文字を追ってはいるものの、別世界の出来事のようで上の空だった。

小児科医は脳外科、大堀主治医の過誤を見抜いており、脳外科の化学療法に対する無知、無謀、杜撰な治療を遠回しに批判し、警鐘を鳴らしている。また、サトシの主治医の了解なしに病室を訪れる訳にもいかず遠慮している。

何故こんな事になるのか、サトシの命はごみ箱に捨てられたも同然だ。

同じ病院内にありながら、何故小児科に診てもらえないのか、サトシは脳外科に入院した訳でもない、そもそも小児科に入院したのを、それを命と一緒に脳外科に横取りされてしまった。

何か、底知れぬ不気味さ、得体の知れない人間の業が蠢いている。

私たちが次の化学療法を心待ちにしているその裏で、雲隠れした主治医のいない脳外科は、化学療法について無知、未経験であるがために、若い担当医は右往左往するだけで、強烈な化学療法と放射線照射の同時併用による極端な白血球数減少、脳外科では経験したことのない数値に怯え、来る日も来る日も採血ばかり繰り返していた。ある時、極端に白血球数が上昇したとき若い担当医は「さあ、明日から化学療法を始めましょう」と言ったことがあったが、私たちが「風邪か何かの炎症反応ではないか」と指摘したところ、脳外科医は化学療法を断念する始末だった。又ある時、白血球数が低い数値のまま上がらないのを「採血のし過ぎか」と信じ難いことを、臆面もなく診療録に記載している。私たちが信じて疑わなかった医師は、この体たらくだったのである。

眼を疑うカルテを追った。まるで裏社会を垣間見るような内容が展開している。

脳外科照会

【いつもお世話になっております。

化学療法終了後十二日目です。骨髄抑制のピークは過ぎたようです。

ノイトロジン二〇〇㎎を三日間投与で、現在白血球数四万台ですので止めました。

今後、経過を見ていく予定です。
御高診、御指示の程よろしくお願い申し上げます】

当初の「幹細胞移植を援用する大量化学療法のプロトコール」も、改竄されたものも、その治療メニューは、最初の強い化学療法Bの後に幹細胞採取、次に軽い化学療法Aを行い、次の強い化学療法Bの時に幹細胞移植を行い、それを五回繰り返すというものだった。小児科は脳外科から照会されたメニューを把握しており、それを踏まえての回答で、

小児科回答
【カルテ診させていただきました。
ノイトロジンの投与量は幹細胞採取を考える場合でも一〇㎎の投与で小児科は行っており、二〇〇㎎は過剰投与かと存じます。幹細胞採取のタイミングも今回の急上昇では予想が付きにくく思います。
次回化学療法の予定、内容及び幹細胞採取の意向についてお知らせ願えれば幸いです。尚、感染症併発時の採取は避けています。】

脳外科照会
【七月二十一日より始めた化学療法の骨髄抑制が回復してまいりました。
今後八月二十四日より化学療法A、
九月二十一日より化学療法Bを行う予定です。
貴科的に御高診の上御教示下さいますようよろしくお願い申し上げます】

小児科回答
【いつもお世話になっております。
カルテ拝見致しました。
化学療法施行に対して問題はないと思われます。
御照会ありがとうございました。】

脳外科診療録
【白血球数減少について小児科に相談。
▪現在の値（二〇〇〇）は減少し過ぎではなく化学療法後の自然経過である。特に問題となるような値ではない。
▪ノイトロジンを過剰に投与したのである程度の反動とも考えられる。

■血小板等が回復しているので、おそらく白血球数も戻ってくるであろう、ノイトロジンを投与して見かけだけ白血球数を上げるのはよくない。化学療法前は特にやってはいけない。
■化学療法Aに関してはニドランが遷延的に骨髄抑制がくることがあるので注意は必要だが、来週火曜日にスタートしても問題はないと思われる。
■今後化学療法Bのメニューについては九月初旬に主治医と相談の上、幹細胞移植についても決めさせて欲しいとのことです。何か相談等あれば、毎週木曜日の腫瘍外来にでも定期的に診させて下さい、とのことです。】

脳外科大堀主治医が裏で糸を引いてるのか、よく読み返せば、脳外科は「幹細胞移植を援用する大量化学療法」のメニューを作成しておきながら、初回の化学療法Bの後の幹細胞採取を飛ばして化学療法Aを予定している。また、小児科も幹細胞採取が終わっていることを前提に化学療法Aの後の幹細胞移植、化学療法Bについて相談を持ち掛けている。そしてさらに、「分からないことがあれば化学療法に詳しい腫瘍外科にサトシを診させて欲しい」とまで言っている。

その間、サトシは毎日放射線治療を受けており、私たちは治療が順調に進んでいるものと思っていた。また、初回の化学療法がBなのか、それともAなのか一切聞かされておらず、幹細胞採取の話に至っては看護師からも全く耳にしていなかった。また、サトシは日に日に回復しベッドから起きて歩くこともできるようになり、白血球数が上がれば病棟を出て外の空気を吸わせてやることもでき、次の化学療法を心待ちにしていた。ところが、この時は既に、「幹細胞移植を援用する大量化学療法」は破綻していた。イホマイドの投与量を間違えたことによる出血性膀胱炎、強烈な化学療法と放射線照射の同時併用で極端な白血球数減少を招き、幹細胞を採取できるような状態ではなかったことになる。

しかし、この診療録に書かれているように、若い担当医には指導する主治医もおらず、ただ小児科に照会をかけるものの、化学療法に素人同然だから、小児科の意見も理解できず、日によって乱高下する白血球数に二の足を踏み、ずるずると日は過ぎていった。そして、予定していた次の化学療法の時には、放射線科から次のような回答がある。

【本日で小脳一九グレイ、全脳二五グレイまで照射しました。化学療法同時併用で白血球数減少を認めますが、本日血液検査で白血球数二五〇〇ですので照射を続けます。ただ、患児の予後を考え合わせると六〇グレイの照射は過量ではないかと危惧しております。当科としては五〇グレイで終了が妥当と考えますが、先生はどのようにお考えでしょうか。今後の脊髄照射についての御意見も併せてお聞かせください。】

脳外科が指示した放射線量を放射線科は「患児の予後を考え合わせると」と危惧し、減量を促している。なんと恐ろしいことか、脳外科はサトシの頭脳、予後などお構いなしに大人に照射する量を指示したのだ。一体治療とは何だろう、腫瘍さえ死滅すれば子供の命はどうでも良いと考えてるのか。また、白血球数減少も同時併用による当然の結果で、脳外科にとっては未知の数値だが、それは取りも直さず、化学療法について無知だったことを物語っている。

最初の化学療法Bから二カ月が経ってしまったが、脳外科は殆ど毎日血液検査ばかりを繰返していた。又、放射線の同時併用により白血球数が回復しないのを、独断で色々な薬を投与し、無理矢理に白血球数を上げようとしていた。そして、数値が回復すると、それを小児科に照会をかけ、わざわざ報告し、小児科に証拠を残していった。また、若い担当医も、脳外科医にとっては未経験の低い数値だったが、それでも慣れてきたのか、数値に神経質にならなくなり、一方、サトシは順調に回復していて、低い数値だが安定していたこともあり、外泊許可も出るようになった。

夢にまで見た外泊、まさかこの日が来るとは思いもしてなかったので、サトシを家に連れて帰った時は、まるで絶望の淵、死から生還したように涙が溢れるばかりだった。しかしその反面、このまま治癒してくれと祈るものの、夢から覚める恐怖に怯えていたのも事実だった。そして悪夢を払拭するように、今のこのひと時を、短い外泊時間ではあるが、大切に過ごそうと思った。

ところが、その裏で脳外科は小児科に照会をかけており、「カルテ診のみで結構です」と頑なにサトシを小児科に診させようとしなかった。


【いつもお世話になり有難うございます。

当科に入院中の患者さんですが、白血球数は九月四日より上昇しましたが、現在血小板は徐々に減っております。カルテ診のみで結構ですので御高診、御診断よろしくお願いします。】

それに対する小児科の回答。


【カルテ診させていただきました。

血小板の低下は化学療法Aと、特に放射線治療の関与もあると思います。何れにせよ初回化学療法Bの副作用の影響が根底にあるのは確かです。

化学療法を長期的に考えて計画、選択される方がよいと思います。従って今回の化学療法A後、次回考えられているメニューは初回と同じメニューなので、今後のことを考えて変更が必要ではないでしょうか。

今後の治療計画はどう予定されるのでしょうか。管理を充分にする必要があると考えます

が、貴科的方針をご教示下さい。】

何のために脳外科は小児科に報告しているのか。自らの過ちをひた隠し、サトシの命を蔑ろにし、カルテを偽造して小児科に報告し、証拠隠滅を謀っている。というより、初回の化学療法Bの後、施行もしていない幹細胞採取と化学療法Aを偽装し、敢えて小児科に残そうとした。しかしその目的は、一体なんなのか。

明らかに、それは裁判対策。普通、医療過誤で裁判にでもならない限り、診療録は日の目を見ることもなく、お蔵入りとなる。しかし卑劣にも、サトシへの治療を踏みにじり、脳外科は裁判を恐れて、その時のために着々と準備をしている。人の道に外れた、畜生の為せる業以外の何ものでもない。

やり切れない、目頭が熱くなる、サトシは脳外科医に命を奪われてしまったのである。

そして担当医は、脊髄照射の影響による血液検査の数値に振り回され、ただ白血球数を上げようとやみくもに投薬を試みるが、その数値の理由も分からず、混乱して小児科に泣きついた。しかし小児科は呆れて「投薬の必要性、有用性については貴科の判断にお任せします」と突き放した。そしてさらに小児科は「可能なら、一度外来診に出ていただければと思います」とサトシを直接診察することを問い掛けたが、脳外科は私たちにも隠して知らせず、無視してしまった。

そして遂に、合計五回の化学療法を中断したまま、血液検査ばかりを繰り返した挙句、何の治療もせず、脳外科はサトシを退院させようとした。最初の化学療法Bから二カ月経った小児科への照会状には、

【全脊髄照射一二グレイ終了しました。

白血球数の減少（二〇〇〇）及び好酸球の上昇が依然続いております。

当科的には全脊髄照射二〇グレイ終了すれば退院してもらい、しばらく後に化学療法（ACNU、VCR）を予定しております。

本人の状態も良好ですが、貴科的に御高診の上、御指導いただければ幸いと存じ上げます。】

この脳外科の照会に答えて小児科は、

【カルテ再診および患児診察させていただきました。

血液検査の結果は薬剤以外に放射線の影響もあるかと思います。今しばらく経過観察をお願いします。

また、今後の治療方針については貴科の方針と当科との違いがありますので何とも言えま

せんが、ＡＣＮＵ、ＶＣＲでの化学療法の効果は一時的ではないかと懸念します。治療の全体的な効果を考える上での計画が必要と思います。】

ここまでの脳外科の小児科への照会状の目的はなんだったのか。再三に亘る小児科の懸念、催告、計画の変更を無視し、全く応じようとしなかった脳外科は、私たちに二枚舌を使って騙し、無理矢理に退院させようとしていた。最初の照会は若い担当医に任せて経過報告をさせ、しかも、施行もしていない幹細胞採取と化学療法Ａを報告し、着々と裏工作を積み重ねていた。そして最後の担当医の照会状を最後に、サトシの退院を報告させた後の診療録には、これまで姿も名前も見せなかった主治医と、最初に治療の説明をした執刀医の署名が記されている。

【退院を楽しみにしている様子
食欲いまいち　山口】
【母親が、誕生日には家に帰してやりたい、とのこと】
【白血球数一六〇〇でまだ増加傾向認められない。
上記の理由でまだ来週月曜には退院は不可能と本人及び母親に話した。
十月二十四日の実家の祭りには間に合うように帰りたいとのこと。十月三十日は学校の行事があり、それまでに登校して身体を慣らしておきたいと希望。　大堀】

【白血球数一六〇〇
散歩は病棟内に限る。面会は家族のみに　大堀】
【白血球数一五〇〇
MRI検査、第四脳室の小脳部の残存腫瘍は九月十一日と比べて著変なし。水頭症の進行認められない】
【元気にしている
明日小児科へ退院について照会】

そして脳外科の最後の照会状には、これまで一度も小児科に応答せず逃げ回っていた大堀医師の名前が記載されている。


【以前よりお世話になっている患児です。

現在白血球数一三〇〇で横ばいですが、全身状態は落ち着いており、退院を、と考えているところですが、退院の是非、或いは注意点等を助言いただければ幸いです。

よろしくお願い致します。　大堀】

そしてそれに対する小児科の回答書にも、敢えて主治医、大堀医師に応答するかのように名前が記されている。


【MRIでの第四脳室の左周囲の造影は残存腫瘍と考えられますが、これに対する治療は今後どのようにされるのでしょうか。

前回もお話しさせていただきましたが、当科的な観点からは化学療法の継続が必須と考えますし、ACNU、VCRでの治療を予定されていますが、その予定によっては一般的な抑制効果がなく、治癒にはならないと懸念します。

貴科の方針にお任せするしかありませんが、今後双方の連携を深めて協力的に進めたいと存じます。ご照会ありがとうございます。　平成十年十月二十二日】

サトシと私たちが今かいまかと待ちわびた退院に浮き浮きしているその裏で、脳外科主治医は己の保身の為に小児科からサトシを遠ざけ、小児科に照会状を出して計算間違いの投薬の証拠隠滅を謀り、それと同時に裁判対策として、カルテ改竄まで犯して着々とその証拠を小児科の診療録に残していったのである。一方、小児科医は最後の最後まで、脳外科的治療の間違いを懸念し、主治医に計画を変更して協力することを呼び掛けたが、しかし、脳外科主治医、大堀医師はそれに応答するはずもなかった。何故なら、主治医の意図はサトシの退院を小児科に報告し、裏付けを取っておくのが目的だったからである。そして診療録には、

【本日より外泊
小児科の回答では現在の白血球数で退院させても良いかどうかということに関する指摘はなし。
白血球数一八〇〇
本日夕より二泊の外泊　大堀】
【外泊希望、許可。
外泊にて様子を見ていこう】

そして最初の化学療法Bから三カ月半後、必須の化学療法を中断したまま退院させられてしまった。しかも、脳外科的には危険な、手に負えない、次の化学療法を躊躇したほどの低い数値の白血球数であるにもかかわらず。

サトシの笑顔が脳裏に浮かぶ、そして涙が頬を伝う。

この入院の最後の診療録には、

【白血球数一五〇〇

退院として今後、週二回の外来にて経過観察していく。
次回の月曜は主治医の大堀医師の外来でカテーテルの消毒。
■入浴時はカテーテルに注意、入浴後消毒
■学校については家庭生活にて調子良ければ許可ということに
■風邪を引かぬように注意
以上の旨を伝えた】

このカルテの内容、意味するところを私たちが知る由もない。最初の厳しい化学療法を耐え抜いたサトシは日を追って回復し、外泊や林間学校まで参加できるようになり、私たちは、放射線治療は完遂できたので、残る化学療法を続けていけば治癒の可能性は十二分にあると喜んでいた。また、五年生存率の意味は残存腫瘍が五年間無進行、無転移、無増大で再発しなければ治癒するとされており、その上、ＭＲＩ検査でも残存腫瘍の動きが無かったので、私たちはサトシの退院後のことに夢を膨らませており、学校に復帰する準備に追われていた。

ところが、脳外科は、小児科の懸念「化学療法の継続は必須、残存腫瘍の治療をどうするのか」を無視し、サトシを無理矢理に退院させ、化学療法を中断、放棄してしまった。「全ての治療を完遂できなかったら諦めてください」と最初に聞かされていたことを、脳外科主治医は治療を継続せず、サトシの治癒の可能性を奪ってしまった。

「諦めてください」

とは、死を意味する。

そう、主治医はサトシを、殺したのである。

しかし卑劣にも、最初の化学療法Bから姿を消し、小児科の懸念、協力を無視した主治医は、その陰で若い担当医に指示を出し、間違った化学療法を正当化するように改竄して小児科に報告させ、さらに施行もしていない治療を偽装してまで騙していた。そして小児科の目からサトシを隠すように強引に退院させてしまった。主治医名で出された最後の照会状は、サトシの退院の是非を小児科に問うたのではなく、狡猾にも裁判対策の為に報告し、証拠として残したのである。


その時、サトシは僅か十歳、まだ小学校四年生だった。野球が好きで少年野球にも在籍していたが、他の子供に比べて見劣りするのは頭に脳腫瘍を患っていた為だった。しかし、そんなことも知らずに「なんでこんなに下手くそなんだろう」と思っていたことが悔やまれ、また、申し訳ない。人一倍頑張り屋で、病にもじっと耐えて泣き言も言わず、鼻の頭に噴いた汗をタオルで拭う活きいきとした赤らんだ顔が思い出される。そして退院に向けて日に日に元気を取り戻し、また好きな野球ができると胸を膨らませていたのは、その顔色からも窺え、私たちにもこの上ない希望を与えてくれた。一時は死をも覚悟したが、これで何とか普通の子供と同じ生活ができると一安心し、何よりも健康が第一、子供の出来の良し悪しなど二の次、関係ない、兎にも角にも元気でいてくれたらそれだけで、十分と祈るような日々だった。死の淵からの外泊は夢のような世界で、そして退院は、私たちにとっては奇跡に思えた。

正に、夢を見ている以上の世界だった。

ところが、天国と地獄とはこのことだったのか、私たちが夢見心地で舞い上がっているその裏で、恐ろしいことに、脳外科はサトシに死の宣告を下し、治癒の可能性を無残にも捨て去っていた。それは治療の放棄ではない、サトシの命と引き換えに、卑怯にも己の名誉を優先させた。

サトシが退院したのは十一月で、入院してから既に四カ月半が過ぎていた。最初の説明では、全ての治療を完遂するのに十カ月を要すると言われていたので、この時には三クール目に入っていなければならなかった。ところがこの間、最初の化学療法は何とか乗り切ったものの、白血球数が持ち直さないのを理由に脳外科はだらだらと無駄な時間を潰してしまい、後の化学療法を中断し、いや、放棄してサトシを退院させてしまった。

その頃は、大都会の付属病院の小児科と脳神経外科が協力するグループが「大量化学療法のプロトコール」を開発して臨床試験を終え、その年の十月には日本小児がん学会に報告されていた。その報告によると、放射線量を減量し化学療法を強化した結果、八三％の無増悪、無進行、無転移の五年生存率が達成されていた。また、そのグループにはこの市立病院の小児科も参加していたが、サトシの脳外科主治医は「大量化学療法のプロトコール」の情報を既に知っており、己の成績にしようと欲を出し、小児科と協力せず、脳外科単独で手柄を立てようとした。

しかし、化学療法について無知であるが故に、計算間違いにも気付かず、無謀な最初の化学療法で躓いてしまい、小児科の懸念、進言、協力を無視し、治療の継続を放棄してしまった。同じ病院内で、階が違うだけのことで、どうして小児科の診察、治療を受けることができないのか。何故サトシは犬死にを強いられたのか、何故、夢を断ち切られなければならなかったのか。

サトシの笑顔が目に浮かぶ、おやじ、と呼ぶ声が聞こえる、しかしサトシは、もういない。

気が付けば、川向こうの病室から灯りが漏れていた。川の流れも風も、街のざわめきも二十数年前と何ら変わらない。しかし、この二十数年で医療は進歩したのだろうか、先ほどの黒いバンダナの少年はどの病棟にいるのか、脳外科か小児科か。恐らく、バンダナをしているところからすれば化学療法の治療中なのだろうが、どうか小児科に入院していてくれ、と祈るばかりだった。

時の流れとともに、緩やかな風に流され、水面に揺れる枯れ葉のように、サトシは遠い所へ行ってしまった。
そしてひろ子もまた、たった一人で、このまま逝ってしまうのか。冷たい病室に取り残され、誰も傍にいてやれず、頭にメスを入れられてるのかと思うと、やり切れない。黄昏のなか、流れゆく川面に街の灯りが揺れているが、それは幻でしかない。

だらりと垂れていたカーテンが
ふわっと揺れた
微かな風を孕んだまま
じっとしている
今すぼむか
もうすぼむか
ぼうっと眺めていたが
時間が止まっているのか
揺れない
壁に掛かった時計は

一時を過ぎようとしている
十時に倒れたのなら
残りは一時間半
壁付けの棚にはサトシの遺骨
その横には、ひろ子のお父さんの分骨
さらに、ジェニファーの骨壺
そしてその上には、サトシの遺影が掛けてある
サトシ十六歳の最後の眼差し
顔を少し横に、何を見てるのか、
思っているのか
何かを訴えるような目で
静かに、語ってくる
この部屋をじっと見つめ
ひろ子の心配をしているのか
それとも、ひろ子を呼んでいるのか
空虚な空気がこの部屋を満たす
ひろ子は眠ったままである

それとも、
既にひろ子はみんなの元にいるのだろうか
世界から遊離したこの部屋
死後の世界なのか、
それとも、彷徨っているのか
世界の果てまで流されていくのか
気が遠のいていく
ひろ子は、今、此処にいるのか
今とは、なんだろう
これは過去の事なのか
それとも、未来の出来事なのか
あの星はいつから輝いているのだろう
何億年もの時を経ているのか
この部屋の時間は止まっているのか、
分からない
誰もいない
これは、夢の中のことなのか

サトシ、お父さん、ジェニファー、ひろ子、
そして、かずき、と呼んでみた
自分は、誰なのか

カーテンがふわりと揺れ
携帯電話を手にしている自分に気が付いた
今、直ぐに、救急車を呼んだところで
どうにもならない現実に打ちひしがれる
悪夢なのか
深いため息に、指先は躊躇う

6

日の目を見ることもない診療録、仮に裁判を提起しなければ、真実は闇に葬り去られ、僅か十六歳で一生を終えたサトシの無念も浮かばれることはない。壁に掛かったサトシの遺影が悲し気に訴えているのは、このことなのだろう。

判決

一、……その後、大堀医師も説明に加わった。なお、その際の診療録には、「完治の可能性はない」との記載がある。

二、大堀医師が、山本医院に宛てた紹介状には、「十一月十六日に退院し、外来監視中で、神経学的異常は認めておりません。今後、骨髄抑制の回復を待って化学療法の継続の予定をしております」との記載がある。

三、大堀医師が、原告らに対し、患児の髄芽腫に関する維持治療について話をした際、原告らは、希望しない旨述べた。

四、橋田医師は、原告らに対し、化学療法の施行について意向を確認したが、原告らは、希望しない旨述べた。その際原告らは、それまで最善を尽くしてきたので、病状が変化するまでは治療をしたくない旨述べていた。

五、橋田医師は、原告に対し、サトシの髄芽腫の予後を話し、維持療法としての化学療法を春休みや夏休みに行うのがよいと説明した。これに対し、原告は、化学療法はサトシの身体を弱らせるだけで有効性に疑問があること、被告病院医師の説明の内容が少しずつ異なることなどから、再発或いは症状が出るなどしない限り、化学療法は拒否したい旨述べた。

六、診療契約の最終的な目的は、疾患の治癒あるいは病状の改善にあるところ、通常の患者であれば、疾患治療、病状改善という目的の下で、医療水準に沿った一定の治療効果が見込まれる医療行為がされることを希望していると言えるから、そのような医療行為である限り、その施行の当否は基本的に医師の判断に委ねるとするのが一般的な患者の合理的意思であると解される。

七、原告らは、被告病院医師が、髄芽腫に対する併用療法において既に実績を挙げつつある医療施設（城南大学病院を指すものと解される）が通院圏内にあることを説明する義務を負っていた旨主張する。

証拠によれば、城南大学小児科、脳神経外科等が、日本小児がん学会において、放射線照射時に併用する化学療法の強化、或いは大量化学療法の施行により、放射線量を減量し中枢神経系に対する放射線障害の軽減を試みたところ、6例中5例で寛解を維持している旨の報告を行ったことは認められるが、同報告が行われたのは、本件併用治療実施後の平成十年十月二十日であり、他に本件併用治療実施前に、城南大学病院が、髄芽腫に対する併用療法において実績を挙げていたことを認めるに足る証拠はなく、上記説明をすべき状況であったとは認められないから、上記説明をすべき義務を負っていたとは言えない。

平成二十三年六月三十日

判決と診療録を照らし合わせてみた。
判決が援用し指摘した部分が、見事に脳外科が改竄したカルテと一致する。大堀主治医が裁判対策用に捏造した部分を判決が採用し、判決は、原告、私たちが訴えた医師の説明義務違反を一蹴し、斥けた。

《全ての治療を尽くしても二年以上生きられない。それ以上生きられたら奇跡である》
《もしかして、間違いではないのですか、良性なのでは》
《腫瘍は悪い顔をしていた。悪性である、がはははは……》

サトシが退院した次の週から、化学療法の投薬用に胸に残しておいたカテーテルの消毒の為に週二回、脳外科外来に通院し始めたが、その最初の日に主治医の大堀医師は私たちの希望を打ち砕くような言葉を発し、大きな声で笑い飛ばした。その口髭を蓄えた大きな顔は熊のようで、吼えたも同然だった。

執刀医の当初の説明、
「全ての治療を完遂できなければ諦めてください」
しかし、その頃の私たちはサトシの元気な笑顔を見、また、頭の残存腫瘍に変化が無かったこともあり、もしかしたら、と不安を打ち消すように、或いは祈るような思いで一縷の望みに賭けていた。ところが、大堀医師の残酷な暴言、

「全ての治療を尽くしても、二年以上生きられない」

私たちは執刀医の樋口医師の言葉を信じ、治癒を目指して厳しい治療に臨んだ。五年生存率が六五パーセントもあるのなら、その中に入れば治癒の可能性も皆無ではない、化学療法を続けていけば必ず助かると信じ、カテーテルを胸に付けたままにして次の化学療法を今か今かと心待ちにしていた。ただ、私たちは医師の言葉を信じる以外に手立てはなく、白血球数が戻れば治療が再開されるものと信じて疑わなかった。よって、この大堀医師の暴言は死の宣告に等しく、私たちを地の底に突き落とした。「全ての治療を完遂できなければ……」、この言葉が目の前に立ちはだかり、重く圧し掛かってくる。

サトシは次の化学療法を受ける力も残ってないのか、矢張り、諦めなければならないのか、長くても二年か、奇跡は起こらないのか、とサトシの手を握り締めながら、茫然と家に帰った。

そして、

《サトシ、何がしたい》

と言うのがやっとだった。

判決一、【「完治の可能性はない」との記載がある】

大堀医師は最初の説明時には同席しておらず、カルテに後から付け加えて改竄したもので、同じ内容の看護録には「完治の可能性はない」との記載はない。

その頃、城南大学小児科が開発した「大量化学療法のプロトコール」を真似、脳外科の大堀医師らが脳外科でも扱える軽い薬剤にメニューを変え、同じ病院の、「大量化学療法のプロトコール」の開発グループに参加していた小児科にも相談することなく、独断で施行した。ところが、大量の、強力な薬剤を扱う小児脳腫瘍治療に対する経験も知識もなく、イホマイドの計算間違いにも気付かず、致死量に値する十倍ものイホマイドをメスナなしで投与してしまい、激しい出血性膀胱炎を招いて当初の治療計画は破綻してしまった。また、治療をずらさなければならないのを、化学療法と放射線を同時併用したがために、脳外科では経験したことのないほどに白血球数が激減し、慌てふためいて次の化学療法に入れなくなってしまった。

そして、計算間違いのイホマイドの投与量をひたすら隠すため、破綻した治療計画の言い訳として、裁判対策用に「完治の可能性はない」と家族に説明したように改竄し、小児科には虚偽の報告をして証拠を残し、家族には、白血球数が戻れば次の化学療法を行う、と二枚舌を使って退院させてしまった。

退院後は、サトシは月一回の血液検査、半年毎に脳室の残存腫瘍のＭＲＩ検査を受けていたが、私たちは、日増しに元気を取り戻すサトシの笑顔を見て、「もしかしたら良性腫瘍なのかも知れない、いや、そうであってくれ」と祈るような、その反面、恐るおそる検査結果を聞きに外来を訪れていた。

白血球数は退院時の一五〇〇より大幅に増えており、また第四脳室の残存腫瘍も増殖することなく変化がなかった。そのため、外来に通院していた目的は血液検査やＭＲＩ検査の為だけではなく、むしろ脳室内に留置している脳室ドレナージの圧設定の狂いを調整するＣＴ検査が主だった。そして、歩行は徐々に改善していったものの、時々起こる発作やむかつきの度に脳室のＣＴ写真を撮り、ドレナージの目盛りの検査を繰り返すばかりだったが、正常値の十八センチからずれていることが多かった。よって、発作やむかつきの症状は残存腫瘍の影響ではなく、脳圧の加減、水頭症によるものと思っていた。

そして大堀医師の外来診療録には、

【消毒。調子悪くない。次回七月、ＭＲＩ予約】
【第四脳室の残存腫瘍は前回と変化ない】
【消毒。圧設定を元に戻す】
【元気もりもり】

【調子良い。消毒。次回CT検査】
【消毒。食事は食べている。このまま様子をみる】

このように脳室内の残存腫瘍の動きと水頭症の検査、それにカテーテルの消毒のみで、入院から既に一年が過ぎ去り、「全ての治療を完遂できなければ諦めてください」の説明からも、予定された治療の十カ月以上が経っており、また、残存腫瘍に変化がないことからも、「もしかしたら良性腫瘍なのでは」という期待が不安を払拭し、「二年以上生きられたら奇跡である」の暴言もサトシの身体の調子からは微塵も感じられず、正に奇跡が起こっているような錯覚の中に喜びを噛みしめていた。しかし、親の希望とは裏腹に、大堀医師は、化学療法の再開は全く眼中になく、着々と裁判対策用にカルテを改竄し、積み重ねていた。

また、大堀医師は小児科の懸念、意見を無視して逃げまくり、小児科に虚偽の報告をして証拠を残し、その後、外来で「完治の可能性はない」と言い放った。私たちが奇跡を信じて続きの化学療法を心待ちにしているにもかかわらず、サトシを見捨てて裁判対策に走ってしまった。その時、医師として人間として、小児科にサトシを診させていれば、治療計画の変更で、過量な放射線による障害は残ったとしても、サトシは高い確率で治癒していた。

また、サトシが小学校にも復帰しだした夏休み前、カテーテルの消毒だけに週二回も通院するのも負担になり、次の化学療法までの間だけでもカテーテルを抜いて欲しいと願い出た時、

大堀医師が小児外科に出した照会状には、

【腫瘍摘出後、化学療法を施行する際、貴科にお願いして左鎖骨下部よりカテーテルを挿入して頂きました。
再発時に化学療法を施行するため残してきましたが、現在再発兆候認められず、抜去したいと考えます。できましたら貴科で抜去して頂けませんでしょうか。
お願い致します】

目の前が真っ暗になる、頭の整理が付かない、激しい怒りがほとばしる、振り上げた拳を何処にも持って行きようがなく、サトシ許してくれ、と喚いて自分の顔面に叩きつけた。そしてさらに、それでは生ぬるい、と自分に言い聞かせ、さらに力を込めて殴った。心の底から、何か得体の知れない衝動に駆られ、何かを破壊せずには自分の頭が壊れそうになり、そして手に掛けたのは、高価なバイオリンだった。

【再発時に……、現在再発兆候認められず……】

こんな馬鹿な事が許されるのか、大堀医師は、カテーテルを抜き、化学療法を再開するつもりは頭からなく、ただ無為に残存腫瘍の再発を待っていたことになる。そもそも、治療の完遂とは、再発を防ぐために施行するもので、「全ての治療を完遂できなければ諦めてください」の通り、大堀医師はサトシを見殺しにしたのである。それも、卑劣にも、裁判対策用に他科、小児外科に照会状を残した。人の道に外れた、サトシの命を蔑ろにし、犠牲にしてまでも、己の地位、名誉と引き換えに。

五年生存率六五パーセント、それを大堀医師は故意にゼロパーセントにし、サトシの命を奪った。

その頃のサトシはもういない、少年野球のユニフォームを着て、バットを構える輝いた目も、林間学校で弁当を頬張る笑顔も、海水パンツの姿も、もう見ることはできない。微笑んだ目、おやじと呼ぶ声、小さな手の温もり、消毒液の匂いのするうなじ、サトシの全てが自分の記憶の中に在るのだが、それも、自分が死ねば、サトシは何処へ行ってしまうのだろう。

そして、サトシが外来で大堀医師の診察を受け出してから一年が経った頃、前触れもなく、大堀医師は転院してしまった。そして、その最後の外来診療録には、

【調子よい、学校も一日中通っている。
ＭＲＩ、現在のところ再発の所見は認められない。

来月血液検査。】

これを最後に大堀医師は姿を消したが、その一カ月後、大堀医師を引き継いだ若い担当医のカルテには、

【めっちゃ元気、ご飯食べまくり。
小学校五年生、野球をしている。
本日採血。ＭＲＩ、次は二月頃、予約しておく。
白血球数三九〇〇】

噂によると、大堀医師は海外に移住したと聞いたが、恐らく、逃げたのだろう。

「国立病院に行っていれば、サトシ君は治ってました」
この言葉が、耳に焼き付けられ、渦巻き、離れない。

判決二、
【「骨髄抑制の回復を待って化学療法の継続の予定をしております」との記載がある】

退院から二カ月後、大堀医師は、サトシを市立病院の小児科に紹介した医院に宛てて、照会状を出したように見せかけた。


【いつもお世話になっております。サトシ様の退院のご報告を怠っておりましたことをお詫び申し上げます。

去年の六月に当科に紹介され、小脳腫瘍摘出術、その後全脳、全脊髄の放射線照射及び化学療法を施行致しました。

第四脳室周囲に腫瘍の残存は認めるものの、現在のところ拡大傾向は認めておりません。

十一月に退院し外来で経過観察中で、神経学的異常は認めておりません。

今後、骨髄抑制の回復を待って化学療法の継続の予定をしております。

左胸にカテーテルを挿入しておりますが、週二回の消毒の一回を貴院で施行して頂ければ非常に有難く存じます。

よろしくお願い申し上げます。】

診療録に残っているこの照会状は青みがかっており、二枚綴りの複写の下の部分で、普通は他科、他院への紹介、照会状は自筆の紙を手元に残し、複写された下の紙を相手に渡すが、大堀医師は手元に残すべき自筆の照会状を処分し、相手に送るべき複写の紙を診療録に残したことになる。

何故このような手の込んだことをするのか、これも明らかに裁判対策なのだろう。

その照会状に記載されている【今後、骨髄抑制の回復を待って化学療法の継続の予定をしております】とあるが、改竄して加筆された「完治の可能性はない」との書き込みと矛盾する。

要するに、大堀医師は、化学療法の継続を予定していた、とする証拠を残すために偽装し、敢えて診療録に残した。

さらに、【全脳、全脊髄の放射線照射及び化学療法を施行致しました】と、予定の治療は完遂したとする虚偽の報告を裁判所宛に報告しているに等しい。化学療法は中断、或いは放棄してサトシを退院させておきながら、裏で治療の正当性の証拠を着々と準備していた。

またその頃、サトシの骨髄抑制は回復しており、白血球数も三九〇〇までになり、化学療法再開にはなんの問題も無かったが、大堀医師らは【様子を見ていきましょう】と言って、一向に再開しようとしなかった。

脳外科対小児科、外科対内科の確執が、旧態依然とした悪しき病院の体質に、サトシは犠牲にされてしまい、見捨てられてしまった。大堀医師の小児科に対する傲慢なプライドが、小児科的な小児脳腫瘍治療に於いて必須の化学療法を再開しようとしなかったのである。

一医師の身勝手な、高慢なプライドと、サトシの命と、どちらが重いとでもいうのか、医師としての倫理、資質に照らして、許されるはずもない。

判決三、

【大堀医師が、原告らに対し、患児の髄芽腫に関する維持治療について話をした際、原告らは、希望しない旨述べた】

大堀医師が維持化学療法について話したことなど一度もなく、来る日も来る日も血液検査とカテーテルの消毒を繰り返し、漫然とサトシの様子を見ていただけで、挙句の果てには化学療法投薬用のカテーテルを抜去してしまった。また、血液検査で白血球数が戻っても、一向に化学療法を再開しようとせず、ただ、第四脳室の残存腫瘍の動きを観察していた。そして、大堀医師が転院して一カ月後、引き継いだ若い医師の最初のカルテの最後の部分には、わざわざ付け足したように、

【大堀ドクターより
維持化学療法について話。
親はしたくない。】

と記されている。

ここでも大堀医師は裁判対策用に、事情を知らない若い担当医に虚偽の伝言をし、目立つようにカルテに記載させたのだろう。また、この時初めて維持化学療法なる文字が出てきたが、それまで脳外科では誰も口にすることはなく、私たちも耳にしたことは一度も無かった。

そもそも、小児科が大堀医師に宛てた回答書で【維持化学療法での治療は一般的な抑制効果がなく、根治とはならないと懸念する】と指摘したように、維持化学療法は全ての治療を完遂した後、残存腫瘍の再発、播種を防ぐための補助療法で、治癒を目指す、中断した化学療法再開の治療ではない。

また【親はしたくない】と書き込まれているが、勧められてもいない化学療法を、どうして断ることができるのか、あろうはずもない。大堀医師が、何も知らない若い担当医を騙して、裁判対策用に書き込ませた。


しかし、なんということだろう、信じられない。

診療録を繰る手は固まってしまい、わなわなと震え、眼は当時の活き活きとしたサトシの顔を見据えた。もしサトシが生きていたら、二十七歳になるのか。

判決四、

【橋田医師は、原告らに対し、化学療法の施行について意向を確認したが、原告らは、希望しない旨述べた】

大堀医師の姿が見えなくなって三カ月ほどが経った頃、サトシの主治医は橋田医師に入れ替わった。残存腫瘍は動かず白血球数も外出に問題はなく、そして何よりもカテーテルを抜いたことにより、外来に通院する必要がなくなり、サトシはストレスから解放されて益々元気になっていった。

学校にも復帰し他の子供と何ら変わるところもなく、卓球大会にも参加し、同級生の母親が《なんでサトシ君に負けるの、何の病気もないのに》と嘆いたぐらいだった。また、スキーにも行けて妹と一緒に滑り下りてきた時の自信に溢れた笑顔は、忘れられない。そして、運動会で二百メートルを完走し一位になったのを見て、大堀医師の「二年以上生きられたら奇跡である」の言葉も徐々に忘れ、このままこの状態を保てば奇跡が起こるかも知れない、と祈るような気持ちになっていた。

五、六センチ大の腫瘍に圧迫されて紙のように薄くなっていた小脳が腫瘍摘出で元の大きさに戻り、運動機能も回復したのか、奇跡にも等しい少年野球のユニフォームに、再び袖を通すことも叶った。

しかし時折、原因不明の痙攣発作を引き起こし救急車で市立病院に運び込まれたことも二度あったが、ＭＲＩ検査では残存腫瘍に異変は認められず、医師も「ストレスかも知れない」、或いは脳圧を調整する「シャントの数値が狂ってるのかも知れない」と私たちの痙攣発作の不安を軽く聞き流し、ＣＴ検査で目盛りを確認するだけで、発作の原因を全く究明しようともせず「様子を見ましょう」と、毎回同じ台詞を繰り返すばかりだった。医師からすれば、残存腫瘍に異常は認められないから、痙攣発作は他の原因としか考えられなかったのだろう。

しかし、痙攣発作は脳に損傷を与える、ということを知り、このままではサトシの頭は壊れてしまう、と何もしない脳外科に不安を覚え、居ても立っても居られず、神にも縋る思いで良薬又は対処法を探し求めた。がんに効く漢方薬、気功師の手当て、詐欺師まがいの占い師、お墓を勧める仏教師、最後はキリスト教信者の集いまで参加したが、どれも効果はなかった。ただ、なんとかこの状態を維持できれば、再発を防ぐことができれば五年生存率六五パーセントに滑り込めると戦々恐々としながらも、奇跡に向かって歩んでいた。

そして、悲観的な事しか言わない大堀医師が去った後、占い師の「次の主治医は優秀な医師が来ます」という御託宣を信じて期待に胸を膨らませ、これで何とか関門の二年を通過できるだろうと信じて疑わなかった、というより、諦める訳にはいかなかった。そして入れ替わった橋田主治医の最初の外来での診察は、引き継ぎを確認するものだったが、サトシを診察した外来診療録には、

【現在、風邪気味。頭痛、続いている。朝起きたら頭痛い。十一歳、ガンガンする。前頭部痛。

学校は行ったり休んだり。ご飯は食べている。

三学期に入って一二〇〇メートルを走った。

CT・硬膜下水腫の腔はなくなっている。

脳室の大きさはほぼ同じ。

経過観察でよい。あまり頭痛が続くようなら再来院を】

看護師からは「アメリカ帰りの若い、優秀な先生です」と聞いていたこともあり、サトシの痙攣発作も改善される、と大きな期待を寄せた。また、今までになくサトシのことを真剣に診てもらったように思ったので、「経過観察でよい」の言葉は救世主が現れたように感じ、このまま残りの半年を頑張れば、大堀医師が宣告した余命二年に到達し、奇跡の治癒が叶う、と大きな自信になった。そして、第四脳室の残存腫瘍は再発せず動きがないので、痙攣発作の原因はシャント圧の調整が狂って脳室に髄液が溜まり、水頭症を来し、そして脳が圧迫されるものと思い込み、来る日も来る日もシャント圧の数値に神経を尖らせていた。また、発作が起こる度にX線写真で数値を調べると狂っており、それなりに因果関係が認められたので、医師に気を付けるよう訴えていた。また、特に磁気の強いMRI検査後は必ず狂っており、磁石を使ってシャント圧の数値を元に戻してもらっていたが、しかしこれも、此方から言わないと放置される始末だった。

ところが、その一カ月後、ＭＲＩ検査の結果を聞きに行った時に橋田医師は「引き継ぎで大堀先生からも化学療法は続けた方が良いと聞いています」と思いも寄らないことを言われたが、どういうことなのか全く理解できなかった。此れまで「様子を見ていきましょう」と白血球数が回復しても、一向に化学療法を再開する気配も見せなかった大堀医師が、何故ここに来て「化学療法は続けた方がよい」と言ったのか、不信感ばかりが募る。

そして、その橋田医師のカルテには、

【ＭＲＩ検査　著変なし。

化学療法について、親はしたくない。

髄芽腫についてもう一度説明する。

三十分程度話したが、「今まで頑張ってやってきたので今は化学療法をしたくない」と言う。では、いつまで待つのかという問いに対して「病状に変化があれば」ということらしい。もう少し話をする必要あり。】

しかし何故、「親はしたくない」、「今は化学療法をしたくない」に傍線が引いてあるのか。

一カ月前に橋田医師は「経過観察でよい」とカルテに記載しておきながら、舌の根も乾かない内に、何故急に言い出したのか。恐らく、これも裁判対策以外にない。大堀医師が裁判対策用に「大堀ドクターより、維持化学療法について話。親はしたくない」と改竄したように、橋田医師も自己の身を守るために先手を打ったことになる。

普通、裁判にでもならない限り診療録は開示されることはない。又、そうであるなら、日の目を見ることもないカルテに、態々、目立つように傍線を引く理由がない。それはその時の為、サトシに対する医療過誤で裁判沙汰になることを見越しての対策なのだろう。つまり、大堀医師は化学療法の中断、放棄の責任を逃れるため、橋田医師は主治医としての説明責任を果たしたことで、大堀医師が撒いた、身に降りかかる火の粉を払うのが目的だったのだろう。

そして小学校の春休みの終わり頃、奇跡の二年まで数カ月を残した橋田医師のカルテには、

【母親と来院。

調子よい、頭痛はたまに、春休み中は殆どなかった。春休みはスキーに行った。今までの経過及び病気の予後を話し、矢張り維持の化学療法を春、夏休みなどに行うのがよいと説明。

母親の言い分としては「本当に有効なのか、体を弱らすだけではないのか」「今まで大堀医師、樋口医師、峯浦医師、橋田など少しずつ言い分が違うのは納得できない。例えば高

用量がよい、低用量がよいなどと。」

以上の理由で化学療法は拒否したい。

「ＭＲＩ検査で再発或いは症状が出るなどすれば考慮したい」とのこと。

説得するには髄芽腫の長期的な経過の論文を使用するか？】

そしてその二週間後の診療録には、

【両親のみ血液検査の結果を聞きに来院。

白血球数三五〇〇
血小板二〇八と回復状態を維持している。

上記を説明した上で再度維持化学療法について説明。具体的に夏休みに前回と同じメニュー、維持化学療法を行うのが良いことを説明した。

少し両親の態度は軟化してきた。主治医が変わったことへの不信もあったものと想像する。

今回の再説明においても矢張り化学療法の有効と副作用についてまだ疑問視している。

医学としては、五年生存率及び十年生存率が飛躍的に向上している報告を元に、少しでも良い状態を長期間作ってあげることを目的としていると話した。

七月末くらいに化学療法で入院か、五月中に返事をもらうことにした】

この説明では「前回と同じメニュー、維持化学療法」とあるが、前回は化学療法B－Aの五コースの内Bのみで中断しており、脳外科でも扱える低用量のB－A、即ち維持化学療法は施行されていなかった。ここでも主治医、橋田医師は、何も知らない私たちを騙してカルテに残し、説明だけして責任を果たし、私たちが拒否した理由にすり替え、敢えて記録に残したのは、裁判対策以外にない。

また、維持化学療法は「少しでも良い状態を長期間作ってあげることを目的としている」とあるように、橋田医師は完治の見込みはないと判断しており、というより、サトシの主治医になるに当たって、それまでの治療経過報告書に目を通しているはずだから、私たちが化学療法を拒否したとする内容を殊更に強調する必要があったのだろう。

ところが、その頃はまだ初回化学療法Bの次の化学療法Aを待ち望んでおり、私たちの希望と主治医の説明には大きな隔たりがあり、こうして診療録を追うと、全く違う方向に進んでおり、言い換えれば、脳外科に騙され続けていたことになる。

さらにその二カ月後の診療録には、

【母親のみ来院。

六月十三日にＭＲＩを予約している。

両親としては、ＭＲＩの経過観察で、動きがあれば考える。
化学療法には全く消極的である】

そしてＭＲＩ検査の結果説明については、
【二月の検査結果と比べて本質的に変化なし。
残存腫瘍は八ミリのまま増殖していない。
また、播種も認められない。
両親は化学療法を拒否し続ける。
二カ月後、ＭＲＩ検査で経過観察】

しかしこのカルテの三週間後、橋田医師は市長宛てに「小児慢性特定疾患　医療意見書」を出している。

【現在の症状　　頭痛（時々）
　現在の主な所見　　ＭＲＩ上残存腫瘍がある
経過　　寛解

今後の治療方針
■定期的ＭＲＩ検査
■腫瘍の増大に伴う手術或いは化学療法】

サトシの退院から丁度二年、大堀医師が笑い飛ばした「二年以上生きたら奇跡である」の関門になんとか辿り着き、さあ、このまま再発が起こらないでくれと祈る気持ちで残存腫瘍の動きに神経を尖らせる毎日だったが、ＭＲＩ検査では何の変化も認められず、橋田医師は「寛解」と記載した。

「寛解」とは、全ての治療を完遂した後の経過観察で、腫瘍の再発または播種が認められない場合の所見であり、そのまま再発または播種が認められなければ治癒と見做される。また、再発、播種を防ぐために軽い化学療法、維持化学療法で様子を見ていくのが標準治療でもあった。

しかし、今後の治療方針が「定期的ＭＲＩ検査」としていることからも、橋田医師は化学療法を再開、施行するつもりなど微塵もなかった。

「両親は化学療法を拒否し続ける」に傍線が引かれているように、大堀医師と同じく、橋田医師も保身のために裁判対策を講じた。

しかし、脳外科は、残存腫瘍に全く変化は認められないので、時々起こる頭痛、吐き気の原因が解らないため水頭症を疑い、頻繁に脳室ドレナージの圧調整をレントゲン撮影で確認するばかりだった。また、私たちはサトシの頭痛、吐き気さえ改善できれば奇跡が起こると信じて疑わずに検査ばかりを繰り返していたが、親の気持ちとは裏腹に、医師らは端から腫瘍は増大しないものと考えて、小児科が懸念した腫瘍に対する治療は何一つとしてしなかった。

ところが、「二年以上生きられたら奇跡」の鬼門を突破したかと喜んでいたのも束の間、シャントの圧調整では頭痛、嘔吐に全く対処ができなくなり、年末にかけて痙攣発作も頻繁に起こすようになった。

そして、若い医師の外来診療録には次のように記されている。


【昨日より口をモゴモゴさせ、眼球を上転させる発作が出現。秋より認めていたが、昨日頻度が多かった。

退院後、秋まではこのような発作はしなかった。持続は二、三分、約二時間おきに認めた。

本日昼頃、目が覚めてからも起こっているため受診。発作中受け答えはあるも、後になると覚えていない。四肢を硬直させていることもあると。

前回のMRIでも脳室の大きさは下降、この頃から調子は良くなったと。シャントの過剰排出が今回の一因である可能性はあると考える。

橋田先生と相談の上、シャント圧を二〇に上げる。

先ず現在一八である事を確認】

しかし、シャント圧を上げても下げても一向にサトシの体調は改善されず、状態に波があるものの、悪くなる一方だった。痙攣発作が起こると全身は硬直し、目は見開いたまま眼球は上転し、口は歪んで舌を噛み切らないかと心配するほど食い縛ったままで、このまま死んでしまうのかと思うほど異様な姿だった。また、凡そ人間とは、我が子とは思えないぐらいの歪んだ顔にたじろぎ、正に妖怪と言っても過言ではなく、見るに忍びなかった。

そして、サトシの容態は日を増して悪化していき、「痙攣発作の原因はシャント圧に関係ない、即ち水頭症ではない、何か他の要因があるはず、調べて欲しい」と訴えると、ここに来て初めて、橋田医師は、脊髄に穴を開け、腰椎穿刺で髄液の細胞診を行い、腫瘍が播種しているかどうか調べることになった。

しかし、細胞診の判定は陰性で播種が確認されなかったことにより、また、残存腫瘍に変化はないので眼振、目の上転は眼科を受診、痙攣発作は脳波を取って調べてみたが、何れも異常は認められなかった。

そして迎えたクリスマス、大晦日、正月は断続的に頭痛、嘔吐を来しており、またいつなんどき起こるとも分からない痙攣発作に怯え、サトシの顔色を窺うばかりで、まるでお通夜のような暗い毎日だった。

否が応でも感じる世間の浮かれた雰囲気が、反って惨めな気持ちになり、底なしの不安に落ち込んだ。

サトシは、一体どうなるのだろう、と。

年が明けて十日目、主治医でない若い担当医の外来診療録には、

【救急受付
昨日普通に学校に行っていた。夜より頭痛を認め、食事入らず、嘔吐を認める。

頭部CT検査では脳室の大きさは前回と比べやや小さいが、前々回と比べると大きい。CT画像上は明らかな増強、病変は認められない。

現在シャント圧二〇（レントゲンで確認）。

脳室の大きさは拡大していないが、症状は頭蓋内圧の亢進によるものと考えシャント圧を一八に設定し直した（レントゲンで確認）。元気になるまで入院とする。

本日入院したが、病院では精神的ストレスが溜まると家族から訴えがあり、家で様子を見たいとのことで退院としたが、家でずっと寝ているとのことで再度来院。入院を勧め、入院】

しかし、痙攣発作や頭痛、眼振が起きる度に担当医は無闇やたらにシャント圧を変えるだけで、MRI検査による残存腫瘍に動きはなく、またCT検査による脳室の大きさも変わらない

ので、症状の原因は精神的ストレスかも知れない、と頓珍漢な説明をする始末だった。
そして再入院後の担当医の説明では、

【現在の症状の原因ははっきり分からない（水頭症の可能性もある）。
痙攣発作は精神的なストレスによるものである可能性が高い。
家族は橋田主治医の説明を希望。
家族は医師に対する不信感がある様子（主治医の言葉のみを信じる）】

これが脳神経外科医が吐く言葉だろうか。担当医は、残存腫瘍に動きはない、脳室の拡大縮小は認められないから水頭症は来していない、故に痙攣発作の原因は精神的ストレス、と結論付けている。しかし、痙攣発作の原因は他にある筈だが、何故、脳神経外科医たる者が真の原因を究明しようとしないのか、それとも知識、経験がないのか、そんな無能な医師は医療に従事する資格はない。子供の命を物か何かのように蔑ろにしてはならない。

脳外科医に「様子を見ていきましょう」と言われて退院し、治癒に向けて次の化学療法を待ち望み、そして外来で大堀医師から「二年生きたら奇跡である」と高笑いされても諦めず、可能性を求め、医師を信じて、いや、信じる以外になく、病と闘ってきてから二年が過ぎ去ってしまった。

しかし、家族がサトシの命を思い遣って諦めず、見捨てず、必死に看病して次の化学療法を待っていたにもかかわらず、それとは裏腹に、脳外科医は何ら治療らしき事はせず、只々漫然と血液検査と残存腫瘍の動きを観察してきただけだった。治療に先立って樋口医師は「全ての治療を完遂できなければ諦めてください」と説明しておきながら、その白血球数も持ち直していたにもかかわらず、一向に化学療法を再開、継続しないのは、そもそも頭から「諦めろ」と宣告するに等しいものだった。治療の中断、放棄はサトシの命を、未来を奪ったのであり、一体全体、脳外科医に何の権利があるというのか、許し難い犯罪、殺人行為である。

そして大堀医師がカルテを改竄して作成した「大量化学療法のプロトコール・スペシャル」、「完治の可能性はない」、「家族は化学療法を拒否」はサトシを実験台にして名声を得ようとしたが失敗し、またその医療過誤の事実を隠蔽するために、サトシの命と引き換えに治療を中断したのは、保身の、私利私欲同然の保険金殺人となんら変わらない。

奇跡の二年、しかしそれは不安と願望が表裏一体となった厳しい、揺れ動く、耐えられない時期でもあった。諦めの溜息を吐き落ち込み、そして奮い立たすように思い切り息を吸うことの繰り返しで、その激しい落下と上昇は背中合わせであり、サトシの生と死に心を引き裂かれるような辛い毎日だった。

しかし、サトシの頭は壊れてしまうのか、もう帰って来ないのかと打ちひしがれながらも、それでも一条の光に縋る思いで、諦める訳にはいかなかった。

【両親の言い分としては、現在の状態は最近では最も悪い状態で、それを橋田主治医に診て欲しい。

シャント圧設定を下げてから症状が悪化しており、本当にこれで良いのか。これまでの様子は橋田先生が診ており、又、昨日圧を下げた先生も一回も見に来てくれていないので状態が良い時と悪い時、圧を下げる前と下げた後も正確に分かっている医師がいない。

昨日入院してからちゃんとした説明がない。一体主治医は誰なのか。外来と入院の主治医が違うのは親として非常に不安である。

主治医でない医師が圧を下げたことに対する不信感と考えられる。

これから入院しても橋田先生が主治医にならないのか？　主治医が大堀医師から橋田医師に変わること、主治医でない医師の処置、説明の不十分、内容が主治医によって変わる。

以上より現在の治療及び体制に不安及び不信がある。今後もこのようなことがあるなら病院を変えたいと申し出あり。

そして既に相談されておりフィルム、サマリー等の貸し出しの申し出あり。できるだけ、本日中に橋田主治医に連絡を取り、早急に返事するよう努力すると伝えた】

しかし、病院を変えることなどできる筈もない。患者側は迷える子羊同然で、医療について右も左も、何も知らない。それを無謀にも、オアシスを出て砂漠のど真ん中に飛び出すようなものでで、その上、次のオアシスに辿り着けるかどうかも分からない。さらに、たとえ見つけたとしても、そこに知識も経験もある、常識のある医師がいるとも限らない。

そして、もしこの病院を出てしまえば、恐らくもう二度と戻って来れないだろうと思うと、路頭に迷うのは歴然としており、そんな危険な賭けにサトシを晒す訳にいかなかった。この病院の医師らに、ただ不安と不信を抱えて従う以外に、為す術はなかった。

判決五、

【……これに対し、原告は、化学療法はサトシの身体を弱らせるだけで有効性に疑問があること、被告病院医師の説明の内容が少しずつ異なることなどから、再発或いは症状が出るなどしない限り、化学療法は拒否したい旨述べた。】

診療録をなぞる。

【右足首の背屈弱くなっているが歩行は可能。
全脊髄のＭＲＩ検査を予約する】

診療録に記された「全脊髄のＭＲＩ検査」に愕然とし、一気に怒りと後悔が爆発した。脳外科は、一体サトシに何をしたんだ、サトシ御免な、おやじが馬鹿だったんだ、こんな病院を選んでしまって。

そもそも脳神経外科医とは脳だけではなく、脊髄をも含む神経の専門医のことで、正式には「脳脊髄神経外科」となる。ところが、この病院の脳外科医は此処にきて初めて脊髄MRI検査を実施した。最初の入院から二年半、脳腫瘍摘出術のあと、残存腫瘍を定期的に観察してきたが、脊髄には全く触れず見逃してきた。サトシが痙攣発作や歩行困難を来しても、残存腫瘍の検査やシャント圧の調整ばかりを繰り返し、歩行困難の原因が残存腫瘍やシャント圧に因らないと分かって初めて脊髄を疑った。こんな無知も甚だしい限り、この病院の脳外科医は最初に脊髄に当てた放射線治療の理由を全く理解していなかったことになる。

何のために放射線治療や化学療法を施行するのか、それはMRI検査では確認できない微小な腫瘍細胞を、又は手術で取り切れない残存腫瘍、目視できない腫瘍細胞が頭蓋内、或いは脊髄に残存するものとして、それを叩きにいくために施行するのである。それを此の病院の脳外科医は、いや、全国の脳外科主導の標準的治療を行う脳神経外科医は、腫瘍摘出術だけで治癒すると考え、放射線治療、化学療法を全く軽視していた。

なんと恐ろしいことか、サトシのような杜撰な治療の犠牲者は全国に数えきれないくらいいることだろう。脳外科主導の標準治療、腫瘍摘出、子供に当ててはならない大量の放射線、効果のない低用量の維持化学療法。命さえあればよい、子供の予後など全く意に介さないのが、当時の脳神経外科医の実態だった。上手くいけば神様、失敗すれば、手に負えない超悪性腫瘍と前もっての説明。
五年生存率六五パーセントにサトシは入ることはできなかったが、いや、その可能性をこの脳外科医に故意に、卑劣にも奪われてしまった。医師の無知、無能、過失で片付けてしまうことができるだろうか、許し難い犯罪ではないか。サトシ、子供の未来と一医師の地位、どちらが重いか、天秤にかけるまでもない。

【本日ＭＲＩ検査
ＭＲＩでシャント圧の設定が変わっていると考えたため、圧二〇として再設定】

【家族に説明
頭部ＭＲＩ検査、残存腫瘍は前回のものと比べて著変なし。しかし再発がはっきり否定された訳ではない。
全脊髄ＭＲＩ検査、解像力の問題があり何とも言えないが、脊髄の胸椎のＴ２で疑わしいところがある。他院で再検を行う】

【本日の胸椎MRI検査、胸椎全体の硬膜に増強された病変を認める。軸束内にも増強された病変あり、播種と考える。
腰部MRI検査、軸束内全体に増強された病変を認める、特にL1～2に、播種と考えられる。歩行に影響が出ている】

脳外科のMRI画像所見には、播種した箇所は三カ所となっており、しかもその播種箇所は一定の間隔を置いて整然と並んでいる。

まさか、と思って最初の脊髄への放射線照射野を調べてみると、「全脳照射野及び脊髄照射野とのつなぎに注意する」とある。要するに照射野が重なると、その部分には二倍の線量が当たるため、その部分の細胞が壊死するので重なりを避けるよう注意している。よって脊髄照射野は二分割にしているため、頭部と頸椎、脊髄の中央部分、末端に重なりを避けた「隙間」が三カ所出来る。そしてその放射線が当たっていない隙間の腫瘍が最初の強烈な化学療法Bで打撃は受けたものの、眠りから覚めて再発したのか。

よって播種ではなく、最初から在った原発腫瘍が息を吹き返し、再発したのか。脳外科医は播種と断定したが、しかしその通りなら、播種、種を撒いた原発腫瘍は頭蓋内の残存腫瘍ということになる。しかし、頭部の残存腫瘍は縮小し、ほぼ壊死して石化していたことはMRI検査で確認されている。

なんということだ。この医学部付属病院の脳神経外科医は、頭から脊髄の腫瘍を疑わず、二年半もの間放置し、ＭＲＩ画像で目視できる残存腫瘍ばかりを観察し、サトシの痙攣発作や歩行困難の原因を水頭症と決め付け、即ちシャント圧ばかりを調整していたのだ。脳と脊髄は一体のもので、脳室の髄液は脊髄に流れていくのであり、密接に関係している。当初、脳室の原発腫瘍細胞が髄液に乗って脊髄に流れ込んでいたとしても何ら不思議なことではない。或いは、脳と脊髄に同時に発生していたのかも知れない。

それよりも、脳外科的に、脊髄の腫瘍細胞をどうやってメスの先で取り除けるというのか、放射線と化学療法以外の治療がないことは素人でも分かることだ。

化学療法の中断、「全ての治療が完遂できなかったら諦めてください」の言葉が、サトシの悲し気な遺影に重なる。

判決六、

【診療契約の最終的な目的は、疾患の治癒あるいは病状の改善にあるところ、通常の患者であれば、疾患治療、病状改善という目的の下で、医療水準に沿った一定の治療効果が見込まれる医療行為がされることを希望していると言えるから、そのような医療行為である限り、その施行の当否は基本的に医師の判断に委ねるとするのが一般的な患者の合理的意思であると解される。】

判決は、治療の当否は医師の判断に委ねるとするのが一般的な患者の合理的意思、と判示するが、市立病院脳神経外科の治療及び説明を順に追えば、

■全ての治療を完遂できなければ諦めてください
■計算間違いの十倍ものイホマイド投与、それも、メスナなし
■完治の可能性はない、のカルテ改竄
■小児科の懸念、化学療法継続は必須、を無視
■五〇グレイもの放射線を十倍のイホマイドと同時併用
■B－Aの五クールの化学療法を初回Bで中断
■二年以上生きたら奇跡である、がはがはがは
■両親は化学療法を拒否　と虚偽記載
■脊髄の腫瘍を無知で二年半も放置
■脊髄への照射野の重なりを避けて隙間を作った
■効果のない維持化学療法を間違った説明で勧める
■そして何よりも、サトシを小児科に診させなかった

等々、これらの何処に脳外科の専門医としての、善意の判断があるというのか。そもそも診

療録は裁判にもならない限りお蔵入りとなる。それは取りも直さず、市立病院脳神経外科医は医局ぐるみで周到にカルテを改竄し、私たちが化学療法を拒否したように見せかけ、裁判所を騙しにかかった。そして裁判所も、改竄部分、虚偽の説明の箇所に焦点を当て、訴えを却下した。

こんな犬畜生にも劣る脳外科を誰が選んだのだろう、他でもない、サトシのおやじである。しかし、私たちは小児科に入院したのだ。それを、私利私欲の塊、人の命を無下にする脳外科に、サトシの命を奪われてしまったのが真実なのだ。

判決七、

【証拠によれば、城南大学小児科、脳神経外科等が、日本小児がん学会において、放射線照射時に併用する化学療法の強化、或いは大量化学療法の施行により、放射線量を減量し中枢神経系に対する放射線障害の軽減を試みたところ、6例中5例で寛解を維持している旨の報告を行ったことは認められるが、同報告が行われたのは、本件併用治療実施後の平成十年十月二十日であり、上記説明をすべき状況であったとは認められない】

ちょっと待てよ、と思って診療録を初めから見直してみた。

平成十年七月六日、大量化学療法の説明を受ける
平成十年十月二十日、大量化学療法の報告が行われた
平成十年十月二十二日、小児科の懸念
平成十年十一月六日、サトシが退院

この判決は何を馬鹿なことを判示しているのか、サトシが退院したのは十一月六日で、その時、五クールの内化学療法Bで中断しており、併用治療実施後ではなく、まだ継続中、途中だった。

また、脳外科は既に大量化学療法の情報を得ており、私たちに「大量化学療法のプロトコール」を説明している。小児科が脳外科大堀医師に懸念を示した「必須の化学療法継続」は十月二十二日で、その時この病院の小児科は城南大学小児科と脳外科の開発グループに参加しており、日本がん学会に報告された後だった。

小児科が脳外科に治療の変更を促したのは、正にこの大量化学療法のメニュー、小児科的治療のことで、小児科は再三にわたり脳外科に協力を呼び掛けていたが、脳外科は頑なに【カルテ診だけで結構ですので】と小児科との併診を拒んでいた。

この時、小児科にサトシを診てもらっていれば、治療計画の見直しで小児科的治療を受けることができ、サトシは今でも生きていたことだろう。

何も知らずに、厳しい治療に必死に耐えていた、サトシの苦痛に歪んだ幼い顔が、滲んだ瞼に映る。

そして、小児科の回答書に当時の情景が浮かんでくる。病院とは、患者と医師との信頼関係に満ち溢れた所である筈が、実態はどろどろとした裏の医局が蠢いていた。私たちは治癒を目指して次の化学療法を待ち望んでいたが、私たちの知らないところで、脳外科はひたすら裏工作、改竄、虚偽の報告でサトシを小児科から遠ざけ、死の宣告をしたのも同然だった。

小児科医の回答
【ベッドサイドへは主治医同伴が良いと考え、遠慮しました。可能なら一度（サトシが）外来診に出ていただければと思います】

また判決は、次の鑑定意見書を採用している。

【脳・脊髄腫瘍科教授阿部雅生
我が国では、当時の厚生省がん治療助成金による「小児悪性腫瘍の治療体系の確立に関する研究。平成7〜10年」

研究班は、予後不良群髄芽腫に対して放射線治療とICE療法（イホマイド、シスプラチン、エトポシドの併用療法）の併用を開始したところであった。

イホマイド一回投与量は９００㎎であるが、この量なら化学療法に慣れていない脳神経外科医にも安全に投与できることを配慮したためである。

第二の理由は、当時では悪性脳腫瘍の化学療法に十分な知識と経験を持つ小児脳腫瘍医が極めて少なく、大学病院ですら脳神経外科医が単独で化学療法をやらざるを得ない病院が大半であった。

残存腫瘍があれば再発は避けられない。

再発腫瘍の治療は治療目的が治癒から延命へ低下する】

この鑑定意見書を書いた脳・脊髄腫瘍科教授は、当時「神の手」と持て囃された脳外科医と共にテレビに頻繁に出演し、右の持論を展開していた。

脳腫瘍治療は脳外科医しか治すことができない、と豪語して憚らず、残存腫瘍があれば再発は避けられない、と臆することなく患児を見捨てていた。また、「化学療法に慣れていない脳神経外科」ではあるが、「大学病院ですら脳神経外科医が単独で化学療法をやらざるを得ない病院が大半であった」と開き直り、この病院の脳神経外科医を擁護している。

しかし、判決に「本件併用治療実施後の平成十年十月二十日であり」と判示したように、城南大学小児科グループは既に、予後不良群髄芽腫に対して「大量化学療法のプロトコール」を開発し、報告していた。また、この報告は臨床試験後であるから、五年前の平成五年頃には既に開発し、治療に着手していたことになる。

また、鑑定意見書では「当時では悪性脳腫瘍の化学療法に十分な知識と経験を持つ小児脳腫瘍医が極めて少なく、大学病院ですら脳神経外科医が単独で化学療法をやらざるを得ない病院が大半であった」と唯我独尊、傲慢そのものだが、その当時既に、サトシが入院した市立病院小児科は、脳外科の下の階の、城南大学小児科が研究、開発した大量化学療法のグループに参加しており、小児脳腫瘍医として再三に亘り警告、懸念を大堀医師に発していたが、脳外科は治療ミスの発覚を隠蔽し、サトシを退院させてしまった。

「神の手」、当時の脳神経外科医に子供の命を託した患者家族が、この診療録、判決、鑑定意見書「大学病院ですら脳神経外科医が単独で化学療法をやらざるを得ない病院が大半であった」を目にすれば、どのように思うことだろう。

7

脊髄ＭＲＩ検査で三カ所の再発、播種ではない、が確認された後の脳外科診療録を読み進めた。そこに展開されているのは、凡そ脳外科医とは思えない無知、未経験、無能、小児科に対抗する見栄が記載されており、しかも、何も知ろうはずのない私たちに権威を振りかざし、飴と鞭を使って虚偽の説明をしているが、慌てふためいている様子が窺える。


【両親に現在の病態と今後の治療方針について橋田主治医から説明する。

ＭＲＩ画像の説明、全脊髄に播種を認めるのですぐに治療が必要。

治療の内容については先ず放射線治療を行う。

脊髄は前回二〇グレイ、今回三〇グレイを予定（放射線科と相談の上決定する）。

化学療法は、①シスプラチン＋ＶＰ16、②ＡＣＮＵ＋ビンクリスチン。前回は①のみ一回で終了しているが、今回は①②を交互に施行する。

脊髄の播種をこのまま放置した場合、下肢の麻痺、四肢の麻痺が予想される。

治療は約一年間かかる。来週より放射線治療、その後化学療法開始。またステロイド開始】

前回の化学療法①とは、化学療法中断を隠蔽するため、脳外科が小児科に虚偽の報告をしたもので、実際には施行されていない。また、この化学療法は脳外科でも扱える効果のない維持化学療法で、化学療法について無知なのを曝け出している。そして脳外科は、放射線科に照会をかけたが、これも他科に治療実施の証拠を残すためだったのだろう。


【いつもお世話になっております。

　上記診断にて入院中の患児で、頭蓋内の残存腫瘍は落ち着いておりますが、脊髄播種に対して放射線治療と化学療法を考えております。

　当科的には全脊髄に五〇グレイ（三〇グレイの追加照射）を考えておりますが、放射線治療につき御高診よろしくお願いします】

播種ではない、脊髄照射の重なりを避けたがために隙間ができ、生き残った原発腫瘍が息を吹き返し、再発したものだ。

そしてその後すぐに、放射線科は家族への説明を行った。


【放射線照射のリスクは、五〇グレイで、約五年で一〜五パーセント。

今回は二年あいて二〇＋二七グレイでそれより低い。

前回の五〇グレイ近い所との重なりは避ける。

腫瘍に対して症状は寛解のため放射線を施行する。

現在、画像の割に症状少なく良い時期と考える。

根治照射でないので化学療法の併用か他の治療併用がないと根治できない。

今回は脊髄に限って耐用線量まで照射する。

以上、説明する】

サトシは、まるで雑巾か何かのようにボロボロにされている。生まれて、わずか十二歳半の少年が、これほどまでに痛めつけられ、蝕まれる理由があるのか。

また、耐用線量の放射線を当てたらどうなるか、それは健常細胞まで破壊され、脊髄の骨髄機能は疲弊し、二度と回復は望めない。また、この放射線科の説明も支離滅裂で、凡そ治療と言えるものではなく、患児の予後、晩期障害は全く眼中になく、まるで物品を扱うが如く、殺人行為に等しい。

しかし、放射線科は一体何を根治しようとするのか、腫瘍が死滅する前に、サトシの身体が持たないではないか。

怒りと情けなさ、守ってやれなかった自分の不甲斐なさを茫然と思い出し、サトシに申し訳ない涙が、頬を伝う。

しかし、その説明のとき、このような医師の戯言を私たちが理解できる筈もなく、只、神に祈るように、いや、縋るように、それでも一縷の望みを捨てられず、奇跡を信じていた。

これが、市立大学医学部付属病院・脳神経外科が主導する標準治療の医療水準で、診療録に記されている脳腫瘍摘出術以外は無知、無能、杜撰としか言いようがなく、何よりも医術とは言い難く、人の道に外れており、間違っても人の命を預かってはならない。この二年半もの間、脳脊髄神経外科の専門医を騙りながら、脊髄には全く注意を払わなかった事実が、診療録に残されている。

そして何よりも卑劣なのは、同じ病院内では小児科が当時の最善、最良、最先端の集学的治療、「大量化学療法のプロトコール」を実践しており、しかも小児科は脳神経外科、大堀医師に化学療法の継続を勧め、協力しましょうとまで回答している。ところが大堀医師は小児科の懸念から逃げてしまい、保身を優先してサトシを見捨て、死に追いやった。あの時、サトシを小児科に診させてやることができていれば、放射線による多少の障害は残っていたとしても、今でもサトシは元気に生きていたことだろう。

何故、脳外科は小児科と連携しなかったのか、二年半後の再発時においても、どうして小児科に診させようとせず独断で無謀な、無知な治療を行おうとしたのか。それは、患者と診療契約が成立している以上、無暗にでも治療を実施しなければ、反って医療法に問われるからに他ならない。その為に、裁判対策用にカルテを改竄したのであり、絶対に見逃されてはならない。

サトシは、五年生存率六五パーセントの可能性を奪われ、再発後の意味のない治療で僅かの可能性さえも絶たれてしまい、紙屑のように、死の淵に捨てられてしまった。

その後、最初に入院した時の医師は殆ど入れ替わり、主治医も担当医も、誰が責任者なのか分からないまま、日々はどんどん過ぎていった。そして、脳外科医の説明では納得ができず、再三に亘り小児科の併診を希望したが、新米の若い担当医は「上からの指示で、そういうシステムになっているので無理です」と応えるだけで、全く小児科に診させようとしなかった。

しかし、その当時はまだ医師を信じ、いや、信じざるを得ず、奇跡の回復を願って医師の説明通り放射線、化学療法を受けざるを得なかった。ところが、私たちの知らないところで、この診療録にあるように脳外科医の無知、独断、何よりも小児科併診を頑なに避ける悪意が綴られており、サトシに対する治療と言えるものではなく、「医師として為すべきことはした」という、医局ぐるみの記録を残すのが目的だった。

確かに、一時的に、放射線と化学療法で再発腫瘍は改善したが、それと同時にサトシの身体は取り返しの付かないほど侵されていった。だらだらと意味のない、小児科が「維持化学療法では根治に至らない」と警告した治療を繰り返し、それでもサトシの身体が人並み以上に頑強であったが故に、凡そ二年間も化学療法に耐えることができた。それはまた、押し寄せる絶望と押し返す希望の狭間をさ迷う、厳しい時間との闘いでもあった。

平成十四年十二月、眠りから覚めた再発腫瘍の勢いは、放射線と維持化学療法で一時的に打撃を被って停滞したものの、再発、播種、増殖を来し、脳外科ではサトシの病状をコントロールできなくなってしまった。そして遂に、主治医の了解を取らず、旧態然とした脳外科と小児科との確執の体質、殻を破って、若い担当医は小児科に照会をかけ、泣きついた。

脳外科が同病院小児科に宛てた診療録、照会状には、

【近年補助療法を徹底的に行うようになり、治療成績は向上しており、一般的な治療成績は五年生存率50〜60％で、80％と良好な報告もある。

しかし、脊髄播種を認めているため予後不良群である。当初8クールの化学療法を予定しており、現在6クールの途中ですが、放射線治療による高次脳機能障害など記憶力も低下していること、化学療法後の骨髄機能の回復が遅くなってきていること等により、化学療法を継続するかどうか両親に考えてもらっています。

両親はできるだけ色々な意見を聞いてから決めたいと考えておられ、先生や城南大学にも受診したいとのことでした。そのような時にコントロールできないてんかん発作が頻発しており、またシャント圧不全もあると思われますが、如何ともしがたく、ご両親にもそのことについては積極的に話しておりません。

また誠に勝手ながら、現状では全身状態の管理の面など当科では少し難しい面もあり、できましたら併診していただけませんでしょうか】

この新米の担当医は私たちに「このまま維持化学療法を続けても意味がない、何の効果も得られていない。ここで化学療法を打ち切る」と宣言したが、この照会状にもあるように、無知、

無能を曝け出し、化学療法継続の意志を親に転嫁し、また、その責任を小児科に押し付け、泣きつき、卑怯にも治療を放棄し、逃げてしまった。

そしてその後すぐに、既に五年生存率八〇パーセント以上を達成して好成績を上げている「幹細胞移植を援用する大量化学療法のプロトコール」のグループに参加している小児科が城南大学医学部小児科を紹介してくれた。


その匙を投げた担当医の、城南大学医学部小児科への紹介状には、

【平成十四年　十二月十六日
今後の治療について、ご家族の希望で先生の御意見をお伺いしたいとのことです。誠に申し訳ありませんが、どうぞよろしくお願い申し上げます。

平成十年に頭痛とふらつきを主訴にみつかった小脳腫瘍（５㎝大）に対して腫瘍摘出術を施行し、髄芽腫と診断されました。

そして水頭症に対してシャントを行い、化学療法及び放射線治療を行いました。残存腫瘍は縮小しましたが、ご家族の化学療法に対する考えもあって化学療法は続行せずに外来通院をしておりました。

平成十三年一月に脊髄播種を来したため全脊髄に30グレイ追加照射しました。その後、

化学療法を六回途中まで行っています。

骨髄機能に関しては反応が悪くなってきており、聴力障害も進んでいます。また、痙攣発作などが頻発しておりコントロールが困難な状態です。発作後には記憶障害を認め、繰り返す毎に悪化している印象があります。また、放射線の影響と思われますが高次機能も低下してきております。

御家族には髄芽腫について一般的な治療成績を説明していますが、脊髄播種を認めることにより予後不良群である事を説明しています。

簡単ではありますが、これまでの治療の流れです。

今後ともどうぞよろしくお願い致します。】

しかし、どこまでも卑劣である。化学療法の中断を家族の所為にし、無知により招いた脊髄再発を播種と偽り、また、その播種により予後不良群と決め付け、脳外科的治療には何ら問題はなかったとしている。

サトシは、生まれて十年で発症し、この病院の脳外科で四年半の闘病生活を余儀なくされ、そしてなんとか、漸くこの病院の小児科の紹介で城南大学医学部小児科に転院することが叶った。しかし、一年半は病気から解放され楽しい時間も過ごせたが、その時は既に遅く、僅か十六歳で旅立ってしまった。

生きていれば三十二歳になるが、思い出すのは、十六歳の悲しげな顔しかない。
そして、脳外科医の紹介状に対する城南大学小児科の回答は、これまでのサトシに対する治療が間違いだったことを物語っている。

【平成十四年　十二月十七日　　　城南大学病院小児科

本日ご両親が来院されました。当院脳外科とも相談し、僭越ながら以下のことをお話しさせていただきました。

一　現在の化学療法を続行しても治癒は困難であろう。
二　治癒を望むのであればより強力な化学療法が必要。
三　しかし、骨髄が放射線でかなり疲弊しているので自家または同種移植による骨髄サポートがないと困難で、それがあったとしてもあと2コースが限界である。
四　上記の化学療法の2コース目に大量化学療法を用いることができるかも知れない。
五　しかし、大量化学療法はもちろん、通常の化学療法にしても既に50グレイ照射されている脊髄に壊死がおきる可能性がある。
六　痙攣の原因としては腫瘍によるものであろう。もし痙攣の原因が生きている腫瘍によるものであれば化学療法により軽減する可能性があるが、恐らく瑕疵によるものであろう。

七　代替療法としてはインターフェロンとエトポシドの内服薬があるが、可能な限り痙攣のコントロールを行う。

色々と頭を絞って考えたのですが、安全に治癒を目指す方法はないようです。結局、リスクを承知で強化された化学療法を行う、全ての腫瘍に対する治療を中止する、代替療法を行う、の何れかと考えます。

以上、よろしくお願い申し上げます。】

最初の入院から四年半、漸く、牢屋のような脳外科病棟の魔の手を逃れ、もう二度とこの病院には戻れないのを承知の上、覚悟を決めて脱出、転院した。しかし転院した城南大学小児科医の説明は「安全に治癒を目指す方法はありません」と言ってサトシの靴を履かしてくれ、「サトシくん頑張ろうね」と優しく言って下さったが、それは取りも直さず、死の宣告でもあった。少しでも長く、苦痛もなく、より楽しい時間を過ごそう、という意味であり、言い換えれば、即ちそれは死への行進だった。

城南大学小児科病棟は明るく、病室もカラフルな色に溢れており、サトシと同じような疾患を持った子ども達ばかりだが、化学療法後の白血球数0に近い子供でも隔離されることなく、本当に病気なのかと思うほど廊下を元気に走り回っていた。また、あらゆる科の専門医が入れ代わり立ち代わりサトシの病床を訪れてくれ、優しい言葉をかけてくれるのが、反って、市立病院脳外科ではなかったことで、同じような病気の子供がいない、白い壁に区切られた陰湿な空気を漂わせる、密室に四年半も隔離されていたのかと思うと、後悔の念に暗澹となる。

サトシ、ごめんな。

そして、子ども達の笑顔を見ていると、四年半前の朝、曲がり角で悩んだ、運命の分かれ道、病院の選択を誤ったのを、つくづくと思い知らされた。もしこの病院の小児科に、いや、独断の脳外科的治療を行う病院さえ外していれば、今でもサトシは元気に生きていたかと思うと、色鮮やかな病室の光が、目に染みる。

取り返しのつかない、後に戻れない四年半、暗闇の底にサトシを置いてきぼりにしてしまったことが、親として申し訳なく、情けない気持ちに浸される。

その後、城南大学小児科医の報告には、

【平成十五年五月十四日　　　城南大学病院小児科

先日ご紹介いただきました患児についてご報告申し上げます。

当院に転院後、エトポシド内服、インターフェロン静注、抗けいれん剤の変更等を行い、当初はけいれん回数の増加、座位の保持困難、記憶力の減退など症状の進行が一時見られましたが、その後は上記症状は軽快してまいり、現在ではけいれんも見られず、記憶力もほぼ回復し、歩行等も可能になりましたので四月二十三日に退院とさせていただきました。

市立病院に戻っていただくつもりでおりましたが、ご両親が今後ターミナルケアも必要になる可能性も考えられ、小児科にも診療していただきたいとの希望もありましたので、貴病院小児科の先生にご相談申し上げたのですが、脳外科的処置の必要性も存することから色よいお返事をいただくことができませんでした。

結局、隣県の公立病院小児科が引き受けてくださり、その後、自宅に近いとのことで現在は国立大学病院小児科に通院されています。

退院時の治療内容は入院中より継続しており、画像上は明確な反応は見られていませんが、少なくとも進行は抑えられているようで、臨床症状も改善していることから有効と考えております。また、腫瘍の細胞診も行いましたが明確に異常な部位は検出されていません。

以上ご報告させていただきます。】

平成十五年一月に城南大学小児科に転院してからサトシが死亡する十六年七月十日までの一年半、サトシは見違えるように元気になり、頭にバンダナを着けたままだったが、中学校の卒業式に参列し卒業証書を受け取り、高校一年の養護学校ではピアノ発表も披露し、また同級生と一緒にギターを弾くことができ、楽しい、充実した生活を送ることができた。ただ、大量の放射線照射で、その時すでに人間らしい子供の笑顔は消えかけていたが、

《サトシ、何がしたい》

と訊いても、答えるほどの気力の灯し火も薄らいでいくなかで、それでも親としては、この世に生まれてきた喜びを与えてやりたくて、あちこち連れ回し、冬にはスキーに連れて行き、春には北海道、夏には思い出の沖縄・波照間島の星砂海岸まで旅行し、残り少ない日々を家族や友達と一緒に過ごすことができた。

しかし、サトシも既に悟っていたのか、その表情に笑顔はなく、車椅子や椅子に座ったときには、力なく一点を見つめる痩せ細った姿は痛々しく、またある時、《紗季ちゃんを可愛がってあげてな》と妹のことを心配する言葉には目を拭った。普通の、健常な子供なら取り立てて言うことでもないが、いつ果てるとも知れない命と向き合って、何とか喜ばしてやろうとするが、一つ一つの事が、これが最後と思うと切なく、思い出なんか作ってなんになるんだ、と泣けてくるばかりだった。

しかし皮肉にも、最後に診てもらった病院は、小雨の降りしきる中、二枚の診察券を握り締めてサトシを病院に連れて行こうとしたとき、迷いに迷った、ハンドルを右に切っていればその先にある病院で、また、「国立病院に行っていれば、サトシ君は治っていました」と言われた小児科であり、その小児科医の机の上には、「自家造血幹細胞移植を援用する大量化学療法

のプロトコール」と題する書籍が、置いてあった。

その頃、脳外科主導の標準的治療でさえ六五パーセントの五年生存率は得られていたが、尤もこれは良性腫瘍の場合だが、化学療法を強化することによって無病、無進行の寛解状態を維持した五年生存率は八五パーセントに達しており、病院の選択を間違わなければ、悪性腫瘍でも治癒する可能性が高かった。サトシのように、化学療法を中断したことによって、良性腫瘍が結果的に、悪性腫瘍だったとの烙印を押されただけのことだった。

また、小児脳腫瘍は年間に五百人ほど発症するが、その内の二〇パーセント、凡そ百人の子供たちが杜撰な脳外科主導の標準治療の犠牲になり、無念の死を遂げていることになる。

その後、意味のない、間違った悪しき脳外科主導の標準治療は過去のものとなり、先ず化学療法を施行し、次に線量を抑えた放射線療法、そして最後に、必要とあれば腫瘍摘出術と順番が逆転した。それも道理で、直接命に関わらない腫瘍なら、メスの先で切除できない腫瘍細胞を、全身麻酔で危険を冒してまで摘出する必要はない。要するに、腫瘍の再発、播種を五年間防げれば、寛解と言われ、治癒する。

ただ、悪性腫瘍でも最善の治療がなされたら、子供の死も運命として受け入れられるが、サトシの場合、脳外科の汚い手の犠牲になったのであり、ただ胸が締め付けられるばかりで、言葉にならない。

陽は落ち、川向こうの病棟は静まり返っている。黒いバンダナの少年は何階に戻ったのか。ポツリポツリと、病室から漏れる明かりが、川面に映って、精霊流しのように揺れながら、漂う。その微かな灯を目で追うと、川を挟んで対峙する国立病院の病棟が目に入り、僅か十六年のサトシの生涯が、一瞬にして瞼を通り過ぎる。
サトシの、おやじ、と呼ぶ声が聞こえてくる、そして、ひろ子の呼ぶ声も。

時計の針は一時三十分に差しかかろうとしている
壁に掛かったサトシは何を見つめているのか
最後の旅行、沖縄・波照間島の海辺で
痩せ細った薄い胸板を車椅子に預け
もの悲しげに、少し振り向くように
ひろ子を見守っているのだろうか
薄暗い部屋に掛かった時計の針は
微かな音を立てて時を刻んでいるが
針は、いつの一時三十分なのか分からない
十六年前のサトシが逝った時なのか
それとも、遠い未来のことなのか

四時間半

閉じられたこの部屋、空間
無限に大きいのか
それとも、小さいのか
果たして、存在するのかしないのか
ひろ子の唇に手をかざし
微かな呼吸を感じ取った
しかし、現実なのだろうか
それとも、夢の世界なのか
唇の温もりが、伝わってくる
ひろ子は何時に倒れたのだろう
介護士が帰った後なら、六時間三十分
到底間に合わない、手遅れだ
家に帰る前なら、三時間三十分
今なら、まだ間に合うかも知れない
遠くに、救急車のサイレンが
微風と共に部屋に流れ込み
時間を止めるように

ふわっとカーテンを撫でる
脳梗塞なのか、それとも脳内出血か
これで五度目、多分寝たきりになるだろう
それでも、意識さえあればよいのだが
今、この時が、ひろ子とのお別れかも知れない
救急車を呼んだところで
何処へ運ばれるか分からない
頬を撫ぜてやった
唇に指を押し当ててみた
そしてその指を、顎から喉もと
喉もとから胸へ眼で追い
そして下着の中へ、ゆっくり滑らした
ひろ子との出会いが、思い出される
音もなく、時計の針は緩まず流れていく
人の一生ってなんだろう
自らの意志で生まれてきたのでもない
蹴つまづいて転んで、泣き

胸に抱かれてすやすやと
明日を夢み
怒って笑って、涙を流し
そして、みんなと同じように棚に並ぶのだろう
みんなと同じ処に散骨しような

と、ひろ子につぶやいた

第三章

1

《一体何をしてるんですか》
《まあ、此方に、待合室に来てください。
　脊髄腹腔シャントを挿入する処置をしています》
《そんなの聞いてません、ベッドの周りに若い医師が何人もいましたが、先生が主治医ではないのですか》
《処置ですから、一々報告も同意も取りません》
《えっ、処置と言っても脊髄に穴を開けて、チューブを挿入してるんではないのですか、もし何かあったらどう責任を取るんですか》
《私はいつも報告しません、まあ、必要に応じて、後から報告はしますけど》
《それに、手術室でもないのに、病室で手術をしてもいいのですか。黴菌が入ったらどうするんですか、麻酔はしてるんですか》

《麻酔は……、

それはそうと、何故あなたは病室の前まで来たんですか、今は全館面会禁止になってるでしょ》

《洗濯物を届けに来たんです》

《洗濯物は受付に預けてください、勝手なことをしてもらっては困ります。すぐに出て行ってください。

何かあれば、此方から連絡します》

これが病院の実態、現実なのか。

病院にお世話にならない健康な人には思いもよらない、信じ難いことに、白亜の建物、白衣の医師は信頼、信用の代名詞そのものであるはずが、実際は、サトシの場合もそうであったように、牢獄同然で、患者を血の通う人とは扱わず、実験、拷問の対象にするだけで、凡そ医療、医術とは程遠い。

ひろ子の二回目の脳内出血の入院も、脳外科主治医はその原因も調べず、ただ水頭症を来している事実だけで《午後から脳室ドレナージを挿入します。手術の結果は連絡します。お引き取り下さい》と言ったまま何の連絡もなかった。

そして連絡があったのは、家に帰ってからの午後八時頃で、その電話も、看護師からで、手術の詳しい状況も知らされなかった。病院を出てから六時間、ひろ子は麻酔をかけられ、頭に穴を開けられ、チューブを挿入され、そして一人でベッドに横たわっているのかと思うと、居た堪れなかった。

気になり、ひろ子の様子を窺いに洗濯物を届ける振りをして病室の前を通ったとき、偶然に、若い、なりたての医者に取り囲まれて実習実験のように脊髄にチューブを挿入されているのを見かけたが、事前に説明されておらず、勿論同意書もなく、何をされているのか、と主治医に詰め寄った。

しかし、これが病院、医師の実態、現実なのか、医師は免許を持っているだけの理由で、お墨付きを貰っているとでも言わんばかりに好き放題、独断で、処置という名目を盾に施術する。もちろん、処置には一々説明、同意書は必要ないと言わんばかりである。

世間の常識から隔離された病院、そこで何が行われているか知る由もないが、患者は命を弄ばれており、モルモット同然に扱われている。また、薬も簡単に処方されるが、診療科が違えば、真逆の、矛盾した薬を投与されることになる。

手術の結果を知らされないまま待たされている間、頭の中は、二回目の脳内出血で目と鼻の先の国立病院をやり過ごし、強引に元の救急病院に連れ戻されてしまった現実にかく乱され、そして、希望も選択もしていないリハビリ病院に再度拉致されたひろ子のことでいっぱいであり、何故こんなことになるのか、国立病院に診察券があり通院中でもあるのに、何故市立病院系の施設に囚われてしまうのか、理不尽な病院の対応に振り回されるだけで、整理がつかなかった。

しかも、ひろ子の面会もままならず、その間に好き放題に弄ばれ、手出しができないやり切れなさで、バーカウンターで酒をあおって込み上げてくる怒りを抑えようとするが、手足をもぎ取られて身動きができない自分に、苛々するばかりだった。

《おう、ツヨシ、久しぶり》
《ご無沙汰してます》
ツヨシは国立医大の六回生で、間もなく医療現場に立つ医者の卵で、これまでサトシのことについても色々と話を聞いてくれたこともあり、ついつい愚痴をこぼした。
《ツヨシ、なんか飲む》
《そうですね、取り敢えずビール、生ビールをお願いします》
《マスター、生ビールと焼酎、お湯割りでな》
《ツヨシ、聞いてくれ。この前病院に洗濯物を届けに行ったんやけど、ひろ子の病室の前を通ったら、若い研修医みたいなのが何人も集まってひろ子のベッドを囲んでた、それを見て、なんか、生きたまま解剖されてるみたいでびっくりした。

その時、主治医がやってきたので「何をしてるんですか」と訊いたら「脊髄にドレナージを埋め込む処置をしています」と言うから「そんなん聞いてない」と抗議したら、「私は一々報告はしません、まあ、後から知らせますけど」と当たり前、何が間違ってるのか、といった顔やった。

また、それどころか、「全館面会禁止なのに、一体ここで何をしてるんですか」と怒られたわ。此れって有りなんか》

《まあ、内容によってですけど、軽微な処置なら前もって報告しないこともあります》

《しかし、脊髄に穴を開けて管を通してるんやで、手術室ではなく病室で、それも麻酔もせずにやってるのかどうか分からんけど、黴菌に感染する可能性も高い訳やし。なんか、滅茶苦茶されてる、脳外科は人の命を物ぐらいにしか考えてない、サトシの時もそうやったけどな》

《確かにそうですね。サトシ君の場合は酷いもんです。あんな簡単な計算ミスに気が付かないのもなんですが、その後の処置が医師として失格です。脳外科が化学療法に不慣れなら、普通はより化学療法に詳しい、それも子供ですから、小児科に相談するでしょう》

《そうやねん、それを脳外科はミスを隠蔽してカルテ改竄までして、サトシを見殺しにしてしまったんや、これって殺人行為や、絶対許せんわ。

ひろ子もそうで、最初に救急病院に運び込まれたのが運命の分かれ道やった。国立病院の診察券があって救急隊員に連絡を取ってもらったんやけど、生憎、脳梗塞の担当医が居ないということで、四十分ぐらい救急車の中で待たされた挙句に、市立病院系列の救急病院に搬送されてしまったんやけど、一方的に同意させられて頭に脳室ドレナージを埋め込まれた。
まあ、脳内出血を起こしていることは間違いないのやけど、最初は脳梗塞で倒れたと思っていたから、医師に「倒れて頭を打ち脳内出血を起こしたのか、それとも脳内出血を起こして倒れたのかどちらですか」と訊いても「分かりません」の一点張りやった》
《倒れて脳内出血を起こしたのなら、頭を強く打ってるから、くも膜下出血を起こす筈ですし、できることなら一度、頭の画像を見せてもらえますか》
《いや、そんなん出す訳ないと思う》
《それが、今の医療界で問題になっているところです。治療の成功例は学会で発表しますが、失敗例は殆ど、まず出しません》
《そうやな、サトシのように、市立病院も裁判にでもならない限り出てこなかったやろな。又、そうやからカルテを改竄したんやな、裁判用に。しかし、何人の患者が闇に葬り去られたのか、やな。しかし、こんなん許されるんか》
《マスター、おかわり、ツヨシも飲んだら。それと音楽の音、もうちょっと小さくして》
《どうかされたんですか》
《いやぁ、ちょっとな》

サトシに続いてひろ子までも……。

ひろ子の最初の脳内出血の原因が分からないまま、いや、脳外科医は全く調べようともせず、無理矢理に、同意も説明もなく、市立病院系列のリハビリ病院にひろ子を送り込んだ。また、リハビリ病院で紹介された、首に聴診器をぶら下げた若い女性主治医は自ら《この病院の医療レベルは低いですし》と言う有り様で、ひろ子の脳内出血について全く意を払おうともしなかった、というより、医師を常駐させる形だけの医師で、医療について無知なのが窺えた。

それがために、このリハビリ病院を早く退院して向かいの国立病院の診察を受けようとしていた矢先に、二回目の脳内出血を起こしてしまい、否応なく救急病院に連れ戻されたも同然だった。また、救急の脳外科医に、国立病院の神経内科に連絡を取ってひろ子が服用している薬のことを訊いて欲しいと言っても《その必要はありません。また、何かあれば此処に戻って来てもらいます》と言って耳を全く貸そうとしなかった。

結局、脳梗塞防止用に服用していたワッファリンが効きすぎている状況の下、最初は家の風呂場で倒れていたことからも、入浴による血圧上昇が相まって出血を起こしたことになる。仮にこれが原因だとすると、何故、脳外科医は、脳梗塞防止用のワッファリンを新薬のリクシアナに変えたものの、中止しなかったのか。二回目の脳内出血では、即座に、脳外科医は《リクシアナを中止します》と言ったのは、少なくとも血液をサラサラにする薬が影響して出血が止まらないと考えたのだろう。しかし、最初にそれに何故気付かなかったのか、もし、原因を究明するなり、或いは脳梗塞、脳内出血の専門医である脳神経内科に相談していれば、二回目の脳内出血は防げた可能性は高い。サトシの時と同じように、市立系の脳外科医は他科、他病院とも連携、相談もせず、独断で患者の未来、治癒の可能性の芽を摘んでしまう。

最初のリハビリ病院の退院が一週間後に迫っていた時、ひろ子は目に見えて回復し、携帯電話も使えるようになっており、日常生活はおろか、車の運転も可能なぐらいで《左側は少々不自由でも、右手、右足は問題ないから車は運転できる、車は売らんと置いといたるし、頑張れ》と励ましたとき《うん、頑張る、売らんといてな》と晴れやかな顔をして返事した。

もう少しで、市立系病院、施設から脱出し、向かいの国立病院の診察が受けられると心が躍っていた矢先、悔やんでも悔やんでも、悔やみきれない、取り返しのつかないひろ子の運命に、何故なんだ、と頭の中は収拾がつかず、ただ、茫然と現実を受け入れる以外になかった。しかし、それがひろ子の運命だったのか、いや、それは予期せぬ、避けられない偶然ではなく、故意に、必然的に脳内出血を招いてしまった、それも、市立系病院の医師らによって。

偶然か必然か、避けられたのか否か。再度リハビリ病院に連れ戻されたひろ子の容態は、見るに堪えないほどやつれており、出血による脳へのダメージが窺い知れた。身体は硬直し、右手はくの字に曲がったまま、足首は伸び切っていて戻らない、頭は三回の脳室ドレナージ挿入で陥没しており、目は開いているものの、意識があるのかどうかも分からない。また、声を掛けても、反応がない。このままひろ子は永遠の眠りについてしまうのか、と強く手を握ってやったが、人は、現実の衝撃を目の当たりにすると、ただ狼狽えるだけで涙も出ない。
そして、リハビリ病院に戻って来るとすぐに、今後のことについて女性主治医からカンファレンスがあった。
《どうされますか、施設に入れますか》
《施設って、老人ホームみたいなもんですか》
《そうです、このような状態では自宅で介護するのは無理だと思います。系列施設で大きな病院がありますが、ここと違って医療スタッフも揃っていますし、予約しましょうか》
《いや、施設には絶対入れません。それよりも、これまでひろ子は脳梗塞を二回起こしており、それを防止するためにワッファリンを服用してたんですが、今回の脳内出血は、先生がひろ子の入浴時に意識が低下することに気付かれたそうですが、その原因はどのように考えられてますか。救急病院も此処も、ただ「分かりません」と言うばかりで、全く調べようともしてくれない。ひろ子は、リクシアナを中止すれば脳梗塞の危険性があり、服用すれば、今回のように脳内出血を起こすのです。言ってみれば、諸刃の剣で、抜き差しならない状態なんです。そんな危険な状況であるにもかかわらず、先生は「施設に入れますか」と他人事みたいに言われる。
私は、次にひろ子に何かあれば、もうお終いと思っています。此処にいても、ただ指を咥えて死を待つだけです。それで、向かいの国立病院の、ひろ子のことを一番ご存じの脳神経内科の診察を受け、今後のことについて意見を訊きたいと思っています、診察券もあります。また、

今後のために、今回の脳内出血の原因も突き止めておきたいと考えています》

カンファレンスには介護の男性ケアマネージャーも同席していたが、女性主治医はケアマネージャーの方に向いて、

《此処の入院期限はいつまでになってますか》

《まだ一カ月あります。しかし、入院誓約書にもある通り、当院に入院中は担当医の許可なく他院を受診することはできないことになっています》

そこで口を挟んで、ケアマネジャーの言葉を遮り、

《では、先生の許可をください》

《いや、その……》

《なぜ目と鼻の先にある、しかもひろ子が通院していた病院の診察を受けることができないんですか》

《いや、そういうシステムになっているんです》

《じゃあ、今度、ひろ子に何かあれば責任を取ってくれるんですか。先生は最初に「この病院の医療レベルは低いですし」と仰いましたが、どうしてそんなレベルの低い病院に居なければならないんですか。脳内出血の原因も調べようとされず、脳梗塞の危険性も孕んでいることも知らないで、救急病院医師の処方箋をそのまま引き継いでいるだけじゃないですか。しかも、救急病院医師も脳内出血の原因についていくら尋ねても、未だに「分かりません」と繰り返す

ばかりで、もう呑気なことを言っている場合ではないんです、退院します》
《いや、それはできません、期限までは。退院後の手はずや、介護保険の書類も色々あります
し》
《一体どんな規則やシステムがあるというのですか。ひろ子の命運が懸かってるというのに、貴方たちにひろ子を此処に留めておく何の権利があるというんですか。それに、最初にケアマネージャーから読んでおいて下さいと渡された「入院誓約書」や「患者の権利」の中に、

- 患者は誰もが良質で適切な医療を受ける権利がある。
- 患者は適切で最善の医療を受ける権利がある。
- 患者は担当の医師、医療機関を自由に選択し、また他の医師、医療機関等の意見を求める権利がある。
- 患者は医師より十分な説明を受け、治療を受ける権利と治療を拒否する権利がある。

となっているではないですか。先生、向かいの国立大学病院の脳神経内科の診察を受けられるように手配してください》
《いや、ちょっと上の者に訊いてみますが……》
《それと、まだ此処に居なければならないのなら、ひろ子の脳内出血の原因は入浴による血圧

上昇が原因としか考えられないので、入浴は絶対に止めてください、看護師さんにも必ず伝えてください》
《それに関しては分かりました、必ず伝えます》
《シャワーぐらいでお願いします》
何故この病院に居なければならないのか、どうして道路一本を挟んだ向かいの国立病院の診察を受けることができないのか、一体病院と患者の診療契約とはなんなのか、患者の権利とは名ばかりで、現実は無いに等しく、人ひとりの命を品物、商品のように疎かに扱い、踏みにじっている。要するに、この病院の医師は営利目的で、普通の人が描く医療理念とは大きくかけ離れている。病院に患者を預けていれば、一番安心であるはずが、どうしてここまで不安に駆られるのか。

腹の底から怒りと不安が、何か得体の知れない魔力に捻じ伏せられながらも、もがき、這い上がるように湧いてくる。そして、考えれば考えるほど、サトシのことが重なり、情けなさと苦渋の思いが胸を締め付ける。しかし、サトシの時と同じ過ちを繰り返す訳にはいかない、今ならまだ可能性はある、と気持ちを奮い立たせて酒をグイッと飲み干し、おかわりを頼んだ。
《ツヨシ、病院を変えることはできないやろか、無理矢理退院して、国立病院の神経内科の先

生に診てもらうことはできないやろか》
《いや、強引に退院すると、ブラックリストに載って、今後、全国の病院に入院できなくなりますよ、止めた方が良いです》
《そしたら、どうしたらええのや。このままでは犬死にするだけや。救急病院の脳外科医は水頭症、水頭症と言って三回も頭に穴を開けて管を通し、脳内出血の原因を訊いても「分かりません」と言うばかりや。腹が立つのは、国立病院の先生に連絡を取ってくれと言っても、「その必要はない、何かあれば当院に戻って来てもらいます」と言って、強引に系列のリハビリ病院に送り込まれてしまったんや。
患者側の弱い立場で、選ぶ権利もなく、渋々転院したんやけど、そのリハビリ病院の女性主治医は「この病院の医療レベルは低いですし」と医者のプライドもなく言ったんやけど、これってどう思う》
《いやあ、何とも言いようがないですね。そんな医者いるんですかね、信じられないですね》
《な。なんでそんな病院に居なあかんのや。医療レベルは低いと言っておきながら、しかも患者の容態も把握しようともせず、ただ入院費を稼ぐために退院を引き延ばしてるだけや。なんで、なんで向かいの病院に診させようとしないのか、理解できんわ》
《なぜでしょうね、僕の病院なら、患者の要望があれば他院に紹介しますけどね》
《それが普通やろ。そもそも診療契約には「医師は患者に対して最善の医療を提供する義務がある」となってる。
最初に患者の権利を説明しておきながら、この病院は全く無視してる。「何かあったら当院に戻って来てもらいます」って、何かあってからでは遅いので、そうならないようにするのが治療で、それも何の手立てもしようとしない。
そやから、何かが起こる前にこの病院を脱出したいのや。今、ひろ子は脳梗塞予防の薬を止めてる、それで脳内出血は防げるかも知れんけど、しかし、脳梗塞の爆弾を抱えてることになるんや。もし、次にどちらかが起これば、もうあかんと思う、良くて植物人間やろ。
一回目の脳内出血は体の左半分が麻痺したけど、それでも順調に回復した。もう少しで、退院して国立病院の診察を受けようと思ってたんや。しかし油断したからか、二回目の脳内出血を起こしてしまった。もし出血の原因が分かっていたら、避けられたかも知れん。そやから、サトシの時のように、同じ過ちを繰り返したくないんや。これが最後のチャンスと思ってる、国立病院の神経内科の先生に診てもらって、これからどうするか意見が訊きたいのや。脳梗塞か脳内出血か、どちらを避けたら良いのか、ツヨシはどう思う》
《それは僕にも分かりません、ひろ子さんにとってどちらが良いのか。それは、神様だけが知っているでしょう》
《いや、これからの方針を立てたいだけなんや。もし国立病院の先生の診察が間違ったとしても、後から文句を言うつもりは毛頭ない。ただ安心して、ひろ子のためにできるだけのことをしてやりたい、後悔しないためにも。
しかし、このリハビリ病院に居る限りは、確実に後悔するのは目に見えてる。こんな病院、救急車で搬送された救急病院も、ええ加減なことしてたらサトシのように裁判沙汰になってもおかしくないで》
《いやあ、僕もその内、医師になったら裁判に掛けられるんですかね》
《それはない。何も好き好んで、したくて裁判なんかするもんでもないし。ただ、命の尊さを重んじて欲しいだけや。助かる可能性を踏みにじって、己の地位と名誉を引き換えにしたことが許せないんや。
医者と言えども、人間なんやから失敗もするやろ、完璧であるはずがない。サトシの主治医も薬の計算間違いを隠蔽し、小児科に相談しようともせず、カルテ改竄までして治療を中断してしまった。あの時、小児科に相談してたら、サトシは今でも生きてたやろ。
その当時、神戸で医療過誤の裁判があったんやけど、詳しく調べてみたら、サトシと同じような小児がんの子供が治療ミスで亡くなったんや。担当医はその頃の最先端の治療、大学付属病院で研究していたプロトコールを施行して子供は元気になり退院したんや。ところが、退院後、風邪かなんか知らんけど、こじらして重症になり亡くなった。そこでその子の両親は病院を訴えたんや、最先端かどうか知らんけど、強力な「大量化学療法のプロトコール」を施行したから、白血球が下がって免疫力が落ちたせいで死んだ、と。おまけに、気の毒なことに、その担当医の上司が自殺までしたんや。

ところが、その両親が出していたホームページを見たんやけど、事実は、担当医はその子の為に一生懸命にやってたんや、それも親以上に。母親はさっさと離婚していなくなってしまったんやけど、それでも担当医は親身にその子のことを心配してた。

ところが、裁判は病院側が負けた、なんでか。その「大量化学療法のプロトコール」は最先端医療で実績も挙げてたんやけど、医者と言えども危険な治療であるから、不測の事態に備えて、開発者に報告を義務付けられていて、無断でしてはならないほどの厳しいプロトコールやった。それを担当医は家族に十分説明してたと思うけど、ただ開発者に報告をしていなかった、という理由だけで負けたんや。サトシの主治医も同じようなプロトコールを作成し、「一発脳外科でもやってやろう」としたんやけど、化学療法に無知やから失敗し、挙句の果てに治療を放棄し、サトシを見殺しにしてしまった。

しかし、神戸の小児科医は子供の命を救おうとしてプロトコール通り治療を完遂したんやけど、経過観察中に、外で遊んでて風邪をこじらしたらしいけど、事故みたいなもんやと思う。その担当医は必死やったと思う、子供のために。ただ、報告をしなかっただけや。

俺やったら裁判なんかしない、何故か、その担当医は誰よりも、親よりもその子供の命を大切にし、心から助けようとしていたからや。そやから、ツヨシも何も恐れることはない。自分の為だけではなく、できるだけ、患者に誠心誠意を尽くしてくれたら、感謝こそすれ、誰も文句を言う者などいないし。
そもそも、病気になったのは医者のせいではないしな、それを、阿呆な患者家族は医師の責任みたいにして文句を言うのや。但し、サトシやひろ子のような病院やったら、人を馬鹿にしたら絶対許さんしな、と》
《まあ、自信はないですけど、僕も裁判に掛けられないように頑張ります。しかし、何とも言えませんが、リハビリ病院もちょっとおかしいですね。僕の病院でも、なんで目と鼻の先にリハビリ病院を建てたのだろう、と言ってました》
《なんか対抗意識があるんやろな。道路を挟んで僅か数十メートルの所に通い慣れた病院があるというのに、そこの先生がひろ子のことを一番ご存じなのに、何故行けないのか、何か陰湿なものを感じるわ》
《そうなんです。大都会は幾つもの病院がありますから、患者の取り合いをしていて、他の病院に出さないのが現状です》
《そんなんみんな、患者が犠牲になってるだけや。しかし、強引に退院したところで、その後どうするか。どこの病院も受け付けてもらえないかも知れんしな、ツヨシが言ったようにブラックリストに載って。
そうなったら路頭に迷うだけで、そんな危険な賭けもできないしな。退院したはええものの、さらに悪化したら何をしてるのか分からんしな。かと言って、このままでは指を咥えて廃人になるのを待つだけやしな。今は最悪やけど、しかしまだまだ回復する可能性はあると思ってるのや。いや、諦める訳にもいかん、悪くても意識があれば御の字と思ってる。喜びを感じてくれたらそれだけでええと。

そやから、先ず、ツヨシの病院の先生に、退院したらひろ子の診察をしてもらえるように頼んでもらえないやろか、診察券はあるし、今は予約したままの状況で、こうなってしまったんや。

最初の脳内出血で、救急隊員に国立病院に搬送してくれと頼んだんやけど、悔しいことにこうなってしまった。しかし、これ以上同じ過ちは繰り返したくないんや、これが最後のチャンスと思ってる、何とかならないやろか》

《僕でできることならやってみます。神経内科の先生とは面識もありますので》

《このままでは納得できないんや、仮に先生に診てもらってダメでも、それはそれで納得ができるやろ。で、よろしくお願いします》

《どうなるか分かりませんが、兎に角当たってみます》

《ありがとう、ツヨシ先生》

2

リハビリ病院から電話がかかってきた。

病院は面会禁止を続けており、洗濯物を届けに行ってもひろ子の顔を見ることも儘ならず、ただ病院からの連絡を待ち続けるだけで、不意にかかってきても、一瞬、電話を取るのを躊躇った。病院の着信番号を確かめ、それと同時に時計を見て、今頃何の用だろう、と頭を巡らし恐るおそる、受話器の向こうの声に神経を尖らした。そしてその第一声が看護師からのものと分かると、胸を撫でおろし、ひろ子の容態のことではないと安心し、緊張感がほぐれるのが常だった。

ひろ子の退院までの残り日数は、患者側の意思には関係なく限られていたが、その後の治療、介護、リハビリについては全くの未知数であり、どう対処してよいのか分からないまま、焦るばかりだった。そして、リハビリ病院のケアマネージャーが今後のことについて相談を持ってくれたが、系列施設への転院、介護ばかりを紹介しようとするので、不信感が拭いきれず、聞く耳を持たなかった。

また、ひろ子は、二回目の脳内出血で、救急病院脳外科医の処置で脳梗塞防止用のリクシアナを中断しており、さらに、水頭症の予防として脊髄から髄液を抜く腹腔シャントを施していたが、それもリハビリ病院の医師を含めスタッフは全く知らなかった。というより、全く気にもならないらしい。

ひろ子の脳内の現実は、険しい、厳しい尾根に立っているも同然で、いつ足を滑らして奈落の底に落ちるとも知れない、危険極まりない状況に置かれている。風呂に入れれば脳内出血、リクシアナ中止で脳梗塞、そんなひろ子の、次に起これば植物人間或いは死が待っているというのに、リハビリ病院は系列の施設に入れようと勧めるばかりで、患者の疾患を予防、治療する考えは端からなく、凡そ病院と言えるような施設ではない。それ故、兎にも角にも、一刻も早く向かいの国立病院の診察を受けたいと訴えたが、《もし他院の診察を受けるのであれば、此処を退院してもらわなければなりません》と理屈に合わない、患者家族を馬鹿にした返答を繰り返すばかりだった。

それでも、ツヨシが骨を折り、裏から手を回してくれたお陰で、ようやく国立病院脳神経内科の診察が受けられる手筈になった。そして、今後のひろ子の身の振り方についてリハビリ病院から連絡があり、急いで病院に駆けつけ、女性主治医とケアマネージャーに面談した。もちろん、面会中止の中、ひろ子の顔を見ることはできなかったが。

《風呂には入れてないですね、シャワーだけでお願いします。看護師さんにもちゃんと伝わってますか》

《それは大丈夫です。担当看護師にも言ってますし、申し送りの書類にも書き込んでいますから》

《今日は何の相談なんですか》
《いや、退院も近いですし、その後どのように考えられているのか、お伺いしたいので。それと、自宅での介護は現状では厳しいものがありますので、施設に入られたほうが良いと思います。当院の系列施設がありますので、ご自宅に近い所を紹介しましょうか》
《いや、此処を出たらひろ子を実家に帰すつもりですので、実家の受け入れ準備ができるまで、実家の近くの介護施設に移ろうと思ってます。そしてその後、こっちの家に帰って来るつもりでいます》
《そうするにしても、当院のケアマネージャーを通してください。入院誓約書にもある通り、当院の許可なく他院を受診することはできませんので》
《いや、ひろ子の姉が介護の仕事をしてまして、実家の近くの介護施設を探してもらってるところです。それと、ひろ子は脳内出血か脳梗塞の爆弾を抱えてるんで、今後のことについて、ひろ子が診てもらってる向かいの国立病院の先生の御意見を訊きたいと思ってます》
《いや、それはできません》
《何故なんですか、患者の権利があるではないですか》
《いや、その、入院誓約書にもある通り、当院の許可なく他院を受診することはできないんです。そういうシステムになってるんです》
《そんなシステム、患者の権利が先でしょう。それじゃあ、先生の許可を出してください。ここの病院は何もしてくれないし、先生は最初に、此処の病院はレベルが低いと仰ったとおり、不安で仕方がないんです。このままでは、いつなんどき倒れるか分からないじゃないですか。どうして通い慣れた、ひろ子のことを一番ご存じの先生に診てもらえないんですか》
《いや、もし向かいの診察を受けるのなら、当院を退院してもらわなければなりません》
《じゃあ、今すぐ退院します、向かいの診察券もありますし》
《いや、ちょっと待ってください。上の者に確認しなければなりませんし》

堪忍袋の緒が切れた。女医は医師ではなく、白衣を纏った事務員でしかない。また、首に掛けた聴診器が白々しく、オモチャにしか見えない。

《もぉお、じれったい、弁護士を入れます》
《いや、待ってください。できるかどうか近い内に連絡しますので、待ってください》

そして数日後、洗濯物を持ってリハビリ病院に行った時、ホールで女性主治医と出くわした。
《先生、向かいの病院の診察はどうなってますか》
《あっ、ああ、連絡が取れまして、日程を調整中です。奥さんの全身の検査をしたいということで二泊三日の検査入院となります》

《えっ、そうなんですか、此処は退院しなくていいんですか、その後また此処に戻って来るんですか》
《そういう事になります。国立病院の医学部生も立ち会うことになりました、何君でしたっけ》
《そうなんですか。有難うございます、ほんとに、ツヨシ君です》
しかし、向かいの国立病院に検査入院する前に介護福祉士の面談があった。介護保険や今後の介護計画の書類作成のため、それに立ち会うことになったが、何もかもが初めてのことで、言われるがままに従った。また、ひろ子の顔を見るのも久しぶりのことで、上階から降りてきてエレベーターが開くまでは、最後に見た姿が脳裏に焼き付いており、現実と希望、諦めの境地が交錯するが、あるがままを受け入れる以外にない、と腹を括った。
避けられた二回目の脳内出血、もし向かいの病院に掛かっていたら、と思うと胸を締め付けられ、何故このようなことになってしまったのか、とやり切れなさが込み上げてくる。そして、エレベーターの前でひろ子を迎える自分の姿を、遠目で見ている自分に気が付いた。
エレベーターが開くと、寝台ではなく、車椅子に乗って降りては来たものの、頭はうな垂れ、手足は硬直し、その視線も虚ろで、焦点が合っているようにも見えない。そして、介護福祉士の問診に応えることは殆ど無かったが、辛うじて、《右手を上げてください》の声に僅かに反応したのが唯一の救いだった。また、《ひろ子、聞こえるか》と手を握って口元を凝視すると、消え入るようなか細い声で肯いたのが、心の底に火が灯ったように思えた。暗闇に一条の光明が見えた、という訳ではないが、その消え入るような灯を守ってやる、と肝に銘じた。

しかし、介護福祉士の判定は最悪の「要介護5」のレベルで、その僅かの希望も木っ端微塵に粉砕されてしまった。まるで、後頭部を石で殴られたように、頭の中は真っ白になり、目の前の現実に、容赦なく、深淵の底に突き落とされる。そして、淵から聞こえてくる声は、死、そのものだった。

要介護5のレベルとは「一日中ベッドの上で過ごし、食事、排せつ、着替え等に介助が必要」とあり、言い換えれば、寝たきりの植物人間の一歩手前となる。

それでも、ひろ子は車椅子で降りて来たではないか、手も動かした、呼びかけにも応じた、と辛うじて、折れそうになる気持ちを支えるのが精一杯だった。また、それと同時に、なぜこんな事になってしまったのか、どうしてこんな病院に閉じ込められているのか、目と鼻の先にひろ子が通い慣れた病院があるのに、何か歯車が狂ってる、と頭の中で、整理の付かない複雑な感情が錯綜する。

しかし、目の前の現実に打ちのめされながらも、出口のない八方塞がりの暗闇に、微かな鼓動が聞こえてくる。ひろ子は、何も植物人間になったわけでもない、見た目は麻痺して痛々しく無表情に見えるが、呼び掛けに応じて右手を動かしたことからも、意識はある、そう、意識さえあれば、人としての喜びも感じることができる、まだまだ復活する可能性はある。いや、あるはずだと思うと、微かな望みが湧いてきて、このまま負け犬同然になる訳にはいかない、とひろ子の頭を撫でてやった。

サトシのときは最後の最後まで、同じ病院内の階が違うだけの小児科に診てもらうことは叶わなかった。迷える子羊同然の、右も左も分からない患者は白衣の医師を信じる以外に方途はなく、ただ子供の命を救ってもらいたい一念で盲目的に縋るのであるが、医師の風上にも置けない市立病院脳外科医は己の地位、名誉のためにサトシを犠牲にし、かけがえのない幼い命を蔑ろにし、奪ってしまった。

しかし、二度までも、ひろ子まで同じ轍を踏む訳にはいかない。ここでリハビリ病院の言い成りになれば、ひろ子を見殺しにすることになり、それこそサトシの二の舞になるのは目に見えている。

そこで意を決して、市立病院系列の病院、施設を脱出することができたが、勿論それは、ツヨシの根回しがあったからでもある。しかし、こうまでしないと転院できないのが現状とは、何かが間違っており、狂っており、殆どの患者家族が泣き寝入りを余儀なくされている、それも、命と引き換えに。

そして、脱出の当日、僅か道路一本を挟んだ向かいの国立病院の門をくぐるのに、リハビリ病院の主治医は《介護タクシーを手配しましょうか》と勧めたが、それも心からの親切ではなく、施設ぐるみの商売かと訝った。しかし、ここで断っても主治医の気分を害するだけと思い受け入れた。それでも一瞬、何故法外なタクシー代を払わなければならないのか、と癪に障ったが、もう二度とこの病院とは関わりたくない、戻りたくないと思ったものの、しかし要らぬ後味の悪い印象を残す必要もない、そのほうが賢明と思ったのも事実だった。

声が届くほどの、道路を挟んで対峙する病棟。この道路の隔たりに、一体何があるというのか。目には見えない、人間、組織の陰湿な、底なしの強欲、白衣を隠れ蓑にした、患者の生きる叫びを虫けらのように踏みにじる魔物が見え隠れする。

そして、《お願いします》と心にもない捨て台詞を吐いたが、心は向かいの、通い慣れた病院に飛んでいた。

三十分かけて転院の準備をし、リハビリ病院が用意した介護タクシーで向かいの国立病院に到着したが、その所要時間は僅か五分だった。しかし、国立病院のガレージから車椅子を押して通い慣れた病院内に入っていく気分は晴れ晴れとし、漸く悪の巣屈から脱出できた解放感に満たされ、すれ違う白衣が眼に眩しく映った。そしてひろ子の顔を起こしてやり、《戻って来たで》と言いながら、漸くここまで辿り着いた苦労も過去のものとなり、思い巡り、感慨深く、ひろ子の手を握った。

そして受付で手続きを済ませ、ひろ子の車椅子を押して診察室に向かった。通路は何処の病院にもある、同じように白い壁なのだが、目に優しく、心を癒やしてくれる。続いて診察室に入り、今回の受診のお礼を言ってひろ子の容態を診てもらった。

《先生、ひろ子が倒れたのは脳内出血が原因ですか、それとも、倒れて脳内出血を起こしたのですか》
《脳内出血を起こして、倒れたのです》
《ところが、救急で入院した医師に訊いても、分かりません、と言うばかりで一向に答えてくれないんです。そこへ二回目の脳内出血が起こったんですが、それでも原因は分からないまま、脳梗塞防止用のリクシアナを中止する、と言うだけでした。しかし私は、入浴時に意識が低下すると聞いたので、入浴で血圧が上昇し、頭の中で爆発したと思ってるんです》
《その可能性は高いと思います》
《やはりそうなんですね。最初に倒れたのは風呂場でしたし、血圧が上がって出血し倒れたのだとしたら辻褄が合います。しかし、リクシアナを止めたら、今度は、脳梗塞を起こす危険性が高くなりますし、一体どうしたらいいんですか。先生はひろ子のことを一番ご存じと思ってるんですが、検査入院をして、出血か梗塞を防止するご意見を伺いたいと思ったんですが。
今後、どのような薬を飲んでいけば良いのか、それとも、止めたほうが良いのか、次にどちらかが起これば、もう終わりと思ってます、それをなんとか食い止めたいんです》
《しかし、当院へ来てもらったとしても、防げる保証はありません》
《いや、それは分かってます。何か起こっても先生の責任にするつもりは毛頭ありません。ただ、防げるものならできるだけのことをしてやりたいんです。しかし真向かいのリハビリ病院にいたら、ただ出血か梗塞が起こるのを待っているようなもので、見殺しにするようなもので、もう二度と後悔はしたくないんです。一日でも長く、防いでやりたいんです》
《いや、お気持ちは良くわかります》
《ツヨシ君のお陰でやっと先生に診てもらえて、いや本当に感謝してます》
《そうですね、彼の努力もありましたが、こんなのは普通有り得ません、というか、特例です》
検査入院の後、
《精密検査の結果ですが、特にこれといった悪い数値はありませんでした。ただ、要介護がレベル5ということですが、奥さんの症状からも「胃ろう」は覚悟しといてください》
《先生、胃ろうってなんですか》
《口からは食べられないので、胃に管を通してそこから養分を入れるのです》
何かが崩れ落ちる。明るい診察室から見える緑の山と空、そこに亀裂が入り壊れていく。ひろ子の左側の手足は硬直したまま首を垂れ、目を開いているものの、聞こえているのかどうかも分からない。医師はひろ子の名前を呼びながら右手を持って脳のダメージを推し測っているが、なんの反応もない。隣の診察室からは機器の音が微かに響いて時を刻んでおり、薬の混じった空気が鼻につき、虚空の世界から現実に引き戻される。そして、診察室内には重苦しい空気と時間が垂れこめ、微かな吐息だけが波打つように耳に囁く。
しかし、その時、静寂を破るようにひろ子は何かを呟いた。ひろ子の口に目が点になったのは言うまでもない。
《奥さん、なんですか、もう一回言ってください》
《なんやて、ひろ子、大きな声で言ってみ、なんやて》
《あ…………………》
《あ……、なんやて》
《奥さん、もう一度言ってください》
《どうも、ありがとうございます、と言ってるみたいです。そうやろ、ひろ子、そう言ったんか》
ひろ子は小さく肯いた。そしてそれは正に、地獄から天国へ舞い上がったような歓喜の一瞬であった。リハビリ病院から脱出したときは、もうこれ以上悪くはならないだろうと胸を膨らませて門を潜ったが、胃ろうを覚悟しなければならない、と聞かされたときのショックは言葉に表せないものだった。生きる喜びの基本は美味しく食べられることで、それが断ち切られることは、生きる喜びや幸せも感じられないのであり、生きる屍、寝たきりの植物人間と何ら変わらない。よって、そこまで思い知らされ、地獄の辛苦を垣間見せられた後のひろ子の《あ………》の一言は、一気に地獄から天国へ駆け上がったような、これまでの苦労が吹っ飛ぶ起死回生の言葉だった。ひろ子にはまだ意識がある、意識さえあれば、喜びも悲しみも感じ取ることができる。

そう、絶対、誰よりも幸せを感じさせてやる、と心に誓った。

《先生、ありがとうございます。これからもよろしくお願いします》

二泊三日の検査入院を済ますと向かいのリハビリ病院に戻った。帰りも介護タクシーを勧められ頼んだが、それは、リハビリ病院系列よりも料金が安かったから。

そして戻ると直ぐに女性主治医との面談があった。主治医は《胃ろうの手術は系列の病院でもできます、医師も揃っています》と言って転院先の施設を勧めたが、その時は既にひろ子の実家に近い施設に決まりかけており、また、国立大学病院の医師からの口添えで、ひろ子に何かあれば迅速に対応してもらえる病院も紹介されていたこともあり、《いや、結構です》と言ってきっぱり断った。その言葉の裏には、不信感と怒りを込めていたが、果たして女性主治医に伝わっただろうか。

その後、ひろ子の受け入れ先施設の準備が整うと、国立大学病院脳神経内科の診察のあと、そのまま実家に近い施設に転院することになった。その時は介護タクシーを利用せず、車椅子を押して道路を隔てた向かいの国立病院に行ったが、ひろ子も少しではあるが回復しており、何よりも最悪の状態を回避できたことが、こうして寝たきりではなく、車椅子を押している現実が、可能性に向かって歩いていることが、夢見心地のようだった。そしてそれは、まるで刑務所から脱走するかの如く、二度と戻らない、と肝に銘じ、開放された空気を思いっきり吸い込み空を仰ぐと、心の底に沁み渡り、期待と不安が入り混じった旅立ちのように、そこから熱いものが込み上げてきた。どん底だからこそ、それ故に、反って希望の光が見えてくる。

そして、ツヨシに御礼のメールを打った。

《おはよう、昨日無事にひろ子の実家の近くに転院したし。先月、ツヨシが骨折ってくれた先生の受診予約、そして老人介護施設と医療センターの神経内科の先生との連携もしてもらいました。今後は脳梗塞予防を検討しましょうと言ってもらいました。

あーぁ、やれやれ、やっと魔の市立病院系列から脱出できた。色々有難う、ツヨシ先生》

《お疲れさまです。ご無事に転院できましたか！　その施設は総合医療センターの御近所で、よく連携させてもらっています。きっと医学的に最善の治療を行ってもらえるのではと思います。ようやく脱出できましたね、お疲れさまでした》

そして実家に戻った時に、

《久しぶり、ツヨシ先生。

今日、リハビリ病院から国立大学病院の診察を受けて、そのままひろ子の実家に帰った。そして来年早々、俺の家に連れて帰ります。帰ったあとは、国立大学病院系列の施設に引き継いでもらえる手配もしてもらったし。まあ、だからといってひろ子の容態が確実に良くなることもないかも知れない。しかし、何よりも、やれるだけのことはやった、悔いが残らない、病院、医師に不信感がない、安心と。今日実家から帰るときに「又来るしな」と言ったら、一緒に帰りたい、とひろ子が言った、泣けてきたわ、有難う。》

《ご無沙汰しております。全てがうまくいってるのかは分かりませんが、一歩ずつ確実に歩みを進めておられるようで安心しました。不信感がない、安心と言っていただけるのは、先生からしても何よりも嬉しいことだと思います》

過去から
サイレンが波のように押し寄せてくる
そして
この部屋を怒濤のように震撼させ
すうっと暗い未来に消えていく
誰が、何処へ運ばれて行くのか
ひろ子には
二度と同じ過ちをさせたくない

ふと、現実に戻って時計に目を遣ると
もう、二時前になっている

七時前なら、もう、既に手遅れ
十時前なら、まだ、三十分はある
今から救急車を呼べば、間に合うかも知れない
しかし、呼んだところで
直ぐに来るかどうかも分からない
また、何処へ連れて行かれるとも知れない
ひろ子の額、口に唇を押し当てた
これが最後の口づけなのかどうか
わからない
苦痛があるのかどうか
眠っているばかり
それとも、夢をみているのだろうか
脳内出血なのか、それとも脳梗塞か
何れにしても、もう元に戻ることはない

この部屋は何処なのか、何処に在るのか
いや、何処をさ迷ってるのだろう
今、目の前に在るのは過去か
それとも、未来か
ゆっくりと流れる時間
何処に向かっているのか
もう既に
ひろ子は此処にいないかも知れない
唇を離せば
永遠の別れとなるのだろうか

しかし、心の片隅で
何かが、突き動かす
ひろ子はただ、疲れて
眠っているだけかも知れない
一日でも長く生きてほしい
もう少し

幸せというものを味わってほしい
誰よりも、幸せにしてやりたい
ここで諦めたら、全てが水の泡となる

しかし現実が、心に吹き荒ぶ
脳内出血にしろ、脳梗塞にしろ
これで五度目か
脳内出血なら、また頭に穴を開けられる
脳梗塞なら、打つ手はない
今、横たわるひろ子のように
意識は戻らないだろう
この部屋は、もう此処にはない
窓の外の世界から遊離している
カーテンが揺れ
現実に引き戻される
顔に刻まれたひろ子の生涯
ひろ子の若い頃

幼い頃の顔が目に浮かぶ
つらいことも、嬉しいことも
あっただろう
悲しい涙も、幸せの涙も
流したことだろう
眼尻から滲む涙を、そっと拭いてやった
そして
ひろ子
と、呟いた

第四章

1

目で追うその秒針の速さは凄まじいもので、残された時間は刻々と食い潰されていき、目の前に迫った現実、判断に急き立てられる。そしてそれは、後戻りのできない、取り返しのつかない、ひろ子の生死、運命を左右する厳しい瞬間の連続で、その酷な判断に迫られ、逃げる訳にもいかず、しかも、誰に言うこともできず、俺の一存に委ねられているのが耐えられない。手の平にあるひろ子の命、俺が人の命を左右する責任を負わなければならない重圧に打ちひしがれ、泣き叫びたい衝動に駆られる。そして、この穏やかなひろ子の寝顔が、反って、無言で訴えてくる。

義理の姉は、朝方六時頃に倒れているのを発見され、直ぐに救急車を呼んで病院に運ばれたが、脳梗塞の治療開始までは既に六時間が経過しており、少しは持ち直したものの、結果的に手遅れとなり亡くなった。

夕食後、ひろ子が、介護士が帰った後の七時過ぎに倒れたのなら、もう既に七時間が経過しており、脳梗塞発症の生命線の時間を既に超えており、今すぐに手当てをしたとしても助かる見込みはない。また、仮に命は取り留めたとしても、意識の戻らない寝たきり、植物人間同然の地獄の日々が待ち受けているのは目に見えている。しかし、帰って来てひろ子が倒れているのを発見した十時なら、四時間が経過していることになるが、直ぐに応急処置を施すことができれば、まだ助かる可能性はあるかも知れない。

無意識なのかどうか、携帯電話を手にする自分に気が付くが、指が、動かない。また自分でも、何を躊躇っているのか、よく分からない。今、救急車を呼ばなければ助かる見込みは皆無であることは百も承知しているが、何が邪魔をしているのか、と頭の中は逡巡するだけで、湧き出る想念は直ちに打ち消され、一向に行動に出られない。また、このままひろ子を見捨てるのか、と別の声も責め立ててくる。

静まり返った部屋の中に、青白いひろ子の顔だけが浮かんでおり、生と死の境をさ迷うひろ子は、正にこの世、この世界、この宇宙の中心である。ひろ子の死とともに、この世界は、俺をも飲み込んで、消滅する。それはひろ子がこの世に生まれる前のことであり、無の世界でもある。

何もない、その何も無かったことすら、痕跡もない。そもそも、ひろ子と俺が存在していることも、疑わしい。

電話は手の平にあり、目を番号に落としてはいるものの、頭に去来するものは是か非かのうねりであり、綱引きのように均衡は破られない。

脳梗塞二回、脳内出血二回、そして、てんかん発作。

目まぐるしく頭の中はかき乱され、片や、肯定の想念がなだれ込み、引きずられ、指は発信ボタンの上で何かに突き動かされるのを待っている。それは、ひろ子の命の叫びか。

前回倒れたあと、実家に帰ったひろ子は、一日中横になっていたが、それでも少しずつ良くなっていったではないか。

その時、

《ひろ子、聞こえるか》

目は少し開いたままだったが、反応はなかった。

《手を握ってみ》

左手はくの字に曲がったままで、右手は弱々しいが、握り返してきた気がした。

《よしよし、分かってるんやな、手を上げてみ》

目は少し見開いたが、上を向いて何を見ているのか分からなかった、しかし言っていることは分かるのか、腕を持ち上げて手を押し付けてきた。

《こっち向いてみ、俺が誰か分かるか》

首はそのままで眼を此方に動かしたものの、誰なのかを認識しているかどうか、読み取れない。

《分かるんやったら瞬きしてみ。手を握ってみ》

蠟人形のように身動き一つしない、いや、できないひろ子だったが、意識はある、血は通っている、パチパチと瞼を動かしたが、手の温もりも伝わってくる。

二回目の脳内出血の後の診察では、胃に管を入れて栄養を摂取する「胃ろう」の造設を医師から覚悟するように言われたが、まだこのうえに頭だけではなく、胃にまで穴を開けられるのかと抵抗を感じた。管を通してしまえば口からの摂取は無くなり、人間としての食べる喜び、唯一の生きている実感を諦めざるを得ないのかと、涙が零れそうになった。

それでも、少しずつではあるが、日に日に麻痺は軽減していき、流動食も口から摂れるようになり、ストローで水も飲めるようになっていった。

《ごっくんするんやで、よしよし》

ひろ子の返事はなかったが、右手でコップを口元まで運び、水を吸い上げて「ごっくん」している姿を見ていると、このまま回復して話せるようになるかも知れない、と希望が持て、目の前の暗雲から光が差し込むのが感じられた。

しかし、その束の間の微かな喜びも、予期しなかった痙攣発作で一瞬にして断ち切られてしまった。朝に、食事をしようとひろ子の顔を見ると、目は左に傾いており流動食も受け付けなかった。身体は硬直し、呼びかけにも反応しない。このまま意識は戻らないのか、と危惧し慌てたが、国立病院の医師が緊急の事態に備えて地域の病院と連携を取ってくれていたお陰で、運よく連携先の病院に救急車で運ばれ、そのまま入院し、緊急治療を施してもらう事ができた。もし連携が取れていなければ、何処の病院に搬送されていたかも知れず、また頭に管を挿入されていた事だろう。

《ツヨシ先生こんばんは、ひろ子は「胃ろう」の手術を終え、また実家に戻り、地域のリハビリ病院に通う予定です。なんか振り回されてるようやけど、そうではない。救急で連携の取れてる病院を出たあと地域のリハビリ病院に転院したんやけど、その病院の医師から「胃ろう」の決断を迫られ、手術をしたら二カ月はその病院から出られないと言われて不安を感じ、国立病院に転院して決めたいと拒否したんや。

そして、国立病院では安心して先生の判断に任すことができた。やっぱり、安心して任せられる治療、これが患者側にとって一番ありがたい。今回、何回も転院したけど、こんな事はほぼ有り得ない、不可能なことだと思うけど、これからの患者にとっては重要なことだと思う。それの先駆者がツヨシ先生なのだと感謝してます。患者の権利を行使できた初めての例かも》

《ご報告ありがとうございます。結局「胃ろう」を造設されたのですね。しかし、ご納得、ご安心の上での手術であったのなら良かったです。僕も安心しました。

短期間での複数回の転院、これも仰る通り本当に難しいことです。今の僕の病院でも、他の病院に転院できずに入院延長を余儀なくされている患者さんがたくさんいらっしゃいます。今回の転院は国立病院の先生がよほど努力されたのだと思います。
　また、初、は少し言い過ぎではありますが、本当に珍しい例だと思います。国立病院に素晴らしい先生がいらっしゃり、かずきさんが諦めずに先生に相談されたからこそ、成り立った奇跡ですね》
《奇跡、そう、有り得ない話。結局患者の権利、セカンドオピニオンは有名無実、医療側がそれを許さないのが現実なんや。是非ともこの悪習の壁をぶち壊して欲しい、ツヨシ先生》
《確かに、患者の権利が行使されるのが奇跡と言うのはおかしいですね。僕も医療側の人間ではありますが、これはぶち破らないといけない現実だと思います》
　市立病院系列の施設を患者の権利を行使して脱出し、他院、他科と連携の取れた病院に搬送されたお陰で、的確な検査、処置によって、幸いにもひろ子のてんかん発作は大事には至らなかった。

2

　何処の病院に運び込まれるか分からない、市立病院系列の救急を外れる保証は何もない。レベルの低い、杜撰な、連携を取らない脳外科医に当たったら、と思うと、ひろ子をこのまま、そっと寝かしておいてやるのが一番良いのかも知れない、と指先が少し震えるが、しかし、押し止められる。
それでも、国立病院系列の救急病院に運び込まれたら、と思うと、発信ボタンの上で指は躊躇う。これまでより良くなることは殆ど望めないが、それでも意識だけでもあれば、という万が一の望みが、指を突き動かす。また、諦めてはならない、ひろ子を見捨てる気か、という声も聞こえ、頭の中で渦巻く。
時計の針は間断なく、急き立てるように、この狭くてうす暗い部屋の中の、二人だけの密室の出来事を、俺の手の平にあるひろ子の運命を左右する決断の生き証人として、鋭い音を立てて衝いてくる。
《見殺す気か》
《何故ボタンを押さない》
《時間がないぞ》
《後悔するぞ》
《見てるぞ》
と棚に並んだサトシ、ひろ子のお父さん、それにひろ子の愛犬の遺骨までが語りかけてくる。
そして絶え間なく、追い立てるように、
《チッ　チッ　チッ　チッ》

また、近くで、救急車のサイレンが止んだ。受け入れ先の病院が見つからないのだろう。そして、それと同時に、「119」の番号を入力した指先が発信ボタンの上で戸惑い、硬直し、微かに震えるが、動かない。

救急車を呼んだところで、受け入れ先の病院が見つかるとも限らない。前回ひろ子が倒れたときも、夜中の二時頃で、救急車の中で長い時間待たされた。仮にひろ子が倒れて四時間なら、猶予は三十分しかない。救急隊員が到着するまで早くて十分、病院を探すのに二十分、検査に二十分、最短で治療開始まで五十分。今すぐに電話をしても四時間半は超えてしまい、命は取り留めたとしても、生きる屍として戻ってくるだけだろう。

近くで停まった救急車のサイレンは鳴り響かず、部屋の中は重苦しい静寂が垂れ込め、秒針だけが耳を衝く。

いっそのこと、このまま静かに眠りについた方が良いのかも知れない。その方が、反って苦しい思いもせず、知らぬまま、幸せな夢を見たまま逝くのがひろ子にとっては最善のことなのかも知れない。その上、ひろ子も、哀れな姿を人目に晒したくないと思っているに違いない。もしかしたら、ひろ子も俺と同じように感じ、思っているとしても不思議ではない。それは、女性であるが故に。また、ひろ子の穏やかな寝顔が窓からの明かりにほんのりと浮いており、棚に並んだ遺骨も優しい眼差しでひろ子を見守っており、もう既に、みんな幸せな笑顔に溢れて、抱き締め合っているようにも思える。

いや、その方が、俺にとっても……。


この戸惑いは誰のためか、ひろ子のためか、それとも自分のためか。ひろ子の幸せを願ってのことなのか、それとも俺の身勝手な独善なのか、分からない。何も知らないひろ子の寝顔、たとえこの世界に舞い戻ってきたところで、待ち受けているのは人間としての屈辱でしかない。そして自分にとっても、全てを犠牲にしなければならない、地獄の介護の日々が待っている。目は指先に釘付けになったまま、時計に急かされて焦れば焦るほど、頭の中は混乱するばかりで、この一年半の介護の苦労が怒濤のように押し寄せ、そして、全てを根こそぎ引きさらってしまう。

いつ終わるとも知れない底のない、先の見えない介護。脳梗塞、脳内出血、そしててんかん発作。倒れる度に平穏な日常から奈落の底に突き落とされ、ひろ子の回復と共に夢見心地で天国に舞い上がり、そしてまた、さらに深い地獄の底に真っ逆さまに突き落とされることの繰り返し。言うまでもなく、てんかん発作の時は、もうひろ子は戻って来ないと覚悟を決めざるを得なかった。

てんかん発作を起こした時は、地域の病院と連携が取れていたこともあり、最善の処置を施してもらい大事には至らなかったが、しかし、度重なる脳への損傷は意識低下を来し、辛うじて一命を取り留めたものの、四肢は硬直し食べ物も口からの摂取は困難となり「胃ろう」を余儀なくされた。

国立病院で「胃ろう」の手術を受けた後も実家に戻り、地域の病院と連携を取ってもらい、緊急時に対しては安心できたが、薬を止めているため、いつ発症するとも知れない梗塞か内出血、又はてんかん発作の恐怖に怯え、実家にひろ子の顔を見に行く道中は不安と期待が錯綜し《なるようにしかならない、事が起これはその時のこと、その時になってから考えよう》と開き直って、頭の中のモヤモヤを払拭した。

《家に帰りたい。もう帰るの、もうちょっと居て》と、最初に実家に戻ったとき、ひろ子はか細い声でそう呟いた。《もうちょっとしたら家に戻るしな。それまで頑張ってリハビリするんやで、な、分かったか》と慰めるしかなかったが、微かに肯いたのを見て、それがひろ子の望みなのか、それとも、最後の安らぎの場所を求めているのか、と複雑な思いに駆られた。ひろ子は実家で気の置けない母、姉、姪の世話になっているにもかかわらず、それでも家に帰りたい、と懇願するように吐露し、涙を浮かべた。

しかし、ひろ子の実家にいつまでも世話になる訳にもいかず、一日でも早くひろ子を家に連れ戻してやろうと家のマンションにエレベーターを設置し、リハビリ施設への送り迎えに介護車を購入した。その時、果たして車の使用、エレベーターの利用ができる日は来るのかと迷ったが、ここで諦めてはいけない、無駄になっても構わない、ひろ子を連れて温泉に行くのだ、と心に決めて思い切った。

涙が溢れる。それがひろ子の目もとに零れ、悲し気に、泣いているように、頬を伝う。そして、ひろ子の頭に手をやり撫ぜてやったが、陥没したところで、指が止まる。


実家から家に連れ戻してからは、四六時中目を離すことはできず、また、決して安心できるような状態ではなかったが、何よりも、リハビリ病院系列の施設、病院から離れたのが、これからの事を思うと、心が安らいだ。これ以上悪くはならない、後は脳内出血と脳梗塞を避けることができれば、完全に元の身体に戻ることはないとしても、寝たきりだけは避けられるだろう。意識さえあれば、人として普通に生きられる、と希望を持つことができた。そして週の内三泊四日は近くの介護施設に車椅子で通院し、リハビリもできるだけ多く入れた。口に入れる物を嚥下することもできず「胃ろう」も外せないだろうと覚悟したが、それでも日に日に、少しずつ飲み物も喉を通るようになり、呼び掛けに対する反応も増えていき、このまま回復するのではないかと期待が持てる毎日だった。

というより、裏返すと、そう思わなければやり切れない、続かないのが介護生活の辛いところでもある。介護はする方もされる方も、お互いに気を遣う苦痛以外の何物でもない。そうであるから、たとえ親、兄弟の世話になっても気がねし、気苦労ばかりが積み重なり、誰に遠慮もしない夫婦の元、「我が家」に帰りたくなるのが人情である。また、たとえ我が子に看てもらったとしても、長くは続かず、徐々に確執が生まれ、果てには憎しみすら生まれ、こんなことなら施設に入った方がゆっくり余生を過ごせる、となる。しかし、金銭に余裕があれば施設に入ることも可能だが、無ければ、それは地獄以外の何ものでもない。世間によくある介護疲れによる殺人は「楽にしてやりたい」なのか、それとも「楽になりたい」なのか、その人にしか分からない心の闇であり、経験のない第三者、他人が安易に批判するものではない。誰も親に手を下したい者などいるはずもないが、そうせざるを得ないのが、介護地獄なのだろう。

また、凡そ介護に美談など有り得ない。まして寝たきりで、意識の無い人の介護なら猶更のことだろう。味わう喜びも感じられない「胃ろう」による栄養補給、お互いに苦痛でしかないオムツ交換、硬直した四肢をほぐすリハビリ、洗髪、足浴、体の清拭、などなど。これが赤ちゃんなら苦も無く、笑顔を見て、喜びを感じて世話できるが、まるで反応のない蠟人形を介護するような、生きているのかどうかも分からない、来る日も来る日も変化のない、先の無い、意味のない介護に疲弊してしまうのは人の常であり、親、兄弟、血の繋がった者への介護ですら、余裕があれば施設に預けてしまうが、まして他人への介護が冷淡になるのは止むを得ない。施設での事件が多いのも、ある意味理解できる。しかし、明日、目的が見えれば頑張りようもあるが、遅かれ早かれ、死を免れられる筈もないのに、「何のために」「生きるって何だろう」という考えに陥ってしまう。

このまま静かに眠らせてやろうか。

安楽死か、それとも、尊厳死か。

硬直した指先が動かない、というより、ひろ子の、人間としての尊厳を思えば、このままそっとしておいてやるのが、俺の為ではなく、ひろ子の幸せではないだろうか、と指先を押し止める。

しかし、時間は待ってくれない。刻々と弛みなく打つ音は、この世界の真理を突き付けられているようで、非情である。窓の外は時間が止まったように静まり返っており、ひろ子も死んだように眠っている。誰もいない、混乱した頭の芯に、ボタンを押せ、と突き刺さるように、迫るように責め立てられる。

しかし、真のひろ子の幸せと自分の辛苦がせめぎあい、心の中で葛藤し、堂々巡りを繰り返して収集がつかない。引いては寄せる波が岩礁で破裂し飛び散るように、次から次と、躊躇う自分を責めるように、発信しなければ安楽死、殺人者になるのか、それとも、ひろ子の尊厳より自分の罪を免れるためか、との非難の声が浮いては沈み、掻き乱す。

それでも、非情にも時間は流れていく。錯乱した、追い詰められた精神にも、ふと我に返ると、一瞬ではあるが凪が訪れ、冷静に思いを巡らすこともできた。

そして、時計の針を見ると、二時半を指しており、限界の四時間半になってしまった。

しかし、俺はひろ子より七歳年上だから、恐らく、俺が先に死ぬのは避けられない。仮にひろ子が病院から戻って来たとしても、それも意識があるかどうかも分からないが、寝たきりのひろ子を看取ってやることはできないだろう。

もしひろ子より先に死んだら、一体誰がひろ子の面倒を見るのだろう。今、ボタンを押さなかったら、ひろ子はこれ以上の苦しみ、悲しみを味わうことはないだろう、と思うと指先が凍り、苦渋の選択に耐えきれず、動かない。

ボタンを押せば、良くて植物人間に近い状態で戻って来るのは明らかで、何れ施設に預けられるのは目に見えている。しかし、訪ねる者もない施設で、一人孤独に死んでいくのかと思うと、今ここで息を引き取った方がひろ子にとっては幸せなのではないか……、そして、俺にとってもひろ子の最期を看取ってやれる……。


この一年半、殆ど諦めかけていたのが、ひろ子は奇跡的に回復し、意識は清明になり、右手も字を書けるほどになり、携帯電話も使えるようになっていた。それ故、日々の介護も少しずつ軽減されていき、先の見えない苦渋から解放され、油断が、魔が差すように、忍び込んだのだろう。

しかし、一時たりともひろ子のことを蔑ろにしたり、忘れた訳でもない。四六時中、朝に起きてから夜に寝るまで、食事から下の世話、体の清拭、着替えなど、片時も離れず傍に居てやった。ただ、介護士に任せ、ひろ子が寝るのを見計らって、息抜きのために外出するようになったのも事実だった。しかしそれは、言い訳ではなく、ひろ子より先に死ぬ訳にはいかない、或いは自分が倒れることも許されない、少しでも長生きしなければならない、と息の詰まる時間から解放される必要があった。また、そうしなければ、果てしない介護疲れで自分が先に逝ってしまうかも知れない、或いは、ひろ子に対する憎悪さえ芽生えかねないと思った。

しかし、酒を飲んでいる間でも、心の片隅にはひろ子の顔が離れず、いつ症状が再発するかと怯えていた。脳梗塞か脳内出血か、それとも痙攣発作か。再発を避けるため、諸刃の剣の薬は服用することができず、只々、無防備に、綱渡りのような日々を過ごさざるを得ず、ひろ子より一日でも長く、それがたとえ意識のない寝たきりであっても、最期の時は傍にいてやりたい、手を握ったまま逝かしてやりたい、と自分に言い聞かせていた。

それでも、ひろ子のことを一瞬でも忘れた報いか、少しでも気持ちが離れた罰か、後ろめたさ、後悔が心に重くのしかかり、俺にはこれが精一杯だった、と申し訳ない気持ちでひろ子の顔に手を当てた。仄かに伝わるひろ子の生気、ひろ子の一生が閉じた瞼に映り、コマ送りのように流れていく。

コーヒーを飲みながら笑ってる

父親との別れのとき、涙が頬を伝う
怒った顔はかわいい
熱で寝込んで、布団を頭まで被ってる
夕暮れ、旅行かばんを引いて帰って来る
家に帰ると、笑顔で《ただいま》
ワンちゃんたちと楽しそうに散歩をしている
鼻に汗をふかして洗濯物を干している
お酒はビールが一番
結婚、離婚、そして結婚
縄跳びで走ってる
犬に噛まれて脛の皮膚が剝がれた
温泉に浸かって物思いに耽ってる
ふてくされて、怒ってる
脳梗塞、脳内出血で倒れて入院
家に帰りたい、いつ帰るの、と紙に書いた

ひろ子は幸せだったのか、それとも苦労の、悲しい生涯だったのか、今はどう思ってるのだろう。かけがえのないひろ子。この世界でただ一人、傍に一人いたら、それだけで誰よりも幸せではないか。そして、胸の上に置いたひろ子の手を強く、優しく握り締め、心から、慈しんだ。

部屋の近くで停まっていた救急車がサイレンを鳴らしたのを耳にして、ひろ子を前にした自分に戻った。部屋に響くサイレンが微かに遠ざかっていく。救急車は国立大学病院の方に向かったようで、救急車の中に横たわる患者をひろ子に重ねると、仄かに安堵の念が湧き起こり、発信ボタンを押した。しかし、押した理由が分からない。自分の意志なのか、それとも何かに突き動かされたのか、分からない。

時計の針は二時半を指している。

ひろ子を抱きかかえ、倒れていた所に戻そうとした。うす暗い部屋は窓の外からは見えない、他に誰も見ていないが、棚に並んだ遺骨の視線がひしひしと伝わってきて、何故もっと早くボタンを押さなかったのか、と責め立てる。しかし、眠っているひろ子はだらりとしており、思うように起こすことができない。両手、両足は砂の入った布袋のように微塵も動かない。そしてひろ子の悲しげな顔が眼に入ったとき、力が抜けてしまい、ひろ子の唇に顔を埋めた。

救急車のサイレンが徐々に大きくなり、部屋に響き渡る。そして、床に倒れたように横たわるひろ子を前に呆然としていると、サイレンはひろ子と俺の運命を決するように、俺に判決を下すように、家の前で、止んだ。

さようなら、ひろ子

3

《木村ひろ子さん、奥さんは救急車の中で息を引き取られたのですが、記録では、貴方が救急車を呼ばれたのは夜中の二時半、奥さんが亡くなられたのが三時十五分。貴方は家に何時に帰って来られたのですか》
《夜中の一時過ぎだと思います》
薄汚れた白い壁の取調室。窓はなく、天井に蛍光灯がぶら下がっており、空気は澱んでいる。
ひろ子が亡くなって一カ月後の朝方、三人の刑事が家に来て開口一番、
《洛北警察署の者ですが、木村かずきさんですか、間違いありませんか》
《そうですけど》

《ちょっと事情をお伺いしたいので、署までご同行お願いできますか》
《何のことですか》
《奥さんはどの部屋で倒れておられたのですか、ちょっとその場所を見せてもらえますか》
《いや、何の権利があって、いきなり、お断りします》
《拒否されると、不利になりますよ》
《不利になるもならないも、いったい私が何をしたと言うんです、なんにも身に覚えはない》
《いや、奥さんの死亡保険金の受取人はあなたになっていますね、それを先日に引き出そうとされましたね》
《それがどうしたと言うんですか、保険金を払ってるんだから当然のことだろ、保険金詐欺とでも言いたいのか、失礼な》
《だから、その辺の経緯、事情をお伺いしたいんです》
《保険に入ったのはひろ子であって、私は全く知らなかった。訊きたいなら、私ではなく、ひろ子に訊いてくれ》
《ひろ子さんはもう亡くなられていますから、訊く訳にもいきません。第一発見者はあなたしかいませんので、それに、救急車にも一緒に乗られてますから、一部始終ご存じの筈です》
《いや、ひろ子は救急車の中で、脳梗塞で倒れて、病院に間に合わなかったから》
《ですから、奥さんは何時頃に倒れられたのか、お聴きしたいんです》

《えーっと、帰って来た時は既に床に倒れていましたから》
気持ちの動揺とは裏腹に、何事も無かったかのように愛犬のあーちゃんは軽い寝息を立てて眠っている。このまま連行されれば、老犬のあーちゃんを誰が世話するのだろう、と不憫さが頭を掠め、入り口のドアを挟んで刑事と対峙した。
刑事の肩越しには家の屋根や大学の学舎が見え、遠くには西の山々がすっきりと望め、朝の冷ややかな空気が顔を撫ぜる。しかし、住み慣れたこの街が見知らぬ他国のような錯覚に襲われ、ひろ子をベッドから倒れていた床に戻した記憶が蘇る。
年の頃なら五十前後の恰幅のある、一種独特の威圧感で見下されているようで、ひろ子が倒れた部屋に心が動いたのも見逃さないとばかりに、眼鏡の奥から此方の眼を見据えている。
《部屋はそっちですか、ちょっと入らしてもらいます》
《いや、断る。何の権利があって、理不尽にも程がある》
少し詰め寄った刑事に立ち塞がるように眼鏡の奥を注視するが、目を逸らすまいとする緊張感まで読まれているようで、微妙に揺れる心の動きが眼に表れる。
家に戻ってから救急車で運ばれるまでの四時間半が、この沈黙の、瞬きほどの間に描写される。何故ひろ子をベッドから倒れていた床に戻したのか、自分でも分からない。空白の長い苦しい時間が一瞬の行動に凝縮されたが、その動機には、説明がつかない。この世に生まれて整然と積み重ねられてきた記憶が、風船が破裂するように一気に爆発し、混沌とした。その時、何かの意図を持ってひろ子をベッドから下ろしたのか、いや違う、ひろ子を抱きかかえる自分に従っただけで、原因と結果が転倒、錯綜していた。

そして沈黙の後、しびれを切らしたように、「お気の毒さま」とでも言わんばかりの顔色をして、刑事は背広の内ポケットに手を差し入れ、そしておもむろに「逮捕状」を差し出した。映画などでしか見たことのない「逮捕状」。他人事ではない、自分に突き付けられ、これまでに培ってきた人生の何もかもが一瞬にして瓦解していくのを感じた。あーちゃんは、会社は、自分の周りの者は一体どうなるのだろう、と頭の中は混乱と焦りで眩暈のように渦巻いた。そして、眼に映る街や山並みはよそよそしく、殆ど一瞬に、芥のような自分の存在をこの世界から葬り去ろうとしている。また、果てしない澄んだ青空は澱んだ心の奥に沁み込むが、反ってその果てしなさが、自分を無にする。明日になれば、自分は過去の人、それも遠い遠い過去かも知れない。古びた、色褪せた一枚の写真が風に舞い、何処かへ消えていく。その顔写真は何かを訴えるように語り掛けているが、遠くて、聞こえない。

逮捕状を読み上げた刑事は粛々と、事務的に手錠を掛け、白い腰縄を巻いた。そして何も話すこともなく連行し、マンションの部屋から出るときに《人の目があるので隠しましょうか》と人目を気遣って言ったが、《いや、人に後ろ指を指されるようなことはしていないので、別に構わない》と精一杯見栄を張った。
　重厚な金属が手に触れたときの冷たい感触は、言葉に表しようがなく、手足を縛られて身動きができないだけではなく、口も頭も、心まで圧し潰されたような気がした。人の尊厳を、精神まで否応なく踏みにじる手錠、そして腰縄。もがくことも、抗うこともままならず、俎板の鯉のように板前、権力の手に委ねられ、この世界から完全に隔離された自分の目から見る風景は、時間が止まったように茫然と、色彩が薄れた白黒の世界が、目の前に広がる。そして、両脇を刑事に固められ、腰縄を握られた車の窓から見える街は、古い記憶を眺めているようで、頭の中は空っぽになり、目は虚ろに開いているだけだった。

《夜中の一時過ぎに帰って来られて奥さんが倒れているのを発見されたということですが、救急車を呼ばれたのが二時半。凡そ一時間半経っているんですが、なぜ直ぐに救急車を呼ばなかったのですか》
《いや、気が動転して、何をして良いのか分からなかったんです。これまでに四回も倒れて救急車を呼んだこともあるんですけど、搬送先を間違えれば助かるものも助からないので、倒れた原因を自分なりに考えたんです》
　机を前に向かい合った刑事は、録音機を横に事情調書に記載していく。また、取調室の入り口のドアにはもう一人の刑事が立ちはだかり、完全に身柄を拘束されている自分の状況、立場が尋常ではないのを受け入れざるを得ず、事の重大さがひしひしと伝わり、刑事が何を訊き出そうとしているのか警戒し、空白の四時間半を順を追って想い巡らし、言葉を慎重に選んだ。

《貴方が帰られたのが夜中の一時過ぎということですが、何時に家を出られたのですか》

《七時頃です。いつものように介護士さんがひろ子の身の回りの世話や食事を終えて帰るのが七時ですから、そのちょっと前に出ました》

《その時、奥さんはどんな様子でしたか》

《いつものように普通に元気にしていました》

《貴方は、いつもその時間に出掛けられるんですか》

《いつもではありません、時々です》

《週にどれくらい、出掛けられるんですか》

《まあ、二、三回ぐらいです》

《何処に行かれるんですか》

《何処に行こうが、何をしようが私の勝手でしょう、答える必要はないでしょう、拒否します》

《それでは、此処は否認ということで……》

《いや、ちょっと待ってください……。出掛けたときは、いつものように介護士さんから報告

があります、七時過ぎに》
話せば話すほど辻褄が合わなくなり、不利になっていくのが焦りに変わる。また、刑事が何を調べようとしているのか掴めず、誘導尋問に引っ掛かっているような気がし、疑惑、警戒心で身構え、答えるのも一々慎重になり、時間がかかる。室の空気は澱み、無言の沈黙が流れ、反って、刑事との間に軋轢が入り、火花を散らす。
《では、七時過ぎから帰られるまでの六時間は何処で何をされてたんですか、いつもそんなふうに遅いんですか》
《いや、いつもではありません。私にも息抜きが必要ですから、食事に出掛けて、その後酒を飲みに行きました》
《では、その夜は、食事をされた店の名前、酒を飲まれた場所と時間を教えてもらえませんか》
《えーっと、食事は近くの居酒屋で、十時過ぎに出てます。その日は少し呑み過ぎたので、色々と頭を整理するため、それと、今後のことも考えるのに当てもなく歩いてました。あっ、その夜は私の実家があった路地裏の家まで歩いて行って、帰りました。往復、行って帰って三時間ぐらいかかります》
《確かに、貴方が居酒屋を出られたのは、調書でも十時過ぎになってます。しかし、調べでは女性と一緒に出られたようですが、その後どうされたんですか》

《いや、今も言ったように、店の前で女性と別れ、一人で実家の方に向かったのです。いや、向かったのではなく、頭を冷やすためにうろうろしている内に、気が付けば実家の近くまで来ていた、ということです。たまにあります》

《本当ですか、間違いありませんか。仮に、店を出て直ぐに帰っていたら発見も早く、奥さんは亡くなることもなかったのでは、直ぐに救急車を呼べば》

《そんなこと言われても。仮定の話をされても、答えようが無いじゃないですか》

《しかし、帰って来られたのが一時過ぎと言われましたから、救急車を呼ぶまでの一時間半も、一体何をされていたのですか、普通なら直ぐに電話するでしょう》

《ですから、倒れた原因が、脳梗塞か脳内出血か、分からなかったので……》

《貴方は、奥さんは何時頃に倒れられたと思いますか》

《そんなこと言われても、家にいた訳でもないので、分かりません》

《先ほど貴方は、介護士さんから連絡があったのは七時過ぎ、と言われましたが、そうなると、戻られたのが一時過ぎということですから、十時から一時までの三時間の空白があります。介護士さんが帰ったあと直ぐに倒れられたのなら、貴方もご存じでしょうが、脳梗塞では厳しい結果になります。また、救急車を呼ばれるまでの一時間半を足すと四時間半が経過しており、殆ど助かる見込みは無いかも知れません》

《しかし、倒れたのが帰る直前の一時頃なら、まだ余裕が有りますから……》

《その通りです。ですから、直ぐに救急車を呼んでいたら間に合ったかも知れないのです。脳梗塞は一刻を争う、時間との戦いで、早ければ早いほど良いのです。貴方も奥さんが脳梗塞で倒れられた経験をお持ちですから、十分ご存じだと思います。それに、貴方は電話で、妻が脳梗塞で倒れた、と仰ってますけど、それなら余計に、辻褄が合わないんです。

その一時間半、何故、急いで電話しなかったのか、聞かせてもらえますか》

《いや、その、言ったところで、どうせ分かってもらえませんから……》

《しかし、そこを説明されないと、このままでは安楽死、殺人行為になります。それに保険金を下ろそうとされましたから、保険金殺人にもなり兼ねません》

《えっ、そんな馬鹿な。私が妻を殺す理由が何処にあるというんだ。保険のことも全く知らなかったことで、妻が勝手に入り、受取人を私にしていただけで、私には関係のない、身に覚えのないことです。妻の遺品を整理していたら出てきたもので、その時は、倒れた時は保険のことなど全く知らなかった》

根も葉もない疑いを一方的にかけられ、しかも有無を言わせず犯人に仕立て上げられていく。逃げ場のない、身動きすら取れず、じわじわと、自分の手で自分の首を絞めているのが分かる。しかし、理不尽な逮捕を受け入れられず、心と体をバラバラに引き千切られたようで、そして怒りのあまり、感情を抑え切れず、悪態をつき、机をひっくり返そうとした。自分の立ち位置もわきまえず、無謀な言動を取る自分に、従わざるを得なかった。

しかし、この日の取り調べは此処までだったが、最後に刑事は「否認」と調書に書き記した。何かが、自分の全てが、世界が崩れていく。そして、手錠の重み、意味が、じわじわと心身に食い込み、蝕んでいく。

住居が定まっていない（住所不定）
証拠隠滅のおそれがある
逃亡のおそれがある

警察署から鉄格子の付いた護送車に乗せられ、裁判所の地下へ連行された。途中、幾つかの警察署を経由したが、手錠をかけられた人が乗り合わせてくる。何の罪で逮捕されたのか知りようもないが、凡その見当は付く。今、自分が何をされ、また、何をしているのか他人事のように眺めているが、手錠をかけられた人が乗り込んでくるのを見て、自分も手錠をかけられている身であることに気付き、これは現実の事なのだ、と夢見心地から覚めた。

各警察署から乗り合わせた犯罪者は一堂に裁判所の地下に集められ、裁判所の決定を待つ。目を真っ赤にした女性、夢遊病者のように歩き回る男性、落ち込んで下を向いたままの人、奇声を発する者、延々と独り言をつぶやいて天井を見つめている人など、檻の中の野獣の如く、蠢く。

そして、これが、一皮剝いた人間の本性なのか、自分もその中の一人なのか、と異様な世界に囚われている自分の姿に茫然とした。

世間、日常とかけ離れた異常な裁判所の地下、湿気を帯びた冷たいコンクリートの壁に掲げられた十日間の勾留延長の理由を目で追った。家はある、隠しているような証拠はない、逃げも隠れもしない、何れにも該当しないから三日間の勾留で終わるだろうと高を括り裁判所の決定を待ったが、青天の霹靂、頭をハンマーで殴られたような、人ひとりを虫けら同然に扱う十日間の勾留延長が下された。何の理由で逮捕されなければならないのか、何の権利があって拘束されなければならないのか、と心で叫んでみても虚しいだけで、その声は権力に跳ね返され、地下から出る時に否応なく手錠をかけられ、一人の人間の無力さを思い知らされる。

警察署に戻される護送車の窓から見える街の景色、自分が置かれた立場とは裏腹に、外の世界はこの世の楽園に見える。自転車に乗った買い物帰りの主婦が颯爽と風を切る、泳ぐように髪が靡く、御苑の樹木の緑葉が陽光を照らしてキラキラと輝く、そして時間がゆったりと流れるスローモーションのような風景。これが、何にも拘束されない自由なのか、としみじみ身につまされた。

留置場は三畳ほどの相部屋で布団と毛布が置かれ、片隅には便器が設置されていた。物陰にならないように全面の鉄格子で、勿論、窓はない。隣には房が二つあるが声だけしか聞こえてこない。警察署から出される粗末な食事は七時、そして九時には消灯となる。

何もすることもなく、寝転んで薄汚れた天井の滲みを見つめていたが、頭の中は、今日一日の出来事を順を追って振り返った。何故こんな所に居るのか、なぜ格子の中に囚われなければならないのか、何かが狂ってる、間違ってる、夢を見ているのか、それとも現実なのか、区別がつかない。

しかし、逮捕された理由は何か、刑事が言った安楽死か、それとも保険金殺人か、いや、そのどちらでもない。まして保険の事など全く知らなかったではないか。

家に戻ったのが十時過ぎ、救急車を呼んだのが二時半、病院が見つからずにひろ子が息を引き取ったのが三時十五分。しかし、何故、ひろ子を倒れていた元の床に戻したのか、なぜ救急車を呼んだのか、自分でも分からない。確かに、辻褄が合わない。刑事が《一時過ぎに帰って来られて、二時半に救急に電話されてますが、なぜ直ぐに電話をされなかったのですか、一時間半も何をしていたのですか》と詰問されたが、正にその通りである。ひろ子を床に戻して救急車を呼んだのはアリバイ作りか、そう疑われても仕方がない。しかし、何のアリバイ、刑事が言う安楽死か、いや、違う。仮に安楽死を選んだのなら、ひろ子を床に戻す必要はなかった、ベッドに寝かせておいてやれば、苦痛もなく、そのまま眠りに就いていたことだろう。しかし、安楽死、罪に問われるのは間違いない。

家に戻ったのが十時過ぎだから、その前に倒れたのなら、救急車を呼ぶまでに四時間半が経っている。しかし、二時半までは迷いに迷って決断が付かなかったが、最後の最後に、運よく国立病院へ運ばれたら、まだ助かる見込みはあると思い、また、それに賭けたからこそ、電話をした。

しかし、救急車の中で四十五分近くも待たされ、挙句の果てに、救急車は前回と同じ市立病院系列の救急病院に向かってしまった。長い四十五分、待たされている間に、脳梗塞の限界である四時間半は既に過ぎ去っていたが、それでも、矢張り諦める訳にも、見捨てる訳にもいかず、僅かの可能性に賭けて発信ボタンを押した。しかし無情にも、生きている証しである鼓動の計測音が止まり、ひろ子は静かに息を引き取った。

ひろ子を楽にしてやろうと思って安楽死を選択したのではない、心の底から湧き上がる、人間としての真摯な思い遣り、慈しみに指が動かされ、奇跡を信じたのである。

しかし、刑事には、家に戻ったのは一時過ぎ、と口を滑らせてしまった。帰ってから一時過ぎまでの三時間が空白で、アリバイがない。裁判所に掲げられていた「証拠隠滅の恐れがある」、「勾留延長」の文字に否が応でもきつく締め付けられる。そして、辻褄の合わない、支離滅裂の想念が堂々巡りをして渦巻き、天井はぐるぐる回り出し、押し潰すように迫ってくる。一人の人間のことなど意にも介さない、まるで、得体の知れない野獣のような国家権力の威力に呑み込まれ、この世界から抹殺されるような恐怖を覚えた。そして猛獣の低い、擦れた唸り声が耳元で喚く、偽証罪、安楽死、保険金殺人、と。

《えーっと、貴方は、三時間ほど当てもなく歩いていたと仰いますが、誰かに会いませんでしたか》
《いや、誰にも。夜中のことなので、誰にも》
留置場から取調室に連行されるとき、家の近くで十時に別れた彼女が事情聴取を受けている机の横を通った。一瞬目と目が合ったが、彼女の眼は手錠に釘付けになったかと思うと直ぐに、眼を逸らすように刑事と向き合った。何か見てはならないものを見てしまった時の驚いた表情が見て取れる。と同時に、自分が情けない囚われの身であることを彼女の目に感じた。彼女が刑事から何を訊かれ、何を話しているのか分からないが、それが反って不安、動揺を誘う。もしも彼女の証言と食い違えば、それは取りも直さず「偽証罪」となり、自分のアリバイが崩れ、「安楽死」、「保険金殺人」の濡れ衣を着せられてしまう。
《その夜、午後十時過ぎ、居酒屋の前でお連れさんの女性と別れたと言われましたが、その後、一緒に何処かへ行かれてませんか》
《いや、その、ちょっと待ってください》
焦る気持ちを刑事に読まれている。しかし、彼女は何と答えているのか、ここで供述に齟齬が生じると「安楽死」の殺人犯にされてしまう、と思うと即座には答えられなかった。
刑事は調書の上にボールペンを立て、返事を待つ。

《えーっと、その夜はいつもより飲んでしまいましたから、居酒屋を出た後、一緒に家の方まで歩いて行き、家の近くで別れました》
《間違いありませんか、で、その後はどうされました》
《いや、家に戻ろうかと思ったんですが、酔いを冷ますため、昨日にも言いましたが、色々と考えることがあって、頭を整理するために、ちょっと歩こうかと思ったんです》
《その時、一人でいる奥さんの事は気にならなかったのですか》
《えっ、いや、ひろ子は、食事の後はいつも、テレビを見たり、雑誌を見たりして、直ぐに寝てますから》
《普段は何時頃寝てられるんですか》
《バラバラですけど、だいたい、八時前後です。もっと遅い時もありますけど》
事実と虚偽が頭の中で入り乱れ、口がすべる。しかし、自分が吐いたのか、それとも吐いた言葉を耳にしてるのか、自分でも分からない。刑事は、自分の目を凝視し、それが嘘か真実か見極めようとしているが、話す度に僅かに逸れる視線をも見逃さない。そして、動揺しているのを刑事に見抜かれている気がする。
《まあ、三時間も何処に居られたのか今のところ分かりませんが、しかし、一時過ぎに戻られたという事ですが、それも、貴方が勝手に言ってるだけで、確かな証拠が有る訳でもありませんしね。戻られたのが十時過ぎだとしても、特に矛盾は起こりませんしね》

《そんなこと言われても、一時過ぎに戻ったのは間違いありませんので、それが真実です》
《いや、確かなことは、順を追っていくと、貴方は七時前に家を出られた。次に、七時過ぎに介護士さんから報告があった。その後、居酒屋で彼女と食事をして十時に店を出て、十時過ぎに彼女と別れた。そして、二時半に救急車を呼ばれた。要するに確かなことは、整理すると、十時過ぎから二時半までの四時間半が空白、謎なんです》
《……そう言われても……、戻ったのは一時過ぎに間違いありませんので……》
《まあ、奥さんが何時に倒れられたのか分かりませんけど、もし、十時過ぎに戻られていたら、早期発見で助かる可能性は相当あったことになります。尤も、一時過ぎに帰られて直ぐに救急車を呼ばれたのだとしたら……それが普通だと思うんですが……、どうも納得がいかないんです》
《いや、それは……、はっきりとは……》
思考が混乱する。今ここで二時半に訂正すればどうなるか。しかし、彼女が電話をしてきた事をどう説明するのか、それより、彼女は電話をかけてきた事を刑事に供述しているのかどうか。それでも、帰宅を二時半に翻せば、空白の時間がさらに増え、辻褄を合わせることはできなくなる。しかし、何故、帰宅を一時過ぎ、と咄嗟に口が滑ったのか。
《えー、それでは、此処に署名をお願いします》
供述書を読み上げられ、調書に署名を求められたが、まるで自白を強要されてるようで、これで良いのか、と署名を躊躇った。また、空疎な箇条書きの文字は真実、心情と乖離しており、真意が全く表に現れず、裏に沈んでしまっている。そして、口が滑った虚偽の証言も含め固められ、外堀を埋められ、じわじわと追い込まれていく。

留置三日目、薄汚れた作業服を着た新米が入ってきた。何の罪を犯したのか訊いてみると、仕事が無くやけ酒をあおり、酔って窓ガラスを破損しただけの事らしい。逮捕された理由もさることながら、気になって身の上話も少し訊いてみたが、軽微な犯罪だったのか、勾留三日間で出て行った。

自分の長い十日間の勾留、さらに保険金殺人罪による延長を思うと、新米は釈放され外の空気を吸える、自由な身になれるのだと想うと、羨ましく感じたが、逆に、自分の身上を顧みると、気が滅入った。

朝の体操時間に留置場の屋上に集められ、外の空気に触れることができるが、四方は壁で塞がれており、唯一見えるのは空ばかりで、目に沁みる青空が、ゆったり流れる雲が、自由に飛ぶ鳥が、反って囚われの身であることを実感させられる。テレビ、ラジオどころか、新聞さえも見ることを許されず、世間の生活音は聞こえてくるが、一人孤島に取り残された畏怖を覚える。

隣の房には長期間勾留の坊主頭、全身入れ墨の老人がいるが、取り調べに連れて行かれる時に目の前を通る。その時に他の房から日常のように《行ってらっしゃい》と声が掛かるが、それに応えて老人も《行ってきます》とおうむ返しに言って連れて行かれる。そして戻って来ると、これも決まり文句のように《どうでしたか》と声が掛かるが、老人は台本を読むように《世間話をしてきただけ、吐いたら出られるが、外へ出たら殺される》と気楽に構えている。恐らく、覚せい剤に絡む事件のようだが、長期間この房に居座るつもりなのは、外より安全なのだろう。

軽微な犯罪者と入れ替わって婦女暴行罪が同房となった。疑われても仕方がない年恰好、風貌だったが、《何をしたの》と訊くと、《なんにもしてない。公衆電話の前で待っていたら、女の子の電話があまりに長いのでドアを軽く蹴っただけ。そしたら次の朝の五時頃に刑事が五、六人来て、土足で部屋の隅々までガサ入れされた。車のトランクまで全て》、《なんでその程度で捕まるの》、《前科があるから》、《どんな前科》、《傷害で》、《それは重罪》、《いや、警察は未解決事件を挙げるために別件逮捕をする。そのため取り調べは未解決事件のことばかりで、これもあれもお前がやったのか、と責め立ててくる》、《ドアを蹴ったことは》、《これっぽっちもない》。

隣のとなりの房には有名な元暴走族のリーダーがいる。年はまだ若いが勾留理由、期間は分からない。屋上で耳にしたことから想像すると警察と取引、他の暴走族の情報を求められているようで、勾留されているにもかかわらず余裕を感じ取れるのは、その所為だろう。さらにもう一人、二十代の若者がいるが、何を犯したのか分からない。多分、他の者との気軽な会話から、長期勾留なのは間違いない。
そしてもう一人、十日間勾留の決定を下された自分がいる。他の留置者から見れば同じように「何を犯したのか」と訝ってるのに違いない。しかし自分には、彼らほどの余裕はない。定められた、強制的な規則正しい勾留生活だが、天井を見つめている時間の感覚は乱れ、「安楽死」の三文字が浮き沈みする。

十時過ぎの帰宅、とは口が裂けても言えない。しかし、口が滑った一時過ぎとしても、二時半までの、一時間半の空白を埋め切れない。刑事は《一時間半も何をしてたのですか、何故すぐに救急車を呼ばなかったのですか》と詰めてくるだろう。しかし実際のところ、自分の行動を理解することができない。ひろ子を倒れていた床に戻したのはひろ子の為なのか、それとも自分の業なのか。いや、救急車を呼んだのは未だ一縷の望みがある、助かる可能性があると踏んだからではないか。しかしそれならば、なぜ十時過ぎ、帰って直ぐに電話をしなかったのだ、ともう一人の自分の声が聞こえる。ひろ子を楽にしてやりたかったのか、それとも奇跡に賭けたのか。しかし、床に戻した理由は、といくら考えても辻褄が合わず、堂々巡りをするだけで、天井はぐるぐる回り、止まることがない。

《もう一度確認しておきます。帰宅されたのは午前一時過ぎ、それで間違いありませんね》
《ええ、その通りです》
《そして、救急車を呼ばれたのが二時半、それは消防署で確認できてます。尤も、奥さんが何時に倒れられたのかは分かりませんが、逆算すると、亡くなられたのが三時十五分、脳梗塞ですから、一般的には四時間半が重篤な結果になるかならないかの分かれ目と言われてますが、六時間前、九時半前後に倒れられたとするのが妥当だと思います。すると、貴方が帰宅されたのが一時過ぎですから、三時間半が経過していた訳で、直ぐに救急車を呼んでいたら助かる確率はかなりあったことになります》
《いや、しかし、仮に……、仮に倒れたのが七時過ぎだとしたら……、既に六時間が経過しており、手遅れだったことになります》
《そうです、しかし何時に倒れられたかは謎ですが、それは貴方にも分からないことで、しかし何れにしても、戻られて直ぐに電話をしていれば、どれだけの後遺症が残るかは分かりませんが、命だけは助かる可能性が高かったことになります》
じわりじわりと追い込まれ、手足をもぎ取られていく。確かに、口が滑った一時過ぎなら、長くて三時間半が経っており、運が良ければ間に合ったことになる。しかし、命だけ生き長らえて何の意味があるというのだ、良くて植物人間になるのが関の山ではないか、もし自分がひろ子より先に死ねば、一体誰がひろ子の面倒を見るというのだ、それよりも、救急車の中で、搬送先の病院が見つからず、一時間近くも待たされ、しかも、助かるものも助からない、市立病院系列の救急病院に向かってしまったではないか、と心の中で反論するが、直ぐに救急車を呼ばなかった言い訳にはならない。それよりも、十時過ぎに戻っていたのだから、ひろ子が倒れているのを見たと同時に電話をしていれば、安楽死を疑われることも無かったことになる。しかし、いくら言い逃れをしようが、刑事が詰め寄る《何故、直ぐに電話をしなかった》に対する説明は辻褄が合わず、自分以外には、殆ど説得力がない。そしてこのままでは、安楽死殺人を認めざるを得ない羽目に陥ってしまう、と焦り、そして焦れば焦るほど、「四時間半」が眩暈のように頭の中で揺れる。

しかし刑事の目は、自分の目に釘付けにされており、僅かに動く視線をも逃さず、心の動揺を見て取っているに違いない。対して、虚言を悟られるのを恐れて、一瞬たりとも刑事の眼から目を離さないようにしたが、また、間を取る、話を逸らす為の故意の咳払い一つも、心の焦りを露呈しているのに気付く。それはまるで蛇に睨まれた蛙のように、身動きが取れず、固まってしまう。そして二人の間に横たわる時間は、遅々として滞る。

そして、家族のこと、会社のこと、周りの者が、何処か知らない遠くの街のようで、乾いた風景が目に映るが、そこに、自分はいない。

《もう一度お訊きしますが、一時過ぎに戻られて、奥さんがベッドの横で倒れられてるのを発

見した、と》
《そうです、車椅子からベッドに移るときに倒れたのだと思います》
《奥さんはいつも一人で寝られるのですか、介助なしで》
《いいえ、いつもではありません。大概は私が手伝うなり、見守るなどしていましたが、その日は遅くなったので、一人で移ろうとしたのか、それとも、車椅子の上で脳梗塞を起こして倒れたのか、なんとも言えません、分かりません》
《しかし、奥さんの既往歴、病歴によると脳梗塞を二回、脳内出血を二回、それにてんかん発作を一回起こされてますが、貴方はどうして脳梗塞だと判断されたのですか、救急車を呼んだ時もそう言われてますが》
《いや、脳内出血を避けるため、脳梗塞を起こさない薬を止めていたので、多分そうだろうと》
《脳梗塞だとしたら、貴方もよくご存じのように、一刻を争いますから、何故すぐに救急車を呼ばなかったのですか》
《…………》
《いや、前の脳内出血の時も戻られてすぐに呼ばれたようですが、なんか、脳梗塞なら特に遅らす理由があるんですか。それとも、家に帰られたのは二時半、ということは無いでしょうね》

《いや、その……、一時過ぎだったと思います》
《そうすると、一時間半もの間、一体、何をされてたのですか、なんか、時間稼ぎでもされてたとしか考えられないんですけど》
《そ、そんな馬鹿な。……な、なんの為に》
《そうです、だから、その理由を聞かせてください。しかし、どのような事情があるにせよ、結果的に安楽死を選ばれたのは間違いのない事実です》
《ちょっと、ちょっと待ってください。なんで私がひろ子を殺さなければならないんですか、一生懸命、朝から晩まで必死に介護をしてきたのに》
《まあ、それはそうかも知れませんが、保険金の受取人になっていて、それを引き出そうとされたのも、紛れもない事実です。それに、貴方が奥さんに加入させたとしても、何ら不思議ではありません》
《しかし、保険のことなど全く知らなかったのも事実です、その時は。後から分かったことで……》
《まあ、色々な見方ができますが、貴方が保険のことを知っていたとしても特に矛盾は起こりません。その上、貴方の会社には多額の借金があり、また、個人的にもかなりの金額のローンが残っているようで》
《会社の借金は事業用の融資で、どんな会社でもあります。個人の分はマンションのローンで、

家賃収入で賄えます》
《しかし、会社も個人も返済が滞ってるようなことはありませんか、それとも、ギリギリだとか。或いは、他にも借金があるとか》
《有りません、そんなもの》
言葉を口にする前に頭の中で咀嚼し、それが矛盾を来さないか、或いは不利にならないか、と目を逸らさず慎重に選んだ。しかし、口が滑った「一時過ぎ」が、取り消せない一言が自分の首を締め付ける。初めに、「二時半頃」と言っておけば、恐らく疑いを掛けられることも無かったことだろう。しかし手遅れ、供述を翻せば、泥沼にはまって抜け出せないのは目に見えている。動かせない事実、「一時過ぎ」から「二時半」までの空白の時間が渦を巻いて迫ってくる。しかし、もう逃げられない、調書に記された「安楽死」から。

次の日、取調室に連行された時、ひろ子の姪が事情聴取を受けている姿が見えた。刑事は姪に何を訊いているのか、姪はなんと答えているのか、最後に姪に会ったことを思い出し、いくら頭を巡らしても何も思い当たる節がないのが、反って疑心暗鬼に陥る。何か重大なことを忘れていないか、と。

《さて、貴方は、一時過ぎに戻られ、奥さんがベッド、若しくは車椅子の横で倒れられてるの

を発見された。これに間違いはありませんね》
《その通りです》
《そうすると、救急車を呼ばれた二時半までの一時間半、何をされていたのか説明してください》
《…………》
《何故、直ぐに電話をされなかったのか》
《いや、帰ってひろ子が倒れているのを見て、びっくりして、何をどうして良いのか分からなかったんです。勿論、反射的に、直ぐに救急車を呼ぼうと思って携帯電話を持ったんですけど、これまで、何回かの経験上、救急車が何処の病院に搬送するのか分からないので、ひろ子の掛かりつけの病院に運ばれるとも限らないので、前回もそうでした。
また直ぐに、ひろ子の掛かりつけの病院に連れて行こうかとも思ったんですが、夜中のことなので、無理と思い諦めました。
病院を間違えば、治るものも治らないのは痛いほど分かっています。
それに、救急車を呼んだところで、直ぐに病院に運ばれるとも限りません。救急車が道路に止まっていることがよくありますが、あれは救急隊員が病院に連絡してるんですが、受け入れてくれる病院がないからです。前回も救急隊員に「早くしてください、時間が無いんです。国立病院の診察券もありますし、お願いします」と必死に言ったんですけど、結局、三十分以上も待たされて、市立病院系列の救急病院に搬送されてしまいました。

それから、少し落ち着くと、ひろ子に毛布を掛けてやり、自分でひろ子を病院まで運ぼうか、とも思ったんですけど、階段もありますし、無理なことです。それよりも、下手に動かしては危険と思い、ひろ子が倒れた原因を考えました。

これで五回目か、脳梗塞か、脳内出血か、痙攣発作か。その度に、奇跡的に回復はしたんですけど、それでも脳は損傷を受けており、左半身は麻痺していました。それと、口から食べれないので「胃ろう」をしていたこともあり、脊髄には水頭症を防ぐためにドレナージが入っており、頭は脳室ドレナージを挿入するときに開けられた穴が二カ所もあって、もう、ボロボロです。たとえ病院に連れて行ったとしても、間に合ったとしても、命は助かったとしても、植物人間は避けられないと思いました。

それから、何時に倒れたのか、何時間経っているのかと考えました。もし、家に帰る直前に倒れたのなら、四時間半まで、まだ時間はあると思い、原因を色々考えました》

《しかし、奥さんが何時頃に倒れられたかは不明ですし、仮に介護士さんの連絡の直後だったら六時間ぐらい。まあ、普段は食事の後に二時間ぐらいは起きておられるとしても、三時間半。そうは思わなかったのですか。というより、そう考える方が自然だと思うのですが。それに、普通なら、倒れている奥さんを見たら、真っ先に救急車を呼ぶでしょう、そんな、考えてる余裕なんか無い筈です》

《確かに、前は直ぐに救急車を呼びました。しかしそれは、私の目の前で倒れたからで、今回は何時に倒れたか分からなかったのですが、刑事さんが仰るように五時間半なら、もう手遅れ。それに救急車を呼んだところで、病院に運ばれるまでに何分かかるか分からないですし、生きて帰って来たとしても、寝たきりの植物人間になるのは間違いないと思いました》
《いや、倒れられた時間は分からないのですから、何れにしても、直ぐに電話をするのが最善の方法ではないんですか。それに、遅らしたところでなんのメリットが有るというのです、一刻を争う、早ければ早いに越したことはないのは百も承知されてた訳ですから》
《…………………》
《その、なんか時間稼ぎをされてたとしか考えられないんです。例えば、保険金目当てとか》
《何を言ってるんですか、保険のことなど全く知らなかった。ひろ子が私に内緒で入ってたんです》
《しかし、受取人は貴方になってますし、懐具合も芳しくないのは明らかで、それに、保険金を下ろそうとされたのは、差し迫った、他に入り用があったからでしょう》
《何も、保険金を当てになんかしてない。それとも、保険証書を破って捨てろとでも言うんですか》
《いやいや、そこまで仰るなら、一時間半も引き延ばした理由を詳しく、納得できるように説明してください》

《…………………》
《どうですか……》
《いや、こんな事を話したところで誰も理解できないに決まってる、刑事さんなら猶更のことです》
《それは、話を聞かないことにはなんとも言えません。しかし、話されなかったら、貴方にとって不利になるのは止むを得ませんので》
《……、実のところ、帰ってひろ子が倒れているのを見て、電話を手にしたことは間違いありません。しかし、電話のボタンを押そうとした時、一瞬、色々なことが頭をよぎりました。救急車を呼んでどうなる、呼ばなかったら、と躊躇いました。
これまでの経験上、呼んだとしても、何処の病院に運ばれるか分からない、しかも、救急車の中で何十分待たされるか見当も付かない。確かに、ひろ子が何時に倒れたか分からないんですが、仮に十時前後だとしたら、それも考えたんですが、既に三時間以上が経っており、待たされる時間と病院のことを考えると、とてもじゃないけど、まともな体で帰って来ることはない、意識さえあるかどうかも分からない、植物人間は覚悟しなければならない、と思いました。これで五回目で、その度に悪くなっていってるので、年齢のこともあって若くはないので、元に戻るとは考えられませんでした。
しかし、それとほぼ同時に、電話をしなければどうなる、との考えも浮かんだのですが、勿論、電話は手に持ったままでしたが、確実にひろ子は死ぬ訳ですから、まあ、今こうして刑事さんに「安楽死が頭にあった」と責められても、それは仕方がないのかも知れません。

倒れたひろ子の眠った顔に手をやり、ただ茫然としていたのですが、ひろ子の生涯、生まれてから、これまでの事が次から次と思い出され、堪え切れずに涙が零れました。

これまで、ひろ子は幸せだったんだろうか、何回も入退院を繰り返し、この十五年もの間、不自由な身体で過ごし、不幸の連続ではなかったのか。それならば、このまま静かに眠らしてやる方が、もうこれ以上の不幸を味わうこともない、それがひろ子にとっては幸せなのかも知れない。どっちみち、意識が戻ることもないから、今がひろ子の最期なのだろう、と顔を撫ぜました。

病院に運んだところで、意識のない寝たきりになるのは目に見えてる。もし、私が先に死んだら、ひろ子の面倒を誰が見るのか、恐らく、厄介者として施設に入れられてしまうだろう。そして、誰からも忘れ去られ、儚い人生に終わってしまうのは明らか、と思いました。

それならば、死ぬも生きるも同じことですから、私が死ぬ前に看取ってやる方が、ひろ子にとっては幸せなのかも知れない。勿論、私にとっても、ひろ子を残しては死んでも死に切れませんから、なんか、自分かひろ子か、どっちの為なのか、頭が混乱してしまいました。

そうこうして迷いに迷い、決断が付かずに堂々巡りをしている間に、どんどん時間は過ぎてしまったのです。刑事さんが言われる、直ぐに電話をしなかったのは、しなかったのではなく、できなかったのです。老人ホームでよく殺人事件が起こりますが、それはそれで悲惨なことで、許せない事なのでしょうが、しかし、犯行に走ってしまうほど、介護の仕事は厳しいのですが、反面、慣れも手伝って、最初の心意気も低下し、感覚が麻痺していくのだと思います。

ただ死を待つだけの、息をしているだけの老人の世話は、先のない、見えない、意味のない仕事となり、患者を蔑ろに、物のように、邪魔者扱いにするようになるのだと思います。しかし、これは実際に経験した者にしか分からないことで、最初は甲斐甲斐しく面倒を見るものの、その内口先だけになり、挙句の果ては厄介者に扱う。そんな身内や施設に、ひろ子を預けるのは耐え難いことで、不憫極まりない、私にはできません。

悩みに悩んで、ふと気が付き、我に返ったのですが、時計の針は二時半を指していました。何がなんだかあまり覚えてないんですが、衝動的に電話をかけたのは、倒れたのが一時前だとすると、まだチャンスがある、病院も希望が叶うかも知れない、奇跡が起こるかもしれない、と一縷の望みに賭けたのだと思います。

しかし、結果は、救急車の中で一時間近くも待たされ、しかも向かった先は、二度、三度と裏切られた市立病院系列の救急病院でした。その時、もう駄目、もうお終い、ひろ子ごめんな、と諦めたのですが、ひろ子が生きている証しの心拍数の機器が無情にも、止まりました。口惜しさと涙、同時に、ひろ子にとってはこれで良かったのだ、と自分に言い聞かせる複雑な心境に、身を任せる以外にありませんでした》

《うーん、何処かで見たような、聞いたような話なんですけど、貴方はこれと似たような内容の小説を書いておられますね。読ましてもらいましたが、筋書きが瓜二つで、今話されたことも小説の最後の場面と似てます。小説は救急車を呼ばれたところで終わってますが、なんか、本を朗読されてるようで、違和感があります。尤も、病院、救急車に対する不信感が主題なんでしょうが、逆に疑問が湧きました。貴方が彼女と別れた十時過ぎから家に戻られる一時過ぎまでの、空白の三時間、貴方は彷徨っていたと言われますが、もしかしたら、家に戻っていたのでは》

《そっ、そんなこと、有りません。小説はフィクションであり、事実とは違います。確かに、子供が脳腫瘍で死んだことや、ひろ子が何回か救急車で運ばれたことはありますが、それを題材にしただけのことで、それも、書いたのは三年も四年も前のことで、架空、想像の話です》

《しかし、救急車を呼ぶのを躊躇った理由が、今の話と符合するのですけど、勿論、時間の長さは三時間ほど違いますが、空白の三時間と一致するのでは……》

《偶然の一致でしょう。別に、今のことを過去に遡って書ける訳でもありませんし、それに、刑事さんは「保険金狙いの安楽死」と決め付けようとしてますが、保険金のことなど微塵も書いてないではないですか。それよりも、実際には救急車を呼んでいる訳ですから、安楽死を選択したことにはならないでしょう》

《まあ、そこは見解の違いになると思いますが、帰って直ぐに救急車を呼んでいたら、それが自然な行動だと考えるんですが、実際にそうしていれば、その安楽死の線も消えるかも知れません。しかし、今のお話では、時間が長過ぎるんです。どう考えても時間稼ぎをされてるとしか思えないんです》
《なんのための時間稼ぎをするんですか》
《いや、それは此方が訊きたいんですけど。例えば、安楽死を選択したとしたら、殺人行為となる。しかしそれでは、保険金は手に入らない。一方、帰って直ぐに電話をかけたとしたら、奥さんが生きて戻って来られる可能性は高い、即ち、死亡保険金ですから、亡くなられない限り、これも保険金は下りない。となると、奥さんが倒れられた時間を凡そ知っていて、脳梗塞の限界が四時間半なのは周知されている通りですから、それを見計らって、もちろん救急車で待たされる時間も計算されて、時間稼ぎをされたとしたら、事件にもならないし、保険金も下りる、となる訳です。まあ、そのように考えるのが合理的であり、特に矛盾も無いと思います》
《……、そんな馬鹿な、私は保険のことなど全く知りませんでした》
《まあ、知っていたかどうかは貴方の胸三寸ですから、貴方が自白するかどうかの問題です。しかし、それを、知らなかった、をどうやって証明するのか、至難の業だと思います。
ところで、仮に保険のことを知らなかったとしても、安楽死の疑いを払拭することはできません。貴方は、奥さんが倒れられたのは今回が五回目で、たとえ病院に連れて行ったとしても意識のない寝たきりで戻ってくるだろう、どうせ植物人間になるぐらいならこのまま静かに眠らせてやりたいと思った、と仰ってますが、一時間半も引き延ばしたのは、正に安楽死以外の何物でもありません。

もう一つ、別の見方をすれば、貴方に言わせれば、意味のない介護、まあ大変な苦労をされたと思いますが、それを回避しようとしたのではないか、耐えられなかったのではないか、と想像するのです。言い換えれば、介護疲れで楽になりたい、解放されたいと思ったから救急車を呼ぶのを遅らした、とも考えられます》

《……、そんなこと、根も葉もないことを、刑事さんが勝手に想像してるだけです。介護される者、介護する者、当事者は悲惨であり、地獄なんです。実際に経験してない、そんな状況に置かれたことのない人の無責任な台詞です。

何が地獄かって、植物人間になってしまったら、なんの為に息をしてるのか、なんの為に生きてるのか。また、介護する方もなんの意味、理由があるのか、ただ、死ぬのを待っているだけではないか、ただ先延ばしにしてるだけではないか、と悩むようになるんです。そして、ひろ子にとって最善なことはなんなのか、と真剣に考えるようになるんです。

人の幸せって何だろう、と考えた時、人は遅かれ早かれ、何れ死ぬ、それも確実に。そしてそれは誰も免れることはできない。それならば、人の幸せを考えたとき、そのような意識のない人は自分の意志で死ねないから、病人を幸せ、楽にしてやることができるのは、真心から介護している身内しかいませんので、安楽死で罰せられるのも覚悟の上、自分のことよりも病人のことを優先するのです。いや、追い込まれていくのです》
《そんな身勝手な考えは通用しないでしょう、貴方の独断、エゴです。第一、奥さんは殺してくれと頼んだ訳でもありません、意識は無くても、それも有るかどうか分かりませんが、息を引き取るまでは生きようとした筈です。もし、貴方のような偏見がまかり通ったら、保険金狙いの犯罪が後を絶ちません》
《保険と関係がなかったら、私のように……》
《貴方が保険のことを知ってたかどうかは置いといて、貴方の幸せに関する考え方が尋常ではないんですよ、普通の人からすれば》
《だから、普通の人は病人より我が身が可愛いから、罪を犯したくない、というより、逮捕されたくないので自ら手を下さないのです。もしかしたら、誰かがやってくれたら、ぐらいに思ってるかも知れません》
《何を言ってるんですか、貴方は》
《いや、そんなもんですよ、人間というのは。口では綺麗事を言っても、殆どが偽善です。ただ、それに気が付いてないだけです。尤も、そうでない人もいますけど》
《しかし、貴方こそ、如何にも綺麗事を並べてますけど、奥さんを楽にしてやりたい、幸せにしてやりたいと言いながら、結局は救急車を呼んだのですから、綺麗事では済まされない、安

楽死ではなく、病死を選んだのでしょう。逮捕も免れ、保険金も入る、と。一石二鳥じゃないですか》

《……、いや、何度も言ってるように、保険の事は知りませんでした………》

《貴方は、幸せ幸せ、楽に楽にと、胸にじーんと来るような言葉を並べますが、それも貴方が勝手に思い込んでるだけで、奥さんは、別に奥さんでもなくてもいいんですが、どう思っていたか分からないじゃないですか。貴方が勝手に決め付けてるだけです。意識のない植物人間は死んだも同然、と断言してしまいますが、奇跡が起こることも無きにしも非ずで、皆さんそのように希望を持って頑張っておられるのではないんですか》

《しかし、意識の無い人にどうやって訊けばいいんですか、あるなら、教えてください。仮に医者から余命三日と宣告されたら、それくらいなら同じ気持ちで世話もできるでしょう。しかし、余命は寿命と言われたら、愛情も憎しみに変わると言われるように、初めと同じような気持ちで接することはできなくなるもんです》

《まあ、このような事を貴方と議論しても始まりません。要は、一時間半も、何故、引き延ばしたか、そこの所を裁判官にも分かるように説明して下さい。尤も、貴方が供述された、一時間過ぎに戻られた、としての話ですけど》

「裁判官」という言葉が「殺人犯」に重なり、刑務所が頭に浮かぶ。

《分かりました、順を追って話します。

戻ると、ひろ子が倒れているのを発見しました。その時は、ただびっくりするばかりで、反射的に救急車を呼ばなければならないと思い、電話を手にしました。

しかし、電話のボタンを押そうとしたその時、夢から醒めるように、自分がしようとしていることに気付き、押してどうなる、と思いました。これまでの苦い経験、救急車の中で待たされる、希望の病院に運ばれるとも限らない、と思い出したのです。

ひろ子は二度の脳梗塞、二度の脳内出血、一度てんかん発作を起こしてますから、脳内出血を防ぐために血をサラサラにする脳梗塞防止用の薬を止めていました。医師の説明では、脳梗塞より脳内出血の方が危険、と聞いていましたが、一瞬、脳梗塞かと思ったんですけど、てんかん発作も起こしてるので、何が原因で倒れたのか分からなくなりました。それに、これで五回目で、その度に脳細胞は破壊され、その時でも左半身は麻痺してました。

ひろ子の要介護のレベルは五で、それ以上のものは在りません。要するに、仮に戻って来たとしても、もう打つ手はない、寝たきりの植物人間になるだろうと思いました》

《ちょっと待って下さい。それは貴方の勝手な判断、素人の考えです。そんなことは救命士、病院の医師の判断に任せればよいことで、素人が勝手に判断しては別の問題が起こります》

《しかし、その時、別の問題など考える余裕があると思いますか、糞喰らえです。救急車は仕方がないとしても、何処の病院に連れて行かれるのか分からないのに、それこそ、誤診されたら終わりです。前の病院では、脳内出血だったんですが、ひろ子が倒れた原因を調べもせずに緊急手術をしたんですが、その原因を調べもしなかったから、二回目の脳内出血を引き起こしたんです。もし医師が倒れた原因を調べていたら、二回目の脳内出血は高い確率で防ぐことができてた筈です》

《しかし、その時はそうだったかも知れませんが、今回はまた別の原因かも知れないし、矢張り、素人が勝手に判断したら医療行為違反になりますよ、勝手な判断は。もしその判断が間違っていたら、どう責任を取るのですか》

《間違うも間違わないも、そう思ったんだから仕方がないでしょ。責任がどうのこうの、そんなの関係ありません。今、包み隠さず事実を述べているのであって、口を挟まないで下さい。その時思ったこと、取った行動を順序立てて話してるんで、先ず聞いて下さい》

《それでは、続けてください》

《脳梗塞か、脳内出血か、それとも痙攣発作かと、色々考えました。いや、考えたというより、思い浮かぶのです。それが次から次と堂々巡りを繰り返し、それも悪いことばかりが浮かんでは消え、身動きが取れなくなってしまいました。これまでの苦い経験が邪魔をして、電話をかけるのに二の足を踏んでしまうのです。かけたところでどうなるというのだ、と。

そして、ひろ子にとって何をしてやるべきか、最善の事は何か、幸せってなんだろう、と考えました。

今、ひろ子は眠っている、しかし、永遠にこの眠りから覚めることは無いだろう、もし、生きて戻って来ても、かろうじて意識があったとしても、女として生き恥をさらすのは耐えられないだろう、いっその事、死んだ方がましだった、と思うに違いない。そうだとすれば、このまま何も知らずに、今の幸せのまま、静かに眠らしてやるのが最善のことなのかも知れない、余命がどれくらいになるのか分からないが、その残りの人生はひろ子にとっても、周りの者にとっても苦痛でしかあり得ない、それよりも、反って、疎まれるだけではないか。自分が先に死んだら、誰が面倒を見てやれるというのだ、施設に入れられるのは目に見えてる、それならば、この儘そっとしといてやろうか、今がどれだけの幸せか分からないが、今より良くなることはない、と悩みに悩みました。

しかし、いくら考えても結論が出る筈もなく、同じことの繰り返しでした。また、踏ん切りを付けられずにずるずると時間が過ぎていったのですが、私には時間の感覚は全く有りませんでした。

それでも、ふと時計に目をやると、針は二時半を指してたのですが、自分でも記憶に無いんですが、電話をかけてる自分に気が付いたのです。しかし何故、電話をしたのかは、私にも分かりません》

《うーん、なるほど。しかし何処まで行っても、貴方独自の考え、世界とでもいうのか、奥さんは貴方の私有物でも有りませんし、貴方に、人の生きる権利を奪う権利が、何処に有るというのですか。結果的に、電話をかけたからといって、時間を引き延ばした釈明にはなりません。それならば、帰って直ぐにかけたら良かったのではないですか、普通の話として》
《しかし、ひろ子は何もできない状態じゃないですか、ひろ子が自分で判断できないなら、私がする以外に無いでしょう、他に誰がしてくれるというんです》
《そういうことは病院、医師に任すことですよ、素人が判断するべきことではありません》
《医師にひろ子の命を任せられないから言ってるのです。医師が責任を取ってくれるとでも思ってるんですか、取りませんよ、そんなもの。第一、ひろ子の幸せを願っているのはこの世界で私一人しかいませんしね、苦痛から解放してやるのも愛情じゃないですか》
《しかし、奥さんがもっと生きたいと思ってたら、どう責任を取るんですか、分からないじゃないですか。貴方は殺人を犯したことになるんです》
《ひろ子が生きたいと思ってたかどうか分からないじゃないですか、何故そう決め付けるんです、このまま眠りたいと思ってたかも知れないじゃないですか、無責任な。
　刑事さんは無責任な第三者、私たちは究極の選択を迫られてる当事者なんです、生きるか死ぬかの。関係のない、無責任な他人が口を挟む余地など有りません、御免こうむります。
　大体、人間なんて誰も人の心配などしてませんよ、刑事さん、あなただってそうでしょう。口では真っ当なことを言ってるけど、四六時中二十四時間、寝ても覚めても誰かの心配をしてますか、してないでしょう。もっと言えば、人は自分のことさえも忘れて、気にも掛けず、気楽に生きてるんです。自分以外の人の心配をできる人間なんて、この世にはいませんよ》
《其処まで仰るなら、なぜ電話をかけたのか、説明して下さい、辻褄が合わないんですよ、矛盾してるんです》
《だから、私にも分からない、気が付けばかけてたんです。恐らく、奇跡の奇跡、一縷の望みに賭けたんだと思います》
《そんな身勝手な言い分が通るとでも思ってるんですか》
《そう思ったんだから仕方がないじゃないですか、電話をかけようと思ってかけたのではなく、かけてる自分に気が付いただけです》

眠れない。刑事に言った言葉が空回りする。強大な権力の留置場、天井はぐるぐる回り、ゆっくり、有無を言わせず、今にも手が届く所まで圧し迫ってくる。そして、空白の三時間が、偽証が、獣の咆哮となって耳をつんざく。自分が何故格子の中に居るのか、分からない。これは何かの間違いか、それとも夢の中のことなのか、此処は何処なのか、遠い昔か、それとも遠い未来の出来事なのか、自分は誰なのか、心身が朦朧として身動きが取れない。自分はこのまま抹殺されてしまうのか、永遠に。

ひろ子はもう居ない、自分を置いて遠い所へ旅立ってしまった。自分は独りである、誰も助けてくれない、誰もいない、何も聞こえない、これは現実なのか、もう自分はこの世界にいないのか。

《ひろ子、ごめんな》

湿った空気の取調室に連行され、机の前の冷たい椅子に座らされた。頭は混乱して整理が付かない儘だったが、いくら考えても、思いを巡らしても、救急車を呼んだ理由が見つからない。ひろ子の為か、それとも自分のためか。最後の最後に、何に掻き立てられて衝動的に電話をかけたのか、記憶が曖昧で収拾が付かない。安楽死を選択したと言われれば、その通りかも知れない。しかし、電話をかけたのは自己保身だったのか、いや、違う。

刑事は真剣な眼差しで書類に目を通しており、此方に見向きもしない。時間は止まっているのか、二人の間に漂う湿った空気が、徐々に凍り付いていく。

そして、数十分後、刑事は徐に口を開いた。

《昨日、奥さんの姪っ子さんが来られて、此れを持って来られました。奥さんに何かあれば貴方に渡すようにと預けられたそうです。お手紙か遺言書か分かりませんが、此れを持ってお引き取りください。お疲れさまでした、どうぞ、お身体に気をつけて、長生きしてください》

第5章

かずきさん、おはよう。

かずきさんがこの手紙を手にするときは、私はお父さんの元にいます。若い頃、私の不注意で事故を起こし、横に乗っていたお父さんが心不全で亡くなりました。その時はお父さんもまだ五十九歳の働き盛りでしたが、私のせいで亡くなったのです。

私も、もう六十歳を超え、亡くなったお父さんの年齢を超えています。また、かずきさんのお子さんのサトシ君も十六歳で亡くなり、お姉さんも私と同じ病気で五十四歳の若さで逝かれました。だから、私も六十二歳にもなるし、もう十分に生きてきたと幸せな気持ちでいっぱいです。

お父さんが亡くなったとき、落ち込んでいる私を見かねて周りの家族が結婚を勧めてくれて結婚はしたものの、一年足らずで別れてしまいました。その後、何もかも振り払うように、忘れるように必死に働き、ワンちゃんと一緒に暮らし、お父さんが遺してくれたお金で家を買い、その後は、ワンちゃんが死んだら、その家を売って養老院に入るつもりでいました。

そんな矢先、十日後に引っ越しが決まっていた頃にかずきさんと出会ったのです。その時の私は既に四十代半ばで、半分世捨て人のような心境で暮らしていました。引っ越しをする家のことをかずきさんに話したら、不動産業、建設業を営むかずきさんは即座に反対し、「そんなの止めろ」と言ってくれました。「マンションを建てろ、家賃で食っていける」と説明してくれ、その強引さに圧倒されて、家の契約を破棄し、かずきさんの言うがままにマンションを新築することになりました。家族の《騙されてるに決まってる》と反対もあったのですが、また、かずきさんが《お金が足らない、もう無いのか》と何度も何度も言うので、私は保険金まですべて解約し、お母さんにも借りてすっからかんになりました。私も「騙されたらどうしよう」と一抹の不安があったのも事実でした。しかし、これが運命の分かれ道とでもいうのか、私はかずきさんの誠実さに賭けました。

あの時、かずきさんの進言を断っていたら、私も今頃は老犬と暮らしながら未だに仕事に追われ、老人ホームのパンフレットを集めていたと思います。しかし、清水の舞台から飛び降りる覚悟で新築したマンションの家賃収入のお陰で、借金返済も生活も楽になり、仕事も辞めることができ、「こんなに幸せになってええんやろか」と思ったぐらいでした。正に人生バラ色、とはこのことかと毎日が浮き浮きしていました。

かずきさんには本当に感謝しています。

ありがとう。

二回目にかずきさんに助けられたのは、私が脳梗塞を起こした時でした。確か私が四十八歳の時、朝起きたら視界が半分しか見えず、近所の眼科に行くと言ったらかずきさんは「俺も日にちが変わって、病院に術後の診察に行くし、迎えにいくわ」と言って総合病院に連れて行ってくれたのですが、もしかずきさんが迎えに来てくれていなかったら、家で倒れて、私は今頃この世にはいなかったはずです。

朝の十時頃に半盲に気付き、かずきさんに電話をしたのですが、病院に着いて眼科の診察が始まったのは午後一時過ぎ、担当眼科医は「眼に異常はありませんから、詳しい医師が明後日に来るので、その時に再度診てもらってください」と言いました。その時かずきさんは「眼に異常が無かったらその奥の脳に異常を来してるんだろ。直ぐに脳神経外科に診てもらいたい」と迫ったところ眼科医は「この時間はもう診察時間を過ぎているので無理です」と言いました。

そして、診察料を払うため受付で待っていると、かずきさんが診察から戻ってきて「どうしたんや」と私の異常を見て、受付で「こんなふらふらになってる、頭になにかとんでもないことが起こってる。直ぐに脳外科に診てもらいたい」と怒鳴り散らしてたのはうっすら覚えています。

しかし受付は受付ですから、医学的知識が乏しいため何ら対応ができませんでした。そこでかずきさんは無理矢理に「救急に入れてくれ」と言って緊急入院した訳ですが、その時は、既に脳梗塞を認めてから四時間半ぐらいが経過しており、救急医療の担当医が迅速に対応してくれたおかげでそのまま入院となり、緊急処置をしてくれたからこそ今があるのです。もしかずきさんがいなくてそのまま帰っていたら、間違いなく私は死んでいたはずです。
もし、かずきさんの病院に行く日が違ってて、その日は何も用事が無かったら、恐らく私は家で倒れてそのまま死んでいたと思います。偶然と言ってしまえばそうなんでしょうが、私はかずきさんに守られてる、助けてもらったと感謝しています。

本当に、ありがとう。

「ひろ子はもういない
手紙を持つ手が微かに震える
何処へ行ってしまったんだろう
ぽっかり、穴が開いている
そう言えば、首の手術後の診察が月曜日だったのを、
何の理由もなく水曜日に変えたが、
これも何かの虫の知らせだったのか、今から思えば

しかし、ひろ子の笑顔はもう見れない」

幸いにも、ぎりぎりだったのですが、処置が早かったため、一命を取り留めることができました。また運よく後遺症も軽微なもので済み、その後順調に回復し、日常生活も問題なく、車まで運転できるようになりました。かずきさんと一緒に旅行に行ったり、食事に出掛けたり、また可愛いワンちゃんと暮らせたり、何の心配もなく楽しい時間を過ごせ、仕事も辞めることができて、私は幸せそのものでした。

前の仕事の同僚も「ひろ子さんはほんまに運がええな、それもかずきさんのおかげやな、感謝せなあかんで」と言ってくれましたが、私もその通りだと思い、感謝の気持ちでいっぱいでした。なんか、おまけで人生を貰ったような感じで、楽しまなきゃ損そんと思いました。

それから六年後、また脳梗塞を起こした訳ですが、この時はかずきさんが傍にいてくれ、すぐに救急車を呼んで対応してくれたおかげで、大した後遺症も残らず、無事に退院することができました。しかしそれも、かずきさんが横に居てくれたからです。もし居てくれてなかったら、多分、永遠の眠りについていたと思います。

本当に、二度までも、有難い気持ちをどのように表したらよいのか、言葉が有りません。

二度目の時、救急車の中で私は意識朦朧としていたのですが、かずきさんは救急隊員に「脳梗塞を起こしているので急いで欲しい、できれば今通院中の救急病院に運んで欲しい。梗塞を起こしてからもう二時間も経過してる、時間が無いんです、時間との戦いなんです」と苛々して言っていたのはうっすら覚えています。そして受け入れ先の救急病院がなく、救急車の中で時間がどんどん過ぎていき、かずきさんが救急隊員に「時間が無いんです、何とかならないいんですか」、また「あなた達に文句を言っても仕方がないのは分かってるんですが……」と焦った声で、今にも爆発しそうだったのも覚えています。

そして救急病院に搬送されて血液を溶かす特効薬を静注されたのですが、その時は脳梗塞を発症してから三時間ぐらいが経過しており、かなり迅速に対応できたのです。しかしそれでも、私が一人で倒れていたら、それも夜中でしたから、今の私は無かったでしょう。

何よりも、寄り添ってくれる人がいる安心感、目には見えないけれど、普段はあんまり感じないけれど、それが何物にも代え難い幸せなのだと、今こうしてお手紙を書きながら感じています。

喧嘩してかずきさんに怒鳴られたこともあったけど、今こうして振り返ってみると、それはかずきさんだけの、ぶっきらぼうな、口べたな愛情の表現だったのだと、懐かしくも思い起こされます。

だって、かずきさん以外に私を叱ってくれる人はこの世にいませんしね。私を怒ってくれた唯一の人、かずきさん、ありがとう、幸せでした。

「込み上げる嗚咽、零れる涙が手紙の上に落ち
文字が滲んだ
喧嘩をして何を怒ったのか、思い出せない
楽しかったことばかりが、瞼に浮かぶ
夕暮れ時、ワンちゃんの散歩をしている途中
コロコロとバッグを転がして
家に帰って来るひろ子と出会った
その時の笑顔が
ほっとした表情が眼に焼き付いている」

その後は、いつ起こるとも分からない脳梗塞に怯える毎日でしたが、逆に、かずきさんが傍に居てくれる安心感に支えられ、日々喜びを噛みしめながら過ごしてきました。そして脳梗塞を防ぐ薬を投与しながら、何とか事なきを得て日々を重ねることができました。

その間、海外旅行に連れて行ってもらえたり、温泉にも行くことができ、お酒も飲め、毎日が、病気のことなど忘れてしまうほど楽しい、嬉しい、幸せな日々を与えていただきました。私にとっては後のない、貴重な時間で、無駄にはできない日々でした。

しかし、長い間、健康そのもので、車も運転するほど回復し、病気のことなどすっかり忘れてしまっていたのですが、今度は脳内出血を起こしてしまいました。

搬送された救急病院では、脳梗塞ではなく脳内出血と診断されたのですが、その倒れた原因が、倒れて脳内出血を起こしたのか、それとも出血を起こして倒れたのか、救急病院の脳外科医は無知で分からない、分からないの一点張りで、全く調べようともしませんでした。しかしその後、国立病院の先生からは「脳内出血を起こして倒れました。倒れて頭を強く打ったのなら、くも膜下出血を起こすはずです」と言われ、先生の指示で血をサラサラにする脳梗塞防止用の薬を止めて様子を見ることになりました。なんか、脳梗塞防止用の薬が仇となって脳内出血を起こしたようです。それを、救急病院の医師は調べようともしなかったのです。血をサラサラにする薬を飲むと出血が止まらない、止めれば血が固まって梗塞を起こす。もう綱渡りみたいな体になってしまって、どっちに転んでもアウト、と宣告されたようなものでした。

しかし、薬を止めているのは不安で、もう、あかんと思って諦めかけたこともありましたが、かずきさんの介護、励ましのお陰で徐々に回復していくのが実感できました。

先の見えない細い細い一本道、風に煽られても落ちてしまいそうな人生、胃ろうにおむつ替え、ほぼ寝たきりの私を、普通は、最初は義理かなんかで心配してくれますが、その内誰も見向きもしてくれない、そんな私をかずきさんが片時も目を離さず見守ってくれたのです。今こうしてお手紙を書けるのも、かずきさんが諦めずにリハビリを強力に推し進めてくれたからです。私一人では、とてもやないけど此処まで元気にはなれなかったと思っています。

それでも不安は拭い切れず、私より先にかずきさんが死んでしまったらどうしよう、もう養老院に入るしかない、と口にした時、かずきさんは「そんなことは今思わなくてもええ、十年後に考えよう」と相手にしてくれませんでした。それを聞いて私は、人はどうせ皆んな死ぬんやし、そんな事考えたって仕方がない、成るようにしかならへん、運命に任そう、開き直ろう、と決心しました。

昔の人はそんなに長生きしてないし、私ももう十分に生きたのだし、お父さんよりも長生きしたし、それよりも、残りの人生をもっと楽しもうと決めました。かずきさんと一緒にいられたらそれで十分、他に誰も、何も要らない、心から私のことを心配してくれる人が一人いたら、と思いました。だって、そんな幸せな人いないしね。誰も自分のことばかりで、自分以外の人のことを思ってないし、それがたとえ血の繋がった家族であってもやしね。

死ぬことなんかなんにも怖くない、永遠に生きられる訳でもないし、生まれる前に戻るだけやし。折角この世に生を受けたんだから楽しい、嬉しい思いをしなくちゃ損やし。それで、何が幸せって、手をつないで一緒に歩いてくれる人が傍にいることです。

あの手の温もり、かずきさんは無口で何も喋らないけど、大切にあの世に持って行きます。

本当にありがとう、かずきさん。

「あの温もりが手の平に残っている
腕組みをして
体を寄せてくるひろ子
その横顔が、愛おしい
起こしても、鼻を摘まんでも、夢見心地の寝顔
その可愛いひろ子は、もういない」

だけど、かずきさん、何も悲しまないでね。私は辛くて、悲しくて、苦しくて死を選ぶのではないしね。私は今世界中で一番幸せな、選ばれた人間と思っています。かずきさんはいつも言ってたよね。最後に笑った者が勝ち、いくら幸せと思って生きてきたとしても、最後に、死ぬ時には傍に誰もいなくて、不幸な、情けない思いをしたらそれまでの人生は何の意味もない、と。逆に、辛い、悲しい思いをして生きてきても、最後に、家族なり、誰か一人に見送られたら、それこそ最高の人生となる、とも。

私は今、そんな気持ちです。これ以上の幸せはないと思っています。だから、かずきさんも私のことを不幸と思わないでね、泣かないでね。もし私のことを不憫に思ったら、それこそ私の負けになるやん。だから、褒めてね、喜んでね。もしお葬式をすることになれば、皆んなその場限りの心にもない涙を流してくれるかも知れないけど、かずきさんだけはそんなことないと、心から、そう信じてます。

それと、私の遺骨はお父さん、ジェニファー、ジェニー、あーちゃん、サトシ君、そしてかずきさんと一緒に散骨してね。お墓なんか建てたって誰も来てくれる訳でもないし、反って、一人ぼっちになって忘れ去られてしまうようで、その方が悲しいです。

かずきさんは、陰気なお墓より宇宙葬がロマンチックでええな、と言ったけど、私もそれに賛成です。皆んなと一緒に宇宙に、この世界の果てに旅立つような壮大な、夢のような気持ちで浮き浮きします。それは天国とか地獄とかじゃなく、母なる大地、生まれた所に戻るような感じです。

何て言ったらええのやろ、子供が明日の遠足を楽しみにして眠りに就くような、そんな嬉しい気分です。それは又、普通に人が思い付くような殉教死とか犠牲になるような気持ちじゃないんです、何と言っていいのか、天国の花園に昇るというのでもありません、この爽やかな、晴々とした気持ちを分かって欲しいのです。

それと、かずきさんは言ったよね、お金なんか残しても仕方がない、全部使ってしまおう、死ぬときには一銭もなし、無一文になろう、持って死ねる訳でもないし、二人で海外に移住しよう、何処がええ、と言ってくれたよね。私もそう思いました。何も永遠に生きられる訳でもない、確実に人は死ぬんだから、どうせ死ぬんだったら、好きなことをしようと決めました。

しかし、それは叶わぬ夢となりました。その矢先に脳内出血で倒れてしまい、車の運転もできない車椅子生活の身となってしまいました。でも、別にそれが不幸というのでもないし、逆に、本当の幸せに気付いたのかも知れません。

死ぬことなんて怖くもなんともない、逆に、生まれてきたことを感謝してます。だって、可愛いワンちゃんと一緒に暮らし、かずきさんに出会えて、私を心から愛してくれたんだもん。普通の人は晩年になると子供からも嫌われ見放され、挙句の果てには施設に放り込まれるのが落ちなのに、かずきさんは、寝たきりも同然だった私を見捨てず胃ろうや下の世話まで献身的に介護をしてくれました。そのお陰で回復もしたのですが、私は、私よりも幸せな人なんてこの世にいないと思います。

なんか、うれしい、安心です。

なんにも寂しくも、悲しくもない。

生まれてきたのは自分の意思じゃないけど、死ぬ時は、恐怖に慄いて、運命に殺される前に自分の意志で、幸せのまま死にたい。なんか、人の一生って、何者かに馬鹿にされ、弄ばれてるようで悔しいから、何者かに見返してやりたい、ざまあ見ろ、と。

何れにしろ、人は遅かれ早かれ死ぬんだし、そんなん不幸とか悲しいことばっかりやったら、人は運命に端から負けていることになるし。なんか、生まれたのが不幸みたいで、そんなんおかしい、間違ってる。

なんと言ったらええのか、幸せを感じるために生まれてきたはずやし、そやから私は、かずきさんのおかげでこれ以上ない幸せを掴んだし、最後に笑ったから、私の勝ちや、ざまあ見ろ、何者かさん、と。

人は子供の誕生を喜び、死を悲しむ。人間の一生は帳尻合わせか、と怒鳴りたい気分です。しかし、それもそのはず、生まれてこなければ、喜びも悲しみもないのだから。だから私は、生まれてきたことを感謝し、最後の最後まで、幸せのままで終わらせたいと思っています。

私にとっては、ちょっとお先に、ぐらいのもんで、いずれ皆んなも来るんだし、その時に備えて準備しておくね。

ジェニファーが亡くなるとき、私は一日でも長く生きて欲しくて、痛い思いをさせたくないと病院に預けたけど、その日の夜中に病院で死にました。その時かずきさんは「俺やったら預けない、一日ぐらい長生きして何の意味があるの。俺やったら胸の内に抱いて、最期を看取ったる」と言ったけど、正にその通りと痛感しました。ジェニファーは最後に悲しく吠えていた、呼んでいたとペット病院の先生が言ったのを聞いて、涙が止まりませんでした。しかし私は、最後まで、かずきさんの腕の中に抱かれて、本当に幸せでした。

ありがとう、かずきさん

最近、朝に目が覚めると、ああ今日も生きてる、と実感するのですが、夜に寝るときは、このまま目が覚めないかも知れない、と少々不安になり寝付けない日も続いていました。しかし今、血液をサラサラにする薬を止めているので、いつなん時、脳梗塞が起こるか分かりません、なんか予感がするのです。もし、起こったら最後、次はもう回復しない、助からないと思ってます。良くても植物人間、一つ間違えば死ぬと思っています。

だから私はもう、充分過ぎるぐらい幸せにしてもらったので、これ以上かずきさんに迷惑を掛ける訳にはいかないとつくづく思っています。私も又、意識のない寝たきりの、喜びも何も感じない植物人間にはなりたくないし、息をしてるだけの醜態を見られたくもありません。それよりも、意識のない寝たきりになんの意味も無いと痛感しています。

でも、かずきさん、悲観的な自殺と思わないでね。もう十分過ぎるぐらい幸せな日々を送れたし、一年ぐらい長生きしたって最後に笑って死ねるかどうかも分からないし、それなら意識があるうちに、幸せのまま、死ぬ前に、植物人間になる前にしておきたいの。ずるいかも知れないけれど、かずきさんが先に死んだら、私はどうなるんだろう、と不安も過ります。

でも、かずきさんはもっと長生きしてね。私に与えてくれた幸せと同じ喜びを愉しんでね。だって、私の方が幸せでは、かずきさんに申し訳ないから。

あっちは時間が止まってるし、慌てないで、ゆっくりでいいからね。私も、もうすぐみんなに会えるし、前みたいに楽しくやります、なんか楽しそう、又、みんなと一緒やね。だけど、サトシ君、なんか寂しそう、誰からも見捨てられて。でも、かずきさんが来るまで私たちが優しくしてあげるから心配しないでね。

それと、保険にも入っておいたし、お金は邪魔にならないから全部使ってね。私がしてあげられなかったこと、私と同じように、愛されてね。

最後に、葬式なんか、お墓なんか止めてね、みんなと同じ所に散骨して下さい、よろしくお願いします。

なんか、かずきさん、ちょっとお先に、です。

なぜ、ひろ子は床の上に倒れていたのだろう
何をしようとしたのか……

あっ

そこまで

ひろ子、ありがとう

棚の上にみんな並んでる
サトシ
お父さん
ジェニファー
ジェニー
あーちゃん
そして、ひろ子

涙なんか流すこともない
悲しいことでもなんでもない
待っててくれ、ひろ子

俺も、もうすぐいくしな

了

Takeshi Azuma Tsuji

1952年生まれ
工務店、設計室経営
音楽Bar経営

【著書】
『ババたれ土屋君』（東京図書出版）

四時間半

2024年12月7日　初版第1刷発行

著　　者　Takeshi Azuma Tsuji
発 行 者　中 田 典 昭
発 行 所　東京図書出版
発行発売　株式会社 リフレ出版
〒112-0001　東京都文京区白山 5-4-1-2F
電話（03）6772-7906　FAX 0120-41-8080
印　　刷　株式会社 ブレイン

ISBN978-4-86641-802-5 C0093
Printed in Japan 2024